Un roman de Manuel Vilas

IRENE

Du même auteur

Aux Éditions Passage du Nord-Ouest

On Air, traduit de l'espagnol par Catherine Vasseur, 2012

Aux Éditions du sous-sol

Ordesa, traduit de l'espagnol par Isabelle Gugnon, 2019 (Éditions Points, 2021), prix Femina étranger 2019

Alegría, traduit de l'espagnol par Isabelle Gugnon, 2021 (Éditions Points, 2022)

Les Baisers, traduit de l'espagnol par Isabelle Gugnon, 2022 (Éditions Points, 2023)

Irene

Traduit de l'espagnol par Isabelle Gugnon

Manuel Vilas

Éditions
du sous-
sol

Titre original :
Nosotros

Cet ouvrage a été publié pour la première fois en 2023
par Editorial Planeta sous la marque Ediciones Destino

Photo de couverture : Anouk Aimée dans le film
La Dolce Vita de Federico Fellini, 1960
Collection Christophel © Riama Fim / Gray-Film / Pathé Consortium Cinéma

Conception graphique : Cyriac Allard

ISBN : 978-2-36468-739-4

À Ana

Nosotros,
que nos queremos tanto,
debemos separarnos,
no me preguntes más.

Nous,
qui nous aimons tant,
devons nous séparer,
ne m'en demande pas plus.

LOS PANCHOS

Nous ne savions pas grand-chose sur la vie des anges. Nous pensions qu'il s'agissait de créatures inventées, mais ce n'est pas le cas. Les anges existent, peut-être discrètement. Ce sont des hommes et des femmes qui traversent notre monde sans d'autres objectifs que l'amour.

Ils sont porteurs d'espoir, certes.

Mais aussi mortels et ordinaires.

D'une banalité exceptionnelle.

L'existence des anges est une grande nouvelle.

Ils confèrent de la beauté à cette planète.

L'un d'eux s'appelle Irene, et son histoire débute à la page suivante.

1

L'AMOUREUSE DU VENT

Elle contemplait un nouveau visage de la vie : un front, des lèvres, des pommettes et des yeux neufs sous un soleil radieux qui illuminait tout.

Elle se sentait pareille à un arbre, grand, qui après un ouragan se découvre de nouvelles racines, fortes et cachées, une robustesse qui vient juste d'apparaître. Elle a toujours été là, dans l'attente d'être mobilisée.

Bien qu'étant seule toute la semaine, Irene ne s'était jamais sentie aussi enthousiaste que ces derniers jours. Elle venait d'avoir cinquante ans, avait signé un pacte très favorable avec son corps et entrevu au fond de son cœur une frontière inexplorée, un autre pays où voyager avec autant de ferveur que de rage.

De la rage, oui. Une rage ronde comme la lune.

À la mort de son mari, elle avait vendu son magasin de meubles, la grande entreprise à laquelle il s'était consacré, et avait décidé de se reposer. Elle avait proposé des conditions avantageuses à ses employés et s'était retrouvée avec une somme confortable sur son compte en banque. Marce lui avait confié cette tâche : que nos salariés soient heureux, ce sont nos frères, notre famille.

Il s'exprimait ainsi, dans un langage étrange, et qualifier ses employés de *frères* était une de ses singularités, sa manière d'appréhender le monde, qu'il avait à cœur de transformer et d'embellir.

Irene possédait désormais deux appartements à Madrid : un de soixante mètres carrés au centre de la ville, dans le Quartier des Lettres, un autre près de la gare de Chamartín, luxueux, de deux cent cinquante mètres carrés, au quinzième étage d'un immeuble, avec une terrasse à la vue impressionnante et deux places de parking. Elle et Marce adoraient être en altitude, sans personne au-dessus d'eux. Madrid n'est pas une cité de gratte-ciel.

Marce avait toujours regretté cette lacune.

Il voulait vivre dans les hauteurs, près des nuages, comme les New-Yorkais.

N'ayant pas trouvé de logement plus élevé à leur goût, ils s'étaient contentés de ce quinzième étage, qui n'était pas mal du tout. Marce adorait la tour Picasso. Cependant celle-ci n'abritait que des bureaux de grosses entreprises. Du quinzième, ils pouvaient au moins apprécier l'horizon.

Ils prenaient leur petit déjeuner sur la terrasse, les yeux dans le lointain, déplorant de ne pas vivre une vingtaine de mètres plus haut, comme s'ils aspiraient à fuir le sol et la cité pour atteindre le firmament.

S'évader du sol était une façon de penser, une philosophie.

La plupart du temps, quand ils avaient bu leur café au lait, ils restaient là, à regarder le ciel. Aucun appartement ne dominait le leur, un espace dégagé s'étendait devant eux, et Irene se rappelle à présent que Marce avait été contrarié de ne pas avoir emménagé au vingt-huitième étage d'un building, à l'écart de la réalité des rues, des voitures, des règles du code de la route et des feux de circulation, proche des oiseaux qui volent infiniment haut et traversent les nuages qui auraient pu être leur foyer.

“Il n'y a pas de gratte-ciel à Madrid.” Combien de fois ne l'avait-elle pas entendu se lamenter de la sorte, lui serinant toujours la même rengaine, qui exprimait une forme singulière de désobéissance architecturale propre à Marce. Ils avaient fréquemment été tentés de s'installer à Benidorm qui, elle, était hérissée de tours. Ses mots résonnaient encore dans sa tête : “Mais là-bas, on perdrait notre glamour !”

Et son rire la poursuivait.

L'immense et luxueux appartement de Chamartín était leur résidence principale, elle y avait partagé l'existence de Marce ces vingt dernières années, de longues années, oh, de trop longues années, Irene, mais peut-être pas tant que ça, songe-t-elle à présent. Il faut dire qu'elle avait une perception du temps toute particulière.

Qui a imposé la mesure du temps ?

Pourquoi faut-il le calculer en fonction des normes édictées par les gouvernements, la société, la législation, l'histoire ? Peut-on s'en libérer ? Là où cent jours se sont écoulés pour certains, cent ans ont passé pour d'autres.

De superstition en superstition, les communautés décrètent des lois.

Elle vendit cet appartement, et ce qu'on lui en donna vint s'ajouter à ce qu'elle avait récupéré de la cession du magasin et ce dont elle avait hérité après la mort de Marce, une somme colossale. Elle était à la tête d'une petite fortune qui la stupéfiait.

Dès qu'elle consultait la quantité d'euros qu'elle possédait, elle éprouvait de la colère et de la confusion, sa vie entière se résumant à ces chiffres, qui contenaient une certitude arithmétique à même de susciter la jalousie de nombreuses personnes.

Mais il n'était plus là, d'où sa colère et la noirceur de son âme.

Et s'il n'était plus là, pourquoi tout cet argent ? C'était une question idiote, mais les questions idiotes sont souvent les meilleures, celles qui frappent juste.

Elle faillit exiger de ses banquiers qu'ils la laissent voir son argent à défaut de voir son mari, afin de passer un moment à côté de ces centaines de billets qui n'étaient au bout du compte que des symboles, des métaphores, des illusions.

Pourtant ils avaient la capacité de se métamorphoser en

choses, c'était là tout le miracle, le vieux miracle de la transformation des symboles en pierres, en briques, en terres, en roues, en maisons, en voitures, en avions, en villas, en nourriture, en centaines de kilos de nourriture, en légions de vaches, en légions d'établissements piscicoles, en légions d'êtres humains à notre service.

Ces symboles pouvaient surtout se changer en meubles.

Raison pour laquelle ils avaient eu un magasin de meubles, beaucoup plus réels que bien des histoires d'amour. Quand l'amour s'en va les meubles demeurent. De la plupart des couples brisés il ne reste que les meubles : armoires, lits, tables, chaises, tables de chevet, étagères, bibliothèques, commodes, consoles. Les tables de chevet émouvaient Marce, elles étaient selon lui des remparts contre les ténèbres de la nuit. Dans la réserve il en possédait une collection de modèles anciens de toutes les époques. Il leur portait une dévotion quasi surnaturelle.

Irene s'établit dans le petit appartement du Quartier des Lettres, qu'un locataire occupait quelques mois auparavant. Elle y fit faire des travaux de peinture, de plomberie, remplaça les appareils électroménagers, demanda aux ouvriers d'abattre une cloison et de changer les menuiseries des fenêtres. Le chantier dura cinq semaines. Elle était présente lorsque les maçons cassèrent le mur qui existait depuis quatre-vingts ans, regarda les vieilles briques tomber directement dans une benne mise à leur disposition par la mairie de la ville pour y déverser leurs gravats.

Ces briques avaient vu beaucoup de choses, elles étaient les derniers témoins des familles qu'elles avaient abritées des intempéries par le passé.

Des briques, fossiles de la vie des foyers.

Irene en prit une et y déposa un baiser.

Puis elle la jeta dans le conteneur qu'avaient installé les maçons.

Mais, perplexe et nerveuse, elle s'empressa d'aller la récupérer et la glissa dans son sac.

Elle fit installer les appareils les plus coûteux du marché, des modèles allemands de dernière génération dont la qualité principale résidait dans le respect de normes écologiques qui lui parurent aussi mystérieuses que respectables. Elle dut se retenir d'éclater de rire quand on lui annonça que les articles les plus chers étaient également les moins polluants. Mais derrière son rire se cachait celui de Marce, qui se serait esclaffé devant une telle ironie.

Elle s'arrangea pour que la remise des clés de l'appartement de Chamartín coïncide avec son emménagement dans le petit logement de la rue Santa Catalina.

Ce dernier était situé au premier étage. En s'y installant elle était descendue presque au ras du sol.

Elle avait dégringolé du ciel jusqu'à la terre.

Elle ne voyait plus les nuages, mais apercevait et entendait des gens, des voitures, le bruit des bars. Elle distinguait le reflet des réverbères à la tombée de la nuit.

Lors de la réception des travaux, elle choisit un emplacement de choix pour la vieille brique, une survivante, une preuve matérielle de l'immatérialité du temps. Elle avait presque une valeur mystique de religion inconnue.

Après la mort de son mari, son Marcelo bien-aimé, son Marce, sa vie avait été ébranlée par des changements frénétiques que pour l'essentiel elle ne savait pas évaluer. Ils n'avaient pas eu d'enfants. Elle se retrouvait par conséquent sans personne à ses côtés. Hormis Paola, la sœur de son Marce, qui avait épousé un Américain et vivait dans une ville du Middle West ; elle n'avait pas pu se rendre aux obsèques à cause d'une tornade et avait envoyé par Interflora une couronne assortie d'une carte bourrée de clichés, écrite dans un espagnol mâtiné d'italien et émaillé de mots anglais. Marce et Paola étaient italiens, nés à Rome de père espagnol.

Irene avait encore son père et sa sœur, mais leurs liens s'étaient distendus malgré l'amour qu'elle leur portait. Ils avaient toujours veillé sur elle.

Elle médita sur sa récente solitude. Il y avait de quoi sombrer dans la tristesse, mais Marce ne l'aurait jamais toléré, il lui conseillait constamment d'être du côté du soleil, toujours sous le soleil, qu'il vénérait et qu'elle avait fini par adorer : leur couple était en quelque sorte issu du soleil.

Elle s'étonnait que l'appartement de la rue Santa Catalina soit aussi coquet, aussi agréable alors qu'il était proche de la terre et des bruits qui s'en élevaient. Ils y avaient vécu jeunes mariés. C'était le premier achat immobilier qu'ils avaient fait ensemble avant d'aller flotter dans les nuages d'un quinzième étage à Chamartín.

Elle avait parfois l'impression d'être au bord des larmes lorsqu'elle se rappelait combien elle avait aimé son Marce. Elle ne comprenait pas ce qui était arrivé, comment tant de faits s'étaient précipités dans son existence, et en vint à redouter sa propre disparition, sa propre mort. Pourtant elle se réveillait invariablement tous les matins, préparait son petit déjeuner, et peu à peu elle reprit le culte du soleil, profitant de la lumière qui pénétrait dans la cuisine, du café frais et des toasts nappés de miel.

Elle disait à la mort : "Je me moque de toi, tu ne signifies rien pour moi, tu ne m'inspires aucune peur, rien du tout, je ne ressens rien devant toi, je crois même que tu n'existes pas."

Elle secouait sa conscience, ses pensées, s'égarait dans des conjectures qui se terminaient en sarcasmes et en fureur.

"Il fait froid, mais nous pouvons prendre le petit déjeuner sur la terrasse parce qu'il y a du soleil." Elle réentendait cette phrase déjà lointaine, la phrase que prononçait Marce en hiver et qui donnait un sens à la vie.

“Il y a du soleil”, il n’y avait rien à ajouter à cette affirmation. Et ils sortaient, s’embrassaient et s’adressaient un sourire.

Un matin, elle se livra à un calcul approximatif (elle avait des aptitudes pour la comptabilité, un talent qui leur avait permis de gagner beaucoup d’argent quand elle secondait Marce au magasin) : elle avait de quoi vivre comme une reine pendant plus de dix, quinze ou vingt ans. Elle comprit que non seulement la mort mettait un terme à tout, en particulier au mariage le plus magique de l’univers, car c’est ainsi qu’elle considérait ses années passées avec Marce, mais qu’en outre elle soulignait l’absurdité des comptes bancaires dès lors qu’ils ne pouvaient plus continuer à dépenser leur fortune ensemble.

L’irréalité de la mort et l’irréalité de l’argent se rejoignaient.

L’absence de consistance.

L’absence de gravité.

Marce était un champ gravitationnel.

Les champs gravitationnels sont la vie.

Ce qui avait eu une nature magique ne connaissait peut-être pas de fin, car leur passion amoureuse perdurait, elle était encore présente partout. L’argent qu’ils avaient amassé également. Marce n’était plus mais son argent subsistait.

Elle ne veut pas évoquer ce moment, le moment de sa mort.

L’a-t-elle vu mourir ?

L’a-t-elle vraiment vu mourir ?

La mort est-elle visible, se rend-elle visible quand elle survient ?

Pour oublier ce moment, l’instant de la mort de Marce, elle a recours à un moyen stupide. Elle songe à sa propre mort, révélée dans une dimension inconnue : quand on n’est plus, on ne peut disposer de son argent, qui passe aux mains d'étrangers incapables d'apprécier les efforts qu'il a fallu fournir pour le gagner.

Lorsque celui qui a su l'épargner trépasse, l'argent perd son identité pour retourner dans l'informe et la dépersonnalisation.

Son mari n'était plus, ses mains ne pouvaient plus toucher le corps de son Marce comme elles l'avaient fait pendant vingt ans, et elle ne se sentait pas la force de vivre sans lui, bien qu'elle le lui ait promis, car avant de mourir il lui avait montré l'endroit, le château secret.

Irene songea qu'elle ne ressentirait plus jamais le moindre besoin sexuel et vit dans cette idée une sorte de fidélité à son Marce, grâce à laquelle elle retrouva une certaine stabilité, une assurance fragile s'apparentant en vérité à un désir de sécurité. Cette pensée la plongeait dans l'effroi et le désespoir.

Toutefois le matin, après le petit déjeuner, elle se demandait ce que serait sa vie et si elle aimerait de nouveau quelqu'un, mais c'est à peine si elle osait se poser la question, parce que Marce était encore là avec ses grandes mains, ses yeux verts, sa bonté et son sourire apaisant.

Son cœur était un terrain confus investi tout autant par la panique que par l'espoir. Elle se dit que c'était le cas pour de nombreuses personnes après cinquante ans et qu'avant cet âge, on ne voit pas se dérouler le fleuve de son existence.

De là où il était, Marce continuait de l'attirer dans une tornade de rêveries, d'interrogations, d'angoisses sans nom.

Elle souhaitait qu'il en soit ainsi.

La volonté d'Irene était constructive.

Sa volonté.

Son plaisir.

Au réveil, ses réflexions allaient de Marce à la mer, au désir soudain de voir la mer. À croire que le fantôme de son époux s'était glissé dans les flots pour s'y bâtir un refuge.

Je n'ai de comptes à rendre à personne, songea-t-elle un matin. Je suis entièrement libre de faire ce que je veux, je n'ai donc aucune raison d'être ici.

Prise d'une joie et d'une excitation tout à fait imprévues, elle ouvrit le placard, en sortit une valise de taille moyenne et y fourra des robes, des chemisiers, des sous-vêtements, deux pulls, sa trousse de toilette, un petit éventail de ses parfums préférés, ses crèmes de beauté, ses fards, ses pinceaux, son crayon à lèvres et d'autres affaires choisies selon ses envies du moment.

Elle monta dans un taxi de façon théâtrale, regarda la porte d'entrée de son immeuble, comme si elle partait pour longtemps, et pria le chauffeur de l'emmener à la gare d'Atocha, où elle acheta un billet de première classe à destination de Malaga. En première, il reste toujours des places, pensa-t-elle.

On lui servit un déjeuner très raffiné.

De la joue de veau accompagnée d'un somontano.

Un petit pain et du beurre.

La vision de la portion de beurre l'attrista. Ni ce pain ni ce beurre ne présentaient la moindre élégance, de sorte qu'elle se contenta de boire le vin.

Pendant le trajet, elle étudia sur son portable les différentes possibilités d'hébergement dans la ville, puis opta pour l'hôtel Málaga Palacio. Elle appela, indiqua le numéro de sa carte de crédit et réserva une chambre pour trois nuits.

Malaga l'accueillit avec un temps doux, et le soleil puissant du début de juin éclairait les rues, la vie et les maisons sans commettre de dégâts. On lui donna la chambre 1115, car elle avait insisté pour être à un étage élevé.

Sitôt entrée, elle se dirigea vers le balcon, vit au loin la mer que la lumière transformait en plaque argentée, en mur horizontal, et une partie de son esprit frémit, comme si elle venait de comprendre qu'elle avait vu juste en choisissant cet endroit et qu'elle s'était connectée à un lieu magique où s'abandonner sans crainte.

Cette mer a pour seule fonction de m'apporter de la joie, pensa-t-elle.

De guérir mes yeux, décréta-t-elle.

Elle sentit l'air humide, jugeant qu'un mélange d'exaltation et de désordre se manifestait dans cette humidité. Les mèches de ses cheveux commencèrent à boucler, adoptant une apparence presque spongieuse, et leur blondeur s'intensifia. L'humidité était exubérante, mais aussi poisseuse et gênante. Elle n'était pas parfaite, représentait une imperfection supplémentaire du monde, qui cependant l'enivrait, l'émoustillait, la terrifiait.

C'est ce que disait Marce : le monde est plein d'imperfections, mais elles n'affectent pas les amoureux. Maintenant qu'elle était seule, cette imperfection l'effrayait.

Avec Marce, rien ne la décourageait car il repoussait le mauvais côté des choses, le chassait pour qu'elle se sente protégée, à l'aise dans la vie.

L'amour rend la laideur et la méchanceté du monde invisibles.

Elle observa la chambre, la trouva harmonieuse, sans faute de goût, ce qui la rasséréna. Elle était bien, à contempler la lumière en savourant la brise venue de la terrasse. Un vent plus qu'une brise. Elle levait les yeux vers le ciel aveuglant, persuadée d'avoir découvert un endroit prodigieux. Le souvenir de son petit appartement madrilène bruyant s'estompa et il lui sembla renaître.

C'est sûrement l'effet de cette mer, ou plutôt de la lumière qui, toujours, tombe sur les choses. Elle est trompeuse, nous pousse à croire que les acteurs sont les objets alors que c'est elle qui agit, elle qui existe et non ce qui nous entoure, or la vie consiste à être baigné de lumière, se dit-elle.

Une soif de plénitude effleurait son âme pour se changer ensuite en frustration. Seule au monde, elle ne comptait pour personne.

Dans ce *personne* résidait la liberté absolue.

Mais la soif était là.

Marce l'étanchait et désormais elle était incontrôlable. Il savait satisfaire ses envies de plénitude débordantes.

Elle monta dîner au restaurant, situé au dernier étage. Comme il faisait beau, elle s'installa à une table sur la terrasse, près de la piscine où se baignaient des adolescents, mais l'eau étant froide ils ne s'attardèrent pas. Ils riaient, s'amusaient, ébauchaient des existences resplendissantes dans un espace à venir, parce qu'ils avaient toute la vie devant eux.

Ils ne le savent pas, pensa-t-elle. On en prend conscience trop tard. Ce qui nous met en rage, nous angoisse et ne sert à rien. Cela ne nous est pas arrivé à Marce et à moi, car seuls ceux qui ne sont pas amoureux le constatent, et encore faut-il que les gens le leur fassent remarquer. Ce sont eux qui finissent par te dire que le temps te manque, oui ; comment le saurais-tu si ce qu'on appelle les *regards extérieurs* n'attirait pas ton attention là-dessus ? La société, la civilisation, les pays, les lois, la réalité, enfin... une construction possible de la réalité car il y en a d'autres, cachées, il y en a d'autres que tu peux créer à force de volonté si tu en as, si tu en es capable, or on ne reçoit rien en échange de cette disposition, si ce n'est un peu, très peu de liberté, ou encore de la haine ou de la colère.

Elle commanda du vin blanc et du poulpe à la braise à un serveur à la peau basanée et aux cheveux noirs. Elle regarda ses mains quand il posa son assiette sur la table et le trouva beau. Avait-il une femme, une famille ? Où ? Quel genre de famille, de femme ou de foyer peut-on se permettre d'avoir avec un salaire de serveur ?

Des millions de questions hostiles, tel était le monde sans Marce.

Elle portait une jupe noire cintrée. Et un chemisier blanc transparent. L'éclairage nocturne, la proximité de la mer, la terrasse, la piscine à côté d'elle l'attiraient vers l'exaltation de la vie, une plénitude douteuse, à la fois bénigne et maligne. Elle avait choisi Iris Porcelana, un parfum convenant aussi bien aux hommes qu'aux femmes, où dominait la violette. L'humidité la perturbait toujours et l'amenait à éprouver des sensations extrêmes. D'une part elle était heureuse, de l'autre son attention était happée par de nombreux détails, une concentration qui décupla son inquiétude, et c'est alors qu'elle vit l'homme qui venait d'arriver et elle se mit aussitôt à l'observer, comme si l'acte de le dévisager avec curiosité et désir avait été prévu de longue date, à croire qu'elle attendait ce moment depuis des siècles.

Elle songea que cette apparition était un miracle, se demanda si le surnaturel perdurerait après la vie magique qu'elle avait menée avec son mari.

Elle était de celles qui disent “mon mari” et non “mon compagnon”, en faisant non seulement référence à l'amour, mais aussi à une forme ancienne de fermeté, à un état solide qui rejetait ou réduisait à néant toute tentative de la part d'un autre homme d'accéder à son intimité.

Ce n'était pas ce qu'elle voulait maintenant.

Ses yeux se posaient avec insolence sur le nouveau venu. Elle pourrait peut-être voir le corps de Marce au travers de celui d'un autre. Elle comprit à cet instant que l'existence se réorganise en permanence dans un mélange immoral d'oubli et de renouveau.

Et elle vibra de toute son âme, transportée d'une joie carnassière qui la ravissait, causée par la présence de l'homme qu'elle avait sous les yeux, avec lequel elle n'avait pas échangé un mot et dont elle ne connaissait même pas le timbre de voix, se bornant à le regarder.

Tandis qu'elle le contemplait, des phrases se formaient dans son esprit. Si la vie veut quitter mon corps, qu'elle le fasse ; si elle peut commettre cette imbécillité, libre à elle, mais c'est vraiment stupide, songea-t-elle tout à coup. Je trouve ridicule qu'elle me dise : “Je pars de ton corps.” Quoi qu'il en soit, ce n'est pas de mon ressort. Peut-être que personne n'a encore affronté la mort de cette façon. Cesser de vivre m'importe peu dans la mesure où c'est pour ainsi dire impossible.

Par conséquent, si je meurs, et nous verrons bien ce qu'il en est, ce sera la faute de la vie et non la mienne.

Vie, si tu abandonnes mon corps, c'est toi qui y perdras, pas moi.

Ces multiples pensées lui étaient inspirées par la contemplation de cet homme dont elle ne détachait pas son regard. Il émanait de lui un charme, un chemin, une force. Ses yeux, sa peau, ses cheveux.

Elle les avait remarqués.

Une frange tombait sur son front, encadrait son visage comme un rideau de théâtre.

Elle eut envie de la toucher.

Elle continua de l'observer sans se gêner, étudiant la manière dont il avait déplié sa serviette, ses mains maniant ses couverts, son verre de blanc, sa chemise bleue, son col discret mais bien repassé, son portable posé sur sa droite, les sourires qu'il adressait au serveur, ses lèvres entrouvertes qui révélaient des dents blanches et régulières.

Leurs regards se croisèrent plusieurs fois, guidés par les incidents qui peuvent survenir dans le restaurant d'un hôtel quatre étoiles.

Irene avait été bête de choisir un établissement quatre étoiles alors qu'avec sa fortune, elle aurait pu s'offrir un cinq étoiles, un hôtel de grand standing, car il était temps que le luxe s'installe dans sa vie. C'était l'argent de Marce ou plutôt leur argent à tous les deux, mais elle éprouvait de la culpabilité à le dépenser seule. Deux banques géraient les comptes désormais à son nom. Tout lui appartenait. À la Banque de Santander, on lui avait conseillé d'investir dans des produits à risques modérés. On lui avait soumis un petit questionnaire destiné à déterminer son profil financier, lui demandant si elle connaissait le marché, quel était son niveau d'études, ce genre de questions. Les banquiers sont obligés de faire passer ces tests à leurs clients. Ils ont pour ainsi dire une valeur sanitaire, un peu comme des examens médicaux. Il en était ressorti qu'Irene était une investisseuse prudente.

Si seulement il existait des hôtels six étoiles. Ou des hôtels sept, huit, quinze étoiles, comme l'étage de l'appartement de Chamartín.

Elle aurait préféré cela au profil prudent.

Elle comprenait pourquoi son banquier l'avait rangée dans la catégorie des clients modérés, peu enclins à prendre des risques mais désireux de se garantir quelques gains.

Elle regarda à nouveau l'homme.

Ils dînaient en même temps chacun de son côté, c'était ridicule.

Elle calcula qu'il avait plus ou moins son âge.

Peut-être un peu plus jeune.

Oui, il devait avoir cinq ans de moins, et cette idée l'excita.

Elle patienta jusqu'à ce qu'on lui serve son entrée, pour être sûre qu'il n'attendait personne, surtout pas une femme.

Puis elle se leva, s'approcha de sa table.

Et se planta devant lui.

L'homme leva la tête, étonné, d'un air interrogateur.

“On se connaît ?” demanda-t-il dans un sourire empreint d’espoir.

Elle avait besoin d’entendre sa voix, qui lui parut mélodieuse, en accord avec son physique. Elle n’était pas déçue, au contraire, les voix ayant leur importance. De beaux corps abritent parfois des voix grotesques et, à l’inverse, de belles voix peuvent vivre dans des corps disgracieux.

“Non, je ne crois pas. Je dîne seule et j’ai vu que vous aussi.”

Il se leva et Irene put apprécier sa taille et ses yeux bleus qui exprimaient de la mélancolie.

— Je m’appelle Julio, tu peux me tutoyer.

— Je suis chambre 1115, répondit-elle en détachant toutes les syllabes pour qu’elles se gravent dans sa mémoire, comme un sésame.

Elle le regarda fixement avant de s’éloigner.

Ç’avait été merveilleux, une danse à trois temps : mille cent quinze. Trois syllabes grondantes, féroces.

Elle signa sa note en répétant son numéro de chambre d’un ton plus neutre, dépouillé cette fois de l’emphase du désir.

Elle quitta le restaurant le cœur battant, laissant dans son sillage sa fougue et son arrogance, les yeux étincelant comme des couteaux dans l’ascenseur, trop nerveuse pour saisir de ses mains la carte magnétique qui ouvrait la porte, l’esprit en ébullition à cause de son audace.

Cette carte lui semblait déplacée, vulgaire. Pourquoi tant de plastique ? Après la scène royale qu’elle venait d’interpréter, cela gâchait tout.

Ce n’était pas elle qui désavouait la puissance de la vie, mais le système aberrant de cartes électroniques utilisées dans tous les hôtels.

On aurait dû lui remettre une clé dorée, fioriturée, avec un anneau pourvu d’une plaque gravée aux initiales du Málaga Palacio.

Elle entra dans sa chambre qui lui parut glacée.

J'ai l'intention de faire ce qui me plaît jusqu'à la fin de mes jours, susurra-t-elle, tâchant de mettre toute sa confiance dans cette résolution, et cette phrase murmurée lui conféra un étrange et inexplicable pouvoir.

Elle ne connaissait pas la densité de la jungle dans laquelle elle s'aventurait, mais obéissait à une impulsion irrépressible, ignorant ce qui ou qui se cachait derrière ses pensées chaotiques.

Dans la salle de bains, elle s'étudia dans le miroir et se trouva belle, assez belle, assez vivante, et elle se moquait que cet homme vienne ou non, le cœur grisé par l'étourdissante impression de vie que sa hardiesse lui avait insufflée.

Elle se plut.

Elle se désira.

On aurait dit un ange battant des ailes dans une chambre d'hôtel.

Elle se parfuma.

S'aspergea du contenu de plusieurs flacons.

Ajouta du Chanel n° 5 à l'Iris Porcelana.

Elle se fâcha contre elle-même.

Elle avait envie que tous les parfums du monde ruissellent le long de son corps.

C'est n'importe quoi, Irene, comment peux-tu faire ça ? Tu te comportes comme une malade mentale.

Les parfums ne se mélangent pas.

Le jour et la nuit non plus.

Elle arrangea son décolleté.

S'imagina nue face à cet inconnu.

Rectifia son maquillage, se palpa les seins, ces deux boules de chair qui définissaient son identité biologique, deux chevaux blancs toujours offerts à un seul homme.

Deux chevaux blancs, Irene ?

Un seul homme, Irene ?

Tu es une imbécile.

Le souvenir de Marce revint, elle le fit s'asseoir dans une arrière-salle de son cœur.

Reste là mon chéri, mon grand amour, je te garde en moi mais tu n'es plus un corps, attends-moi ici, dans cette pièce, tu n'es plus un corps, Marce, personne ne sait ce que tu es, je suis toujours amoureuse de toi, j'ai besoin de toi et ce besoin est plus important que l'amour, il est réel, l'amour n'est qu'un ornement de la vile nécessité.

Elle tremblait, se demandait ce qu'elle devait faire et, surtout, s'il lui faudrait attendre longtemps. Une avalanche de doutes, d'impressions, d'idées dont elle n'avait jusque-là pas eu conscience se déchaîna en elle : comment embrasser un homme sans avoir jamais échangé de baisers qu'avec Marce pendant ces vingt dernières années, comment toucher un autre homme, elle qui n'avait touché que son mari, comment faire confiance à un inconnu après s'être reposée sur le meilleur des hommes ?

Le meilleur des hommes ?

Et elle, était-elle la meilleure des femmes ?

Elle se rendit compte que ces questions représentaient un triomphe de la vie, une chute dans l'abîme de la vie, et se dit une fois encore qu'elle était seule. Pour finir, sa seule certitude était sa solitude, car Marce était parti à jamais, il avait quitté ce monde pour aller sur la lune, dans le ciel ou l'espace profond, nulle part.

Mais quand est-il parti, Irene, quand ?

Une date. À quelle date est-il parti ?

La nuit était magnifique, et dans le ciel l'éclat de la lune la consumait de l'intérieur. La vie frappait tout, la vie continuait de la frapper mais elle ne frappait plus Marce.

À cet instant des coups résonnèrent contre la porte et son cœur bondit de joie et de frayeur, deux réactions qui se combattaient.

Oui, cet homme est venu, un homme est venu, il y a un humain derrière cette porte, songea-t-elle sans savoir si elle était vraiment décidée à ouvrir.

L'espace de deux ou trois secondes, elle échafauda de nombreuses hypothèses, envisageant ce qui risquait de survenir si elle ouvrait la porte, car elle pouvait aussi la laisser fermée.

Son cœur s'illumina de nouveau car elle constata qu'elle était maître de son destin et résolument libre de faire ce qui lui chantait. En revanche, l'homme qui attendait devant sa chambre jouissait de moins de liberté puisqu'elle avait tout orchestré.

Elle gouvernait le monde, les vents, les océans, les astres, le bien, le mal, la lumière, l'obscurité, la vie et la mort.

C'est ce que Marce lui avait toujours dit : "La beauté de la vie t'appartient. Le temps, les années, les décennies, les siècles y sont suspendus."

Marce, son amour.

Elle dégringola dans un autre abîme : tous les mystères de la vie se résument à un seul désir, celui de vivre, de continuer à emmagasiner des illusions dans son cœur. Elle sut qu'elle ouvrirait.

Il n'y eut aucun mot, pas un seul, elle s'arrangea pour qu'il en soit ainsi.

Il n'y eut qu'un long baiser.

Un long baiser qui rendit son âme euphorique.

Mais avant cela, pendant un millième de seconde, elle gouverna le monde et la vie, car elle aurait pu repousser ces lèvres, s'indigner, couvrir cet homme d'un ridicule épouvantable.

Elle savoura cet instant glorieux.

La langue de l'inconnu touchait la sienne ainsi que ses dents et son palais, des assauts forcément propres à la passion.

Elle eut une nouvelle fois le sentiment d'avoir de la chance, de s'embraser de l'intérieur, d'être une femme à qui la vie donne des raisons de célébration en lui offrant de jolies choses, des baisers et des compliments. Une femme à qui le bonheur et la fin de l'ennui ou de la vacuité rendent visite à l'improviste.

Ah, les compliments...

C'était un bonheur inédit. Comment est-ce possible, Irene ? Comment se peut-il que tu n'aies jamais rien connu de tel, qu'il y ait encore des choses dont tu n'as aucune expérience ? Cherche-les. C'est ce que je vais faire. Toutes ces paroles se succédaient dans son cœur.

"Qui es-tu, Irene, qui es-tu ?" soufflait Julio en lui baisant les mains.

Elle se laissait adorer, connectée à la vie au travers de cette adoration, un lien qui justifiait sa propre existence. Le temps semblait être en suspens. Tout avait un sens. Et s'accélérait. Sa valise, ses chaussures, ses petites culottes, la chemise de Julio, la table de la chambre, les serviettes de bain, sa brosse à dents, tout avait un sens et des raisons d'embrasser la vie. Ils étaient couchés sur le lit, épuisés, et par la fenêtre du balcon entrait une brise douce et erratique.

La lune éclairait une partie de la pièce.

Elle regardait les bras de Julio dont la question – "Qui es-tu, Irene ?" – lui revenait à l'esprit, assortie d'une autre, qui consistait à se demander ce qu'elle faisait là.

Un fait surnaturel était survenu et vibrait encore dans le cœur d'Irene. Quand elle atteignit la plénitude avant l'orgasme profond, elle vit soudain apparaître un escalier qu'elle commença à gravir en sentant son sang brûler à chaque assaut de Julio dans sa bouche et sur ses pieds, qu'il serrait et embrassait avant d'y promener sa langue ardente, et lorsque vint la jouissance, elle aperçut Marce en haut des marches, comme entouré d'un nuage d'un jaune enveloppant et incommensurable ; il lui sourit et darda sur elle des yeux qui paraissaient voir l'infini, une vision qui dura le temps exact de l'extase.

Il était revenu.

Elle distingua des arbres, des oiseaux, des nuages et une confusion parmi les corps célestes qui intervertissaient leurs rôles.

Le soleil cessa d'être le soleil pour devenir la lune.

La lune cessa d'être la lune pour devenir le soleil.

La matière était-elle une superstition ou non ?

Des puissances terrestres, des puissances supraterrestres, vide et passé, futur et plénitude, présent et sexe.

L'homme de son délire était là.

Et elle était la femme de tous les délires.

La gravitation érotique de tout ce qui existe, le plan secret de la matière, l'Aleph, la sorcellerie perpétuelle, les sorciers et les sorcières, la matière, cet ordre, la chair, cette résultante de la matière.

Elle jouit, et dans cette jouissance elle vit son mari surgir d'entre les morts, vêtu du costume imaginaire avec lequel on l'avait mis en terre ; elle le vit se lever parmi des millions de morts, en haut d'un escalier, la saluer d'une main à demi dissimulée par la brume et lui adresser un sourire grand comme le cœur d'une hirondelle anonyme.

Avant de se dissiper.

Entouré de flammes.

Elle ne les aima pas.

Pourquoi étaient-elles là ?

Ces flammes brûlaient son corps.

Julio avait environ quarante-cinq ans, des cheveux châtains, un corps athlétique. Il était aimable et souriant. Sa musculature bien proportionnée et son ventre sans un gramme de graisse dénotaient son assiduité aux salles de sport. Il agitait ses mains de manière particulière, élégante et harmonieuse. Il s'exprimait avec un léger accent andalou, travaillait pour un cabinet de conseil international spécialisé dans le tourisme dont le siège se trouvait à Majorque. Il était à Malaga pour visiter des appartements touristiques et écrire un rapport.

"Mon métier se concentre exclusivement sur l'étude du monstre qui s'étend devant nous, la Méditerranée, qu'on peut voir du balcon", expliqua-t-il, une Heineken à la main, qu'il avait prise dans le minibar.

Ils sortirent sur la terrasse à demi nus et s'y installèrent, dans l'air frais du onzième étage.

"J'ai froid, je vais chercher une veste", dit Irene.

Le vent forcissait, ils apercevaient les lumières du port et Irene tremblait encore, non de froid mais ébranlée par une sensation de plénitude car elle l'avait revu, qu'il ne s'était pas éteint et avait réussi à revenir de l'endroit où il se trouvait.

Elle n'était pas effrayée.

Elle n'était pas non plus en proie à une hallucination.

Elle était fascinée, enchantée.

D'où vient cette plénitude ? se demandait-elle. Je pourrais devenir accro à cette émotion inattendue et la laisser me dévorer. Elle est différente de celle que j'éprouvais de son vivant, mais c'est quand même de la plénitude.

Comment les marches que j'ai gravies en une minute sont-elles apparues ?

La proximité de cet homme, ses mains, ses yeux... parce qu'en le regardant, j'atteins des sommets dont j'ignorais l'existence, et ce n'est qu'un homme. Mais s'il était bien plus que ça ? S'il était un ange ? Un ange de lumière au-delà de sa condition humaine, de ma condition de femme, au-delà du réel et de tout ? Existe-t-il un au-delà de tout ? Non, impossible, les gens s'accordent à dire que ce genre de chose n'existe pas. Ce n'est peut-être qu'un homme en quête d'un succès amoureux, une amourette, une aventure. Un ange ? Mon Dieu non ! C'est simplement un homme sur un terrain de chasse.

Chasser n'était pas une activité d'anges, mais de démons sordides.

Quels que soient notre nature et nos divers rôles sociaux, nous ne sommes que de la chair en attente de plaisir, nous avons été conçus ainsi.

"Venir ici pour admirer la Méditerranée, ce monstre de plaisir, est l'obsession des riches Européens !" s'exclama Julio, tirant Irene de ses réflexions intérieures.

Dans ces mots elle identifia celui qu'elle essayait de formuler dans ses pensées, "plaisir", un terme très simple qu'elle avait sciemment évité.

— Je cherche de nouvelles enclaves touristiques au bord de la grande bleue et j'adore mon travail, poursuivit-il.

— Si j'ai bien compris, tu choisis des lieux face à la mer pour que les gens y prennent du plaisir.

— C'est ça. Des crépuscules, des couchers de soleil, des paysages, des plages, de nombreuses plages où ils aimeraient se baigner, les sentiers arborés qui mènent à ces plages, des chemins bordés de palmiers et de fleurs que survolent de beaux oiseaux, pas des corbeaux, des endroits où on a envie de passer un moment de plaisir. Nous n'employons pas ce mot. Nous disons : "Ici, vous et votre famille découvrirez une oasis de calme en pleine nature", des termes plutôt banals. Le mot "plaisir" est interdit dans notre profession, contrairement à "paix", "repos" ou "bonheur", qui est plus fort.

— Toutes les plages ne se valent pas, n'est-ce pas ?

— Non, il n'y en a pas deux qui soient identiques, tout comme les vagues. Les plages sont très mystérieuses. Parfois, avant de mettre mes appréciations par écrit, je dois me baigner pour savoir si elles sont agréables. Ça, c'est vraiment sympa. Il faut que j'indique si on est tout de suite immergé ou s'il y a beaucoup de marche à faire avant de pouvoir nager en toute liberté. Tu n'as pas idée de la fainéantise des vacanciers. La plupart du temps, ça les gonfle d'avoir à parcourir une certaine distance pour avoir de l'eau jusqu'au cou. Mais ils n'aiment pas trop non plus être immergés tout de suite, ça leur semble dangereux. La plage parfaite est à mi-chemin entre les deux. Ils n'aiment pas marcher pour découvrir ensuite un promontoire qui les oblige à aller plus loin, par exemple. Ces plages-là, on les qualifie de trompeuses, elles découragent le touriste. La hauteur des vagues est importante également. Je reste parfois toute une semaine ou même deux quelque part, car les plages changent en fonction des vents. Dans mon métier, la transparence de l'eau est cruciale, comme l'absence d'algues et de méduses, mais je dirais que la transparence compte davantage et que c'est elle qui fait la réputation d'une plage. Les méduses sont un fléau, mais on peut les chasser. À Los Angeles, une entreprise est en train de mettre au point des ondes ultrasoniques qui les feraient fuir. Si seulement elles pouvaient exploser ! Ce sont des bestioles détestables, contrairement aux moules et aux autres coquillages. Elles peuvent bousiller une plage avec leurs piqûres.

Ils rirent, s'enlacèrent, s'embrassèrent, mais dans son for intérieur ces rires la meurtrissaient parce qu'ils étaient une imposture, un jeu social où elle interprétait un rôle. Elle ne se montrait pas telle qu'elle était. Au-delà de ces rires de pure convention qui résonnaient de concert, elle n'était peut-être rien ni personne. Rire en compagnie de cet homme représentait encore une forme de solitude.

— Il n'y a pas deux plages ni deux amours ou deux corps qui soient pareils, dit-elle.

— Par contre, les méduses et les algues sont toutes les

mêmes. Ce sont des erreurs de la nature ! répliqua-t-il, ironique, avant de s'esclaffer.

Ils gardèrent ensuite le silence, conscients d'être deux inconnus l'un pour l'autre, une réalité qui prenait corps, comme si une idée pouvait se matérialiser.

Il l'embrassa avec tendresse, s'appliquant dans ce baiser à dissiper le fait qu'ils étaient des étrangers. Mais l'excitation naissait justement de ce principe.

Grâce à lui, Irene éprouva de nouveau de la gaieté et devina que cette joie allait devenir une obsession et peut-être une addiction. Elle serait la cause d'une violente addiction. Pourquoi cette gaieté ? Elle se sentit alors étrangère à elle-même. Pourquoi se comportait-elle ainsi ?

Pour lui.

Lui.

Toujours lui.

Parce qu'il avait été elle.

Et qu'elle avait régné sur lui.

Marce.

Et si elle se trompait ? Si elle n'avait agi de la sorte que pour en tirer du plaisir ?

Non.

Elle le faisait pour lui.

Pour Marce, parce qu'elle l'avait vu dans le corps d'un autre. C'était magique. La magie existe. L'amour peut tout. "Constance de l'amour au-delà de la mort" était le sonnet le plus célèbre de la langue espagnole.

Elle le savait par cœur, le récita dans sa tête comme une prière susceptible de convoquer une force surhumaine :

Voiler pourra mes yeux l'ombre dernière
Qu'un jour m'apportera le matin blanc,
Et délier cette âme encore mienne,
L'heure flatteuse au fil impatient ;

Mais non sur cette rive-ci de la rivière
Ne laissera le souvenir, où il brûla :
Ma flamme peut nager parmi l'eau froide
Et manquer de respect à la sévère loi.

Âme, à qui tout un dieu a servi de prison,
Veines, qui à tel feu avez donné vos sucs,
Moelle, qui glorieuse avait brûlé,

Vous laisserez le corps, non le souci ;
Vous serez cendre, mais sensible encore ;
poussière aussi, mais poussière amoureuse[01].

Dans ce poème était écrit ou plutôt annoncé le retour de Marce d'entre les morts. Francisco de Quevedo l'avait vu, songea-t-elle. Quevedo l'avait compris, il le savait, il avait dû s'en apercevoir à d'autres occasions. Il connaissait ce prodige. On n'invente pas des choses comme ça.

Tu délires, Irene, ce n'est qu'un fichu sonnet écrit il y a une éternité par un poète laid et fou. Et il se peut qu'il n'en soit pas l'auteur, qu'il soit de la plume d'une femme, une maîtresse de Quevedo, si tant est qu'un homme aussi laid ait eu des maîtresses.

“Dieu garde Quevedo”, dit-elle à voix haute. Quevedo. Ces trois syllabes et ce sonnet, tout avait déjà été prévu quatre cents ans auparavant. Car Marce avait laissé le corps, non le souci.

Exactement.

Et ça avait du sens.

La beauté de ce sonnet l'enivrait.

01 — Francisco de Quevedo, *Monuments de la mort*, Paris, Deyrolle, 1992, traduction de Claude Esteban.

Elle se tourna vers le corps nu de Julio.

Glissa du sonnet de Quevedo au corps d'un homme dans la fleur de l'âge, s'attarda sur ses fesses, ses bras, ses mains, ses cheveux ébouriffés.

Tout se mélangeait dans la tête d'Irene, qui réfléchissait à vive allure.

Les baisers qu'ils se donnaient, l'envie de discuter de Julio.

Ce n'est pas de la joie, le mot est trop général. "Poussée" est le mot qui convient. J'ai une poussée cosmique d'euphorie, d'adrénaline, c'est la gloire, le plus haut degré du monde. Mais qu'est-ce donc, bon sang ? En principe, je devrais être en train de pleurer dans un coin de mon appartement, à Madrid, affligée et nostalgique, morte de douleur, au lieu de quoi je meurs d'envie qu'il revienne par la porte que j'ai ouverte, car j'ai ouvert une porte et qu'il est de l'autre côté, je ne suis pas folle, il n'a pas dû la trouver, voilà tout.

C'est de l'euphorie, c'est ça.

Et, en effet, elle n'était ni folle ni morte de douleur. Non seulement son amour pour Marce s'étalait devant elle, puissant et radieux, mais elle l'avait logé dans une chambre de son âme dont elle ne soupçonnait pas l'existence.

"La Méditerranée est un lieu miraculeux, dit Julio. C'est une mer mystérieuse, d'où son succès. Ce n'est pas le cas des autres mers. Elle est leur patronne à toutes, leur capitaine générale, leur impératrice ou quelque chose comme ça. En d'autres termes, elle est leur cheffe. Je pense que c'est lié au soleil, qui tombe sur elle de façon particulière, comme nulle part ailleurs sur la planète. Je me demande souvent quelle est la singularité de cette mer. Parfois je crois détenir la réponse, parfois non. L'élément fondamental est la civilisation. La Méditerranée est intéressante parce que la Grèce et l'Empire romain se sont créés sur ses rives, c'est décisif. D'autres mers sont bien plus belles, plus paradisiaques, comme celles qui sont sous les tropiques, mais Aristote,

Homère, Platon, Achille et Virgile n'y ont pas vécu. Une mer sans civilisation n'a rien de fascinant, elle n'a pour elle que la nature. La culture, l'art et la philosophie s'accordent avec la nature, elles l'améliorent, la rendent prestigieuse. Une plage aura beau être paradisiaque, elle n'aura aucun prestige si elle n'apparaît pas dans un roman ou dans un film. Les Grecs et les Romains sont les fondateurs du tourisme qualitatif à portée culturelle. Aristote te regarde quand tu te baignes dans la Méditerranée, alors que dans les Caraïbes, tu n'as pas d'autres spectateurs que des perroquets et des bestioles bizarres.

Ils éclatèrent de rire.

Une explosion de rires à l'unisson, tandis qu'ils imaginaient Aristote observant les baigneurs.

— Mais avoir un perroquet comme témoin de ton bain n'est pas mal non plus, lui fit remarquer Irene.

— Moi je préfère être reluqué par Aristote ou Platon ! riposta-t-il.

— Et les femmes alors ?

— Ah oui ! Cléopâtre !

— Sapho, la poétesse grecque.

Que l'exploration touristique du bassin méditerranéen corresponde à un travail bien rémunéré leur faisait partager une complicité à laquelle tous deux aspiraient, un lien avec le monde réel.

Ils s'embrassèrent encore en se serrant l'un contre l'autre. Étreindre un inconnu n'est pas si évident, d'où peut-être le besoin de Julio de discuter, car enlacer un étranger s'apparente à fouler l'abîme : que va te faire cet homme, sera-t-il gentil ou diabolique ? Il est plus fort que toi, il pourrait te tuer ou t'humilier, mais de mon côté je pourrais crier ; j'ignore si j'ai envie de cette étreinte qui me fait peur et l'effraie lui aussi ; qu'il s'en inquiète discrédite sa personne et son courage devant moi ; que je sois alarmée est en revanche un signe de tempérance et de rigueur ; je refuse qu'il m'enlace, ça me panique ; j'aimerais être embrassée par la bonté et non par un homme ; par ma mère, mais c'est impossible ; si je veux que quelqu'un m'embrasse, je devrai accepter que ce soit lui ; à l'âge adulte on ne choisit plus, on prend ce qui vient ou alors on n'a rien, c'est l'œuvre du temps et de la vie, et se plaindre n'est pas nécessaire ; ce n'est pour finir qu'une étreinte. Tant que des mots ou des gestes n'ont pas été échangés, tu ne sais pas si c'est Dieu ou le diable qui se presse contre toi.

Marce aurait adoré les théories de Julio sur la mer. Et si c'était lui qui s'exprimait par la bouche de cet homme ? Tout repose sur le miracle. Marce et Julio étaient peut-être des descendants du même homme et de la même femme ayant vécu il y a cent mille ans.

Irene lui demanda plus de détails sur son travail, car l'écouter parler l'obligeait à se soumettre aux normes des rapports humains, un ordre régi par le respect et la politesse.

Qu'il parle, ça m'empêchera de penser à moi, et j'espère que ce qu'il me dira retiendra toute mon attention.

“Quand j'ai commencé, mes supérieurs m'ont envoyé à Acapulco pour que je fasse un rapport sur le tourisme mexicain. J'ai vu des chefs d'entreprise et des patrons d'hôtel. Mes conclusions ont beaucoup fait rire mes supérieurs : je leur ai dit que les concepts de durabilité et de plaisir étaient des frères ennemis. À Acapulco, il y a de nombreux hôtels à deux pas des plages, des gratte-ciel au pied du Pacifique. Tu peux avoir une suite face à l'océan pour moins de cent dollars la nuitée. Pourtant les gens n'y vont pas pour la simple et bonne raison que ce n'est pas assez cher, car les touristes occidentaux se méfient de ce qui est bon marché. Ils l'associent à la maladie, au tiers-monde, à des hôtels à la vue paradisiaque, certes, mais dans une rue où ils pourraient croiser un tueur ou un lépreux. Le Pacifique est très différent de la Méditerranée, qui aime les humains alors que le Pacifique s'en fout. Les classes moyennes européennes veulent profiter de la mer en ayant l'assurance que les infrastructures touristiques, édifiées sur les principes d'un urbanisme barbare, ne nuisent pas à l'environnement. Le comble de l'hypocrisie. Plaisir et écologie, voilà ce qu'elles souhaitent. Dans ce cas, les touristes feraient mieux de rester chez eux et de ne pas aller au bord de la mer. Les classes moyennes occidentales sont une plaie soucieuse du respect de l'environnement. Ces gens sont une catastrophe, ils veulent tout et ça me fait bien rigoler, mais je ris jaune, car au fond il y aurait de quoi pleurer, ce cynisme crée un malaise."

Il marqua une pause.

— Il y a d'autres éléments à signaler : aujourd'hui, la Méditerranée est une fosse commune, un cimetière marin pour les pauvres, les migrants qui s'y noient en essayant d'atteindre l'Europe. Ce qui est pour certains un paradis est pour d'autres un enfer. Je pense souvent à eux quand je cherche de nouvelles enclaves, je les imagine brûlés par le soleil, puis asphyxiés par l'eau salée, une mort atroce, une torture.

— Tout ce que tu as vu dans ta vie te rend triste ?

— Ce qui m'est arrivé de plus beau, c'est toi.

— Pourquoi ?

— Parce que tu croques la vie à pleines dents, sans être hypocrite ni te préoccuper des règles.

Ils éclatèrent de rire une fois encore.

— Et la Grèce ? Je suppose que tu as dû aller dans les îles grecques, lui dit Irene, qui y avait séjourné un été avec Marce.

— Ah, la Grèce, c'est un autre niveau ! De l'eau bénie par l'Antiquité ! J'y ai passé du temps avec des entrepreneurs grecs. La Méditerranée y est plus bleue, ses îles sont pour ainsi dire sa réserve spirituelle et ses plages un excès d'existence. Les îles sont un caprice de la nature, des taches de rousseur sur un joli corps, comme si la terre se jouait de la mer en la faisant pénétrer dans un labyrinthe de collines inaccessibles. Il y a la mer Ionienne à l'ouest et la mer Égée à l'est. On ne connaît pas leur lien de parenté, et entre les deux le choix est difficile. L'eau s'aventure partout sur les côtes en dessinant des filets. Je crois que je préfère la mer Ionienne.

Il lui semblait entendre Marce. Tout ce que lui racontait Julio aurait pu sortir de la bouche de son mari. Concevoir une idée aussi belle que "l'excès d'existence" était davantage une particularité de Marce que de Julio.

Pourtant cet homme n'était pas Marce.

— Pourquoi préfères-tu la mer Ionienne ? l'interrogea Irene, animée d'une curiosité sincère.

— Aristote Onassis possédait Skorpios, une île située sur cette mer, et dans ce débat, il est l'épreuve de vérité. S'il a choisi la mer Ionienne pour y batifoler avec Jackie Kennedy, il en ressort clairement qu'elle était supérieure à la mer Égée. Si tu veux connaître l'excellence, il te suffit de regarder les endroits fréquentés par les riches de ce monde. À moins que ce soit des tocards ou qu'ils aient mauvais goût, ce qui est fréquent.

Ils s'esclaffèrent bruyamment, dans une plus grande complicité.

Cependant la perspective de dormir avec lui ne la réjouissait guère.

Elle avait besoin d'être seule.

Comment le lui dire ? Comment lui avouer qu'elle l'aimait énormément mais qu'il devait partir ? Et tout bien réfléchi il était faux de dire qu'elle l'aimait car elle venait à peine de le rencontrer. Ils avaient néanmoins fait l'amour et s'étaient par conséquent connus de manière intense, ils s'étaient engagés. La perspective de dormir à ses côtés la tourmentait.

Elle devait être seule pour offrir à Marce le récit de ce qui était survenu et convoquer le souvenir de son défunt mari, mais elle ne se rappelait que des images diffuses de leur vie en commun, rien de consistant. Même son visage était un plan flou, sans relief.

Pourquoi ? Pourquoi ne parvenait-elle pas à le concrétiser dans sa mémoire ? Pour quelle raison la volonté n'est-elle pas capable de subvertir le temps au mépris de la physique, de l'entropie et de la matière ?

À quoi sert donc la volonté ?

À cet instant, un élément décisif lui vint en aide : ils avaient toujours dormi ensemble. Jamais il ne lui était venu à l'esprit qu'ils puissent faire chambre à part.

Jamais ils n'avaient dormi dans des lits séparés, et avant de plonger dans le sommeil, Marce la prenait dans ses bras, comme s'il accomplissait un rituel destiné à les montrer unis contre l'hostilité des profondeurs de la nuit et des cauchemars éventuels, dormir ensemble étant peut-être encore plus significatif que faire l'amour.

Dormir ensemble est une lutte à deux contre l'obscurité de l'espèce.

Comme s'il lisait dans ses pensées, Julio mit son pantalon, sa chemise et reprit sa montre, un geste qui avait son importance puisqu'il l'avait enlevée avant leurs ébats. Marce le faisait lui aussi. Il alla dans la salle de bains et, moins d'une minute plus tard, lui annonça qu'il partait. Ils se prirent la main, s'embrassèrent, échangèrent leurs numéros de téléphone, Julio lui donna sa carte de visite, Irene non puisqu'elle n'en avait pas. Puis elle ferma la porte.

Elle se sentit enfin libre.

Elle s'allongea sur le lit, la fenêtre du balcon toujours ouverte, et trouva agréable le vent qui pénétrait dans la chambre. Elle voulait à présent se remémorer sa soirée dans les moindres détails. Elle ouvrit le minibar et avala une gorgée de whisky. L'alcool s'introduisit dans son sang, accélérant son pouls : la vie était toujours aussi belle.

Avoir été avec un autre que Marce l'exaltait et la mortifiait. Il était simple de remédier à ce problème : elle transformerait Julio en Marce. Elle songea à sa montre. De quelle marque était-elle ? Il ne portait pas la Santos de chez Cartier, bordée d'or avec un bracelet en acier, dont elle avait fait cadeau à son époux le jour de leur mariage. Son cœur battait à tout rompre. Quel genre de femme était-elle pour ne pas s'affliger du vide laissé par Marce ni éprouver de peur après la perte de son mari, qui avait été sa bouée ? Tout se brouillait dans sa tête, mais c'était passager, elle était la seule à formuler des jugements sur ses pensées profondes, et conclut qu'en fin de compte, les notions de bien et de mal ne sont que des superstitions de l'esprit humain, que Julio l'avait aimée et qu'en dehors de ça rien ne comptait, sans oublier qu'elle avait été la seule gouverneure de cette relation, elle avait tout décidé. *Gouverneure*, un mot vraiment masculin désormais féminin. Elle gouvernait mieux que le gouverneur le plus puissant. Quant à la société pour laquelle travaillait Julio, elle s'appelait ni plus ni moins SARL Paradise, conseil en immobilier et en investissements.

Elle remonta le drap.

Quel genre de femme était-elle ?

Existe-t-il des types de femmes et d'hommes ? Tout cela ne dérive-t-il pas de la vanité ? La vie ne distingue aucun type, pour elle il n'y a que des corps qui respirent, des biologies de passage sur la planète sans autre signification que la survie.

Le sonnet de Quevedo ne parle ni d'hommes ni de femmes. Que contient-il dans ce cas ? Peut-être seulement de la musique, des syllabes sonores, une chanson captivante, un mystère résolu. Quevedo perce le mystère de la vie en inventant un autre mystère.

D'un mystère à un autre, plus récent, moins fréquent.

Du vivant de Marce elle ne se posait pas de questions, c'était inutile : il était une réponse globale à tout. Et si, au fond, elle était une mauvaise personne ? Il y en a, et tant que nul ne le sait, il n'y a aucun mal à en être une. Ça se complique quand les gens le découvrent.

Être une mauvaise personne n'est plus quelque chose d'objectif, sauf si on est un meurtrier, présuma-t-elle. Un assassin en est une, de toute évidence, mais il est plus difficile de le déterminer en observant quelqu'un d'égoïste, qui ne pense qu'à lui, obsédé par son propre plaisir.

C'est bien que Julio soit parti. S'il était resté, je n'aurais pas pu l'idéaliser, j'aurais eu peur, j'aurais été sur les nerfs.

On ne peut pas être constamment sur les nerfs.

Mais tu es la gouverneure, songeait-elle. Or une femme qui édicte des règles et formule des désirs auxquels se plient des hommes beaux et honnêtes ne saurait avoir peur.

Tout s'était déroulé si vite… Elle consulta l'heure sur sa montre, une Bulgari, un cadeau de son père. Son aventure avait duré en tout et pour tout deux heures, pensa-t-elle avant de se rappeler la Cartier de Marce. Elle avait maintenant la nuit devant elle pour savourer son succès, qui tenait non pas à la conquête d'un homme – dont les grandes qualités professionnelles la confortaient dans son choix –, mais à la sensation de liberté de son corps errant dans l'espace sidéral et cosmique, à la recherche d'un mari qui se trouvait parmi les morts mais n'était pas mort. Il était avec eux, il les accompagnait, bien vivant, du reste elle l'avait vu sourire en haut de l'escalier.

Elle regretta de ne pas s'être davantage concentrée sur la montre de Julio. Son esprit vagabondait rapidement d'un souvenir à l'autre. Antonio, son père (l'évoquer en l'appelant par son prénom l'effrayait), la Bulgari, l'argent de son père, Julio, la Méditerranée, toutes ces images se déchaînaient dans sa pensée comme des rafales de vent glacé. Le jour où elle était allée chez un bijoutier de la Gran Vía, à Madrid, pour acheter la Cartier de Marcelo. Le directeur du magasin. La vendeuse qui avait ouvert la vitrine et disposé les montres devant son père en croyant que l'acheteur, c'était lui. Le directeur, qui avait remarqué qu'elle se trompait, s'était aussitôt tourné vers Irene pour retracer avec amabilité l'histoire de la collection Santos, créée en 1904. La première montre pilote du monde. Le modèle que son père avait essayé pour voir ce qu'il donnerait au poignet de Marce avait près de cent ans. Le directeur s'étendit sur son originalité : la pureté de sa ligne, un produit de rêve. Les montres étaient rondes à l'époque, Cartier les avait faites carrées. Et le cadran blanc, les grands chiffres romains, les aiguilles bleues et les vis apparentes sur la lunette. Il lui décrivit l'aviateur brésilien Alberto Santos Dumont, ami du créateur de la maison, le joaillier parisien Louis-François Cartier. Un jour, alors qu'ils dînaient au célèbre restaurant Michaud, le pionnier de l'aviation expliqua à Cartier qu'il ne pouvait pas consulter l'heure en plein vol, car il devait lâcher le manche pour tirer sa montre de sa poche. Or il était important qu'il sache l'heure lorsqu'il pilotait au milieu des nuages. Irene était fascinée. Cette conversation s'était conclue par la création de la montre qu'elle avait à présent entre les mains. Les vis servent à emprisonner le temps, songea-t-elle. Les chiffres rendent hommage aux Romains, qui ont inventé le temps. Les aiguilles sont bleues comme la mer et le ciel.

C'était la montre idéale pour Marce.

Elle se rappela le sonnet de Quevedo. Bien sûr, elle "manquait de respect à la sévère loi". Elle ou Marce, c'était du pareil au même, pouvaient “nager parmi l’eau froide”. Ce fichu poème était assez confus.

“Merde alors ! s’exclama-t-elle. On ne comprend pas où Quevedo veut en venir !”

Elle alla sur la terrasse, hypnotisée par l’immense nuit étoilée. Séduite, elle se sentait maître des millions d’étoiles peuplant l’univers.

Et sous ses yeux s’étendait la Méditerranée.

Bien vivante.

Elle se palpa les seins, caressa son duvet pubien, son clitoris, de la chair et sa concrétisation formelle qui se changèrent en mots chargés de peur et de désir.

C’était son corps.

Une réussite vitale.

Certaines femmes ne se touchent pas comme je le fais.

Je me touche parce que mon corps m’étonne.

Je m’étonne de ce que je suis.

Comment se peut-il que j’existe, que je sois un corps avec de la chair, des veines, un esprit ? se demandait-elle.

Comment ai-je pu ne pas prêter attention à sa montre ?

Elle se caressa de nouveau.

Cet homme a été ici.

Elle se sentait en vie, ce miracle ensorcelant, ce présent qui paraît invincible en étant la seule chose qui existe. Le temps présent est le mystère, le mystère du passé a un jour été présent et celui du futur le deviendra à son tour.

Les propos de Julio lui revinrent : “La Méditerranée est un excès d’existence.”

Les scènes d’un voyage en Grèce se rappelèrent à son souvenir, les images d’une oncologue aux épaules constellées de taches de rousseur qui leur avait annoncé de mauvaises nouvelles, des taches de son dessinant un archipel capricieux et labyrinthique. Car la Grèce est un pays où l’eau compte plus que la terre, peut-être le seul pays au monde où il en est ainsi, comme l'amour, qui pour eux comptait plus que le temps.

L'amour est l'eau.

Le temps est la terre.

Irene se réveilla à 8 h 15 après une bonne nuit de sommeil. Lorsqu'elle ouvrit les yeux, l'impression de plénitude perdurait, elle ne s'était pas dissipée, n'avait rien d'illusoire ni de superstitieux.

Les draps blancs enveloppaient son corps, elle était bien, ici, au milieu d'un océan d'oreillers câlins.

Elle serrait les draps entre le pouce et l'index, comme si elle voulait que la texture du tissu la pénètre.

Les draps sont énigmatiques, pensait-elle en les caressant de nouveau. Ils respectent la solitude des humains.

Une orgie de draps blancs.

La dernière compagnie d'un corps.

La grande quête du bien-être, de la propreté, des matelas spacieux. Des années de recherches dans le monde du repos, un univers de ressorts, de fibres, de matériaux d'avant-garde. Elle percevait tout cela.

Elle se doucha, resta longtemps sous le jet en changeant la température, eau froide puis chaude, passant d'un extrême à l'autre. Les canalisations de cet hôtel fonctionnaient à merveille, l'alternance du froid et du chaud lui procurait du plaisir et tout contribuait à un confort absolu. Pourquoi vivait-elle cela ? Avait-elle découvert une région cachée de la solitude, dont chaque détail était satisfaisant et resplendissant grâce à un escalier en haut duquel Marce l'attendait ?

Encore le sonnet de Quevedo : "Vous laisserez le corps, non le souci."

Elle se fit monter son petit déjeuner.

Consulta WhatsApp et lut cinq messages de Julio, des

mots doux, ceux d'un amoureux, teintés de l'érotisme des tocades par définition passagères.

Elle sourit en parcourant ces courts textes mensongers, ces déclarations transies qui fondraient comme neige au soleil si la vie les mettait à l'épreuve.

Si je tombais malade, il ne prendrait pas soin de moi, se dit-elle.

Si j'étais dans le besoin, il ne proposerait pas de me loger, ne me donnerait pas cinquante mille euros. Cinquante, peut-être, ou cent à tout casser, ou même deux cents, le prix d'une pute d'un certain standing.

S'il me voyait préparer son café tous les matins en pantalon de survêtement, il aurait moins la trique.

S'il me voyait souffrir, il n'aurait pas le temps de m'écouter.

S'il me voyait mourir, il ne me suivrait pas dans la mort ou dans le néant.

Il ne s'abreuverait pas à mon néant comme je m'abreuve chaque jour au néant de Marce.

Elle prit son petit déjeuner en engageant sa pensée dans un labyrinthe hypothétique, et crut voir son mari en haut des marches.

Qui es-tu maintenant ? Que veux-tu que devienne ta veuve ? Vous autres, les morts, vous ne pouvez plus émettre aucun souhait, pourtant tu es là, dans l'escalier.

Julio lui avait dit qu'il n'était pas marié, comme si ça l'intéressait ; mais elle avait accueilli cette confession comme un acte de bonne volonté.

J'en suis ravie pour toi. Et si tu es marié je suis contente aussi, avait-elle songé, comme si elle venait de conclure un nouveau pacte avec le monde, selon lequel rien n'avait de sens, hormis le plaisir et le désir.

Freud ! s'exclama-t-elle malgré elle à voix haute.

Freud, bien entendu. Tout est freudien.

Dieu a commencé par envoyer sur terre Jésus-Christ,

puis il a pris conscience qu'il avait gaffé, alors il a envoyé Freud, mais il est arrivé tard.

Trop tard.

Le médecin autrichien a fait ce qu'il a pu, c'est-à-dire pas grand-chose.

Sigmund Freud lui était venu à l'esprit, à croire que ce nom et ce prénom pouvaient faire la lumière sur une énigme historique.

Elle observait son croissant nappé de confiture qui brillait dans le noir. C'était de la confiture de prunes dont la texture grumeleuse s'étalait maladroitement sur la surface plane de la viennoiserie ouverte en deux.

Sa couleur sombre était prometteuse et non dénuée de beauté, mourir la bouche pleine de marmelade de prunes était beau.

Il y a des confitures claires et franches, d'autres obscures et mystérieuses. Qui a été le premier homme à en faire, à transformer les fruits en confiture ?

La transformation du sexe en amour est identique.

Elle rit. Irene rit.

Devant elle, la Méditerranée, inamovible.

Freud, répéta-t-elle, mais à voix basse, un sourire démentiel aux lèvres.

En buvant son jus d'orange, elle décida de louer une voiture. Elle appela la réception et on lui indiqua la marche à suivre.

Quel modèle choisirait-elle ?

Elle étudia la question sur le site de la société de location et adora toutes les automobiles proposées. Naturellement, elle opta pour la plus chère, la plus sportive, la plus intrépide, la plus rapide, la plus intense.

“Mais oui ! Les voitures peuvent être intenses !” s'écria-t-elle au milieu de la chambre, surprise d'avoir prononcé ces mots, un peu honteuse de se mettre à délirer ainsi.

Elle téléphona à l'entreprise de location spécialisée dans les véhicules haut de gamme, on lui conseilla plusieurs modèles et elle arrêta son choix sur une Alfa Romeo parce qu'elle aimait le design et le nom du constructeur, et que c'était une décapotable. On lui expliqua les différentes fonctions, en particulier le GPS aux cartes très précises déployées sur un immense écran. Enchantée, elle le compara à un ordinateur portable. Elle dicta à l'employé le numéro de sa Visa et s'imagina déjà en voiture.

Elle devait passer la chercher.

"Je veux aller à Rome", ordonna-t-elle mentalement à l'ordinateur de l'Alfa Romeo.

Et la machine traça l'itinéraire au départ de Malaga.

Elle reçut plusieurs WhatsApp de Julio.

Elle y répondrait peut-être plus tard, lui enverrait le nom d'un hôtel et un numéro de chambre.

On ne peut aimer personne de cette façon, en donnant le nom d'un hôtel et un numéro de chambre.

Elle prit un taxi pour se rendre à la société de location.

Alfa Romeo, deux mots qui contenaient un destin.

Elle serait Alfa et le reste du monde Romeo.

Elle finit par louer une BMW 840 Cabriolet, l'Alfa Romeo qu'elle avait vue sur Internet n'étant pas disponible après qu'on l'eut bercée d'illusions et qu'on lui eut seriné tant d'explications par téléphone.

Elle avait entrevu un destin fabuleux dans le nom de la marque, une forme appétissante de vie, une conjonction parfaite des planètes, et tout se dissolvait à cause d'un problème de stock.

Elle se fâcha, se sentit flouée. Pourquoi annoncer des produits qu'ils n'ont pas ? Tout le monde ment, l'univers est un mensonge horripilant.

L'homme affable qui la reçut, un roux d'une quarantaine d'années, lui dit que la voiture qu'elle allait louer était bien mieux. Bon. C'était une consolation.

Elle la réserva pour un mois.

Elle pouvait la rendre là où elle le désirait, dans n'importe quelle ville ou pays d'Europe, tout s'arrangeait moyennant un petit extra.

Marce, que veux-tu que je fasse de tout cet argent puisque que nous n'avons pas eu d'enfants à qui procurer ce plaisir ? Tu ne souhaites quand même pas que je le laisse à l'État espagnol pour qu'il le dépense en salaires de ministres, en dîners offerts à leurs homologues étrangers, en voyages à bord de jets privés ? Ou que j'en fasse cadeau à une ONG ? Dis-moi que faire de notre fortune alors que tu n'es plus là. Si seulement tous les pays de la terre pouvaient disparaître en signe de respect à ton égard et pour porter ton deuil ! Que le monde disparaisse en notre honneur serait la moindre des choses.

Que faire de cet argent et de nos souvenirs ?

— Prenez place à l'intérieur si vous voulez, elle sort de l'usine, elle affiche seulement quatre mille kilomètres au compteur, lui annonça l'employé.

— Si elle a déjà quatre mille kilomètres, c'est qu'elle ne sort pas de l'usine, répliqua Irene.

L'employé sourit, l'argument était imparable.

Irene s'installa dans la BMW.

L'habitacle sentait le neuf.

Où l'odeur de neuf des automobiles est-elle conçue ? se demanda-t-elle. Elle est addictive. Qui la crée ? Y a-t-il des gens qui font des recherches à ce sujet ?

Cette odeur était un baptême.

Elle ferma la portière et se sentit aussitôt à l'abri de l'odeur de vieux, parce que le monde sentait le vieux, ce qui n'était pas le cas de cette voiture. Elle observait le vendeur qui lui souriait tout en manifestant une certaine inquiétude à la voir s'attarder.

Elle finit par s'amuser de l'ironie du sort qui lui avait permis de louer la BMW et non l'Alfa Romeo. Cette auto lui plairait plus que l'autre, elle en était persuadée. Elle songea que la main de Marce orientait son destin.

Elle avait besoin de son entremise en toute chose. Pour de puissantes raisons, cela donnait un sens à son existence.

Sa main.

Voir sa main.

Elle lui manquait tant !

De puissantes raisons derrière chaque acte. Comment vivre si chacun de nos actes en est privé ? Chaque acte, qu'il s'agisse d'un clignement de paupières ou du mouvement d'un doigt, doit être justifié par la plus grande cause ayant jamais existé, un motif complexe porteur d'euphorie et de liberté.

La main de Marce symbolisait la volonté.

Tout ce qu'ils avaient accompli ensemble, leur vie.

La main qui l'avait toujours soutenue et avait à présent disparu, la laissant à la merci de ce que le hasard lui apporterait.

Mais de quoi se composait l'œuvre qu'ils avaient réalisée ? De voyages, de conversations, d'abandon, de loyauté ? De quoi s'agissait-il au juste ?

Le tableau de bord de la BMW lui faisait miroiter un avenir radieux, tout comme l'immense écran du GPS, le cuir des sièges, la boîte de vitesses automatique, le volant, la boîte à gants, les innombrables options réunies là dans un festival d'odeurs, de technologie et de promesse d'une vie intéressante.

Marce, Marce, regarde un peu la voiture que je vais avoir ! Quand je pense que nous aurions pu la louer ensemble et que je le fais seule. Son esprit vacilla, l'angoisse revint, et avec elle la désorientation.

S'il ne pouvait pas voir cette voiture luxueuse, tout était inutile, hostile, en état d'apesanteur.

Le tableau de bord et l'habitacle fastueux prirent soudain un aspect menaçant et froid.

En pensant à Marce, elle songea qu'elle avait en elle le sperme de Julio, une expression concrète de la cécité et du mutisme de la nature, et en conclut que tout finit par s'égaliser, que la nature s'emploie à niveler ce que les humains croient différent.

Exact, se dit-elle dans la BMW. La nature nous laisse entendre que notre identité sociale est un délire et que notre identité biologique est un hasard qui s'efface à court terme.

Au bout d'un moment, le vendeur, qui se prénommait Leopoldo, frappa contre la vitre au motif qu'il voulait lui expliquer le fonctionnement de la voiture et de ses nombreuses commandes.

Il était roux, avait le nez busqué et une barbe de trois jours, portait une chemise blanche et une cravate bleue. Sans veste car il faisait chaud. Quand il approcha son bras, elle remarqua sa montre, une Casio à quartz.

“J'adore cette voiture, Marcelo !”, s'exclama-t-elle en baissant la vitre.

Leopoldo lui précisa qu'il ne s'appelait pas Marcelo en lui adressant un sourire aimable et poli.

“Ce n'est pas la première fois qu'on m'appelle comme ça”, ajouta-t-il.

Ses yeux verts parurent s'éclairer en recevant le sang de ce fantôme, mais il mentait, il avait proféré un mensonge professionnel, car c'était la première fois qu'on confondait son prénom avec celui de Marcelo.

2

L'HÉRITAGE DE FEDERICO FELLINI

Marce était venu au monde à Rome d'un père espagnol et d'une mère italienne. Son père, Victoriano Mora, était d'origine madrilène et exerçait le métier de menuisier ébéniste. Il avait dû s'exiler après la guerre civile, laissant derrière lui sa mère – qui lui écrivait de temps en temps – et la tombe de Matías, son père, grièvement blessé dans un bombardement et atteint de tuberculose, une maladie causée par les malheurs, la misère et les humiliations.

On surnomma Victoriano Tory, ainsi que l'appelaient ses amis romains. Il était concepteur de décors dans les célèbres studios Cinecittà, édifiait les maisons, les temples, les colonnes, les murs, les chemins et les immeubles en carton-pâte des films tournés au sud-est de la Ville Éternelle, dans les années 1950 et 1960 du siècle dernier.

C'était l'un des ouvriers les plus appréciés, en particulier pour son excellent travail dans l'élaboration des décors de *Ben-Hur*. Il y a quelque part une photo de Tory avec ses collègues des studios et, au milieu, Charlon Heston. Tous les producteurs le réclamaient dans leurs équipes. Il comprenait immédiatement les souhaits des réalisateurs, qui aspiraient à édifier une vérité sur un mensonge, ce que Tory jugeait abordable, car sans qu'il puisse se l'expliquer, cette ambition résumait tout ce qu'il avait connu. La clé de sa réussite tenait peut-être à ce dont il avait été le témoin dans son pays d'origine, mais aussi en Italie. Il assistait à la construction des États et des pays comme s'il s'agissait de décors en carton-pâte, telles étaient l'Espagne franquiste et l'Italie qu'il avait sous les yeux au quotidien. Il en déduisit que c'était pareil partout ailleurs dans le monde.

Le monde entier était ainsi fait, à l'exception de son couple.

Il avait épousé sur le tard une Sicilienne prénommée Valeria et, sur le tard, ils avaient eu un fils et une fille.

Il légua à Marcello la langue espagnole, qu'ils avaient toujours parlée en famille. Marce la maîtrisait mieux que l'italien, sa langue maternelle, qu'il pratiquait aussi à l'école et avec ses camarades.

Tory lui avait appris la littérature de l'exil en lui faisant lire Antonio Machado, Max Aub, Francisco Ayala et Rafael Alberti, l'auteur de *Marin à terre*, à qui ils avaient rendu visite car il possédait une maison dans le quartier du Trastevere. Marcello découvrit également l'œuvre de María Zambrano, qu'il avait rencontrée dans son enfance, la philosophe espagnole ayant vécu à Rome. Elle lui avait un jour offert deux bonbons, il s'en souvenait car ils étaient vieux et n'avaient aucun goût.

“Viens, mon garçon, j'ai un cadeau pour toi”, lui avait-elle dit en déposant les douceurs rances dans sa main innocente.

Tory aimait par-dessus tout Cervantes, Pío Baroja et Machado. Il connaissait par cœur les sonnets des grands poètes du Siècle d'Or. “Constance de l'amour au-delà de la mort”, de Quevedo, était son préféré et il le récitait souvent.

Mais le cinéma l'emportait sur la littérature.

Tory avait appelé son aîné Marcello, fasciné par l'interprétation de Marcello Mastroianni dans *La Dolce Vita*, de Federico Fellini. Il avait eu une sorte d'illumination : le monde était une illusion ou même une convention politique, alors il valait mieux laisser la part belle à la comédie, au jeu et aux sourires.

Il adorait Fellini, dont les images le captivaient. Peu importait le sens de ses films, ce n'était sans doute pas ce qui comptait le plus. Il était avant tout ensorcelé par les visages étranges et les bizarreries qui se déroulaient à l'écran, qui lui faisaient l'effet d'un baume enchanteur.

Les personnages débordants de vie de Fellini l'hypnotisaient car ils menaient une existence qui se différenciait en tout point des vies normales. Que les personnes en chair et en os ne ressemblent pas aux individus qui peuplaient le cinéma de Fellini ne le dérangeait pas. “Celui-là, on ne sait pas de quoi il parle, les vraies gens ne sont pas comme ça”, disaient les employés de Cinecittá. Quant à la musique de Nino Rota, elle l'électrisait. Il n'avait pas besoin d'acheter ses disques, Rota les lui offrait, ornés d'une dédicace écrite au marqueur, un type de feutres qui venaient tout juste de sortir sur le marché et intriguaient Tory par leur trait épais, leur couleur bleue et la facilité avec laquelle ils glissaient sur n'importe quelle surface.

Fellini l'appréciait, ils avaient tous deux de longues conversations. Ils parlaient de l'Espagne et de l'Italie. Ce que lui racontait Tory à propos de la guerre civile intéressait beaucoup le cinéaste, qui voulait comprendre ce qui s'était passé à Madrid, Barcelone, Séville et Valence. Il trouvait incroyable que tout un peuple, au lieu de choisir la vie et le plaisir, se soit tourné vers la misère et la mort.

— *Ma perché hanno scelto la miseria e la morte ?* lui demandait-il.

— *È che non lo so, Federico, non lo so*, lui répondait Tory.

Ils étaient de la même génération. Tory avait un an de plus que Federico. Il lui récitait son sonnet favori de Quevedo en espagnol et le lui expliquait en italien, mais Fellini se moquait des explications, il savait déjà ce que disait le poème et voulait simplement entendre en espagnol ce qu'il connaissait en italien.

Un jour, Tory lui apporta un recueil de Quevedo avec en couverture un portrait du poète. Fellini trouvait insensé qu'un homme aussi laid portant ces lunettes atroces ait pu écrire des vers d'une telle beauté. Tory se concentra alors sur les verres épais et la monture en écaille de celles de son ami, qui s'en aperçut. Tous deux éclatèrent de rire.

Fellini changea la vie de Tory Mora, même si le sens de ses films lui échappait, mais il n'était peut-être pas nécessaire de les comprendre.

"Pourquoi comprendre la vie, hein, Federico ?"

Un tournant s'opéra dans son existence avec l'apparition de Fellini et la disparition de Valeria, sa femme, deux événements complémentaires.

Le réalisateur lui avait permis de considérer la vie comme un luxe sans fin ; la mort de Valeria, emportée par un mélanome vorace avant l'âge de quarante ans, le fit sombrer peu à peu, sans que personne s'en rende compte, dans l'alcoolisme.

Un alcoolisme mélancolique, pacifique et silencieux comme un vieux bateau qui pénètre maladroitement dans une nappe de brouillard pour ne jamais en ressortir. Une façon tendre de dire adieu à tout ce qu'il avait aimé, bien que le cœur de Tory ait abrité une hérésie que l'alcool tempérait : il avait plus aimé sa femme que ses deux enfants, Marcello et Paola, désormais à sa charge.

Il baignait cette hérésie de whisky et de vin.

Lui-même estimait étrange de faire primer une vérité sentimentale sur l'ordre biologique, mais les sentiments les plus profonds d'un homme ne sauraient être jugés ou corrigés.

Il avait l'impression de voir sa femme, sa Valeria.

Il s'asseyait à la table de la cuisine et la voyait prendre un café.

"Je t'aime", lui disait-elle.

Il la voyait souffler sur la vapeur de son café brûlant avec une grâce qui n'appartenait qu'à elle et qu'il ne retrouva par la suite sur aucunes lèvres.

Marce aussi se rappelait très nettement sa mère alors qu'il n'avait que neuf ans à l'époque de sa mort. Il ignorait en vérité si c'étaient des souvenirs propres ou d'autres, composés à partir des histoires que lui racontait Tory, mais peu importait. Il y avait tout un tas de photos de Valeria et d'objets la commémorant dans leur appartement du quartier du Testaccio.

L'amour de Tory pour son épouse s'insinua dans l'âme de Marcello – il est facile de pénétrer l'âme d'un enfant – et même si son père n'en eut jamais conscience, il avait transmis son hérésie à son fils.

Désireux que Marcello connaisse l'Espagne, il l'y envoya et resta chez lui. Il avait besoin de cette solitude pour sonder sa mémoire, célébrer le passé et faire en sorte que sa déchéance et sa retraite dans le silence profond se passent de témoins. Sa quête d'isolement se teintait d'égoïsme. Paola partit à l'internat en Suisse grâce à l'intercession de Fellini, qui avait assisté à l'effondrement de Tory et tenait à contribuer à l'éducation de sa fille.

Tory ne s'était jamais vanté de son amitié avec le cinéaste, qui était pour lui un ami. À l'instar de beaucoup d'hommes, il était dépourvu de vanité, qui ne rend la vie ni plus longue, ni plus belle, ni plus intense, mais signifie une absence de passion. Fellini le savait, et quand il se promenait avec Tory Via Margutta, Via del Corso et sur la place d'Espagne, il se délivrait de son image publique, ce qui n'était pas si simple, et il se sentait bien, libre, sans entraves.

Marcello alla vivre à Madrid, chez la sœur célibataire de Tory, une vieille dame à la santé fragile. La tante Alicia occupait un appartement dans le quartier d'Usera. Elle aurait fait n'importe quoi pour son neveu. Même si elle avait cinq ans de plus que Victoriano, Marcello décela une certaine ressemblance avec son père qui le conforta. Il s'inscrivit aux Beaux-Arts, où son prénom "s'ibérisa" en perdant un “l”, mais il avait la nostalgie de Rome. Il resta deux ans aux côtés de sa tante, durant lesquels il s’employa à connaître Madrid et à voyager en Espagne. Il s’apprêtait à repartir en Italie pour passer quelques jours avec son père quand un appel téléphonique le prit de court. Tory avait succombé à un infarctus dû à son alcoolisme. Un jour, il ne s’était pas levé. Pino, son meilleur ami, l’attendait au Forcano, leur bar habituel, situé dans le Testaccio, où ils avaient été heureux et où il avait partagé avec Valeria des moments de bonheur, dînant de pâtes arrosées de vin sicilien.

Pino s’étonna de son retard. Ce fut lui qui donna l’alerte.

Marcelo, le cœur brisé, avança son voyage à Rome pour s’occuper des obsèques et accomplir les formalités nécessaires avec Paola. Sa tante Alicia l’accompagna, elle voulait prendre congé de son frère, être là.

Marcelo adorait Tory.

Il avait été un bon père.

Sa mort consolida son héritage.

Car de manière sensuelle et implicite, il avait légué deux passions à Marcelo : le cinéma de Federico Fellini et l’amour comme seule vérité au monde. Tory avait été amoureux fou de Valeria, et sa perte l’avait précipité dans la destruction, Marcelo le savait. Il s’en était aperçu à l’adolescence, avait vu cet homme passer ses journées à regretter son passé, plongé dans les souvenirs de l’existence qu’il avait menée aux côtés de son épouse. Il l’avait vu créer un Âge d’Or. La plupart des veufs et des veuves vont de l’avant et se forgent une autre identité en accord avec un des commandements de la vie, qui consiste à aller jusqu’au bout de sa nouvelle personnalité. Tory s’en était gardé, il n’en avait pas été capable, n’avait pas pu devenir quelqu’un d’autre, n’avait pas su se comporter comme le font les veufs et les veuves très épris de leur conjoint défunt, mais qui veulent poursuivre leur vie. Il se languissait constamment de sa Valeria, ne concevait pas l'existence sans elle. Il avait essayé de changer de peau pour survivre, surtout pour ses enfants, Marcelo le savait. Mais l'amour qu'on porte à quelqu'un crée une force de gravitation que Tory n'avait pas vaincue, sans doute parce qu'elle était l'un des plus beaux spectacles qu'il lui avait été donné de contempler. Il savait qu'il ne revivrait avec personne les années vécues avec Valeria. C'est ce qui l'avait tué à petit feu tout en l'amenant à la conclusion qu'il avait eu beaucoup de chance d'avoir rencontré une telle femme.

Après avoir enterré leur père à côté de Valeria, Marcelo et Paola découvrirent chez le notaire que Tory avait de grosses économies dont ils n'avaient jamais eu connaissance.

Il avait mis de côté pour eux, car sans sa Valeria, il n'avait plus aucune raison de dépenser son argent.

Le frère et la sœur vendirent l'appartement du Testaccio et se répartirent la fortune paternelle et quelques souvenirs. Le logement valait cent fois le prix auquel Tory l'avait acquis à la fin des années 1950, de sorte que leur avenir était assuré pendant des années.

Ils suivirent des voies différentes.

Paola partit à New York faire des études d'histoire de l'art avec une amie du pensionnat suisse ; quelques années plus tard, elle s'établit dans le Middle West, où elle épousa un riche fermier, et entama le deuxième chapitre de sa vie. Ils s'achetèrent une immense maison. Elle envoyait de temps à autre à son frère des photos et une carte de vœux à Noël.

Marcelo retourna à Madrid avec la tante Alicia. Il voulait rester fidèle à sa famille, dans la ville qui avait été celle de son père, où la guerre l'avait surpris l'année de ses quinze ans. Il entrevoyait sa vie future dans ce pays : si son père avait été contraint de fuir l'Espagne, lui savait qu'en vertu d'une pirouette du destin, il devait s'y installer.

Pendant son séjour à Rome, Alicia s'était obstinée à chercher dans l'appartement du Testaccio le fantôme de son frère et les vestiges de leur vie de famille dont la guerre et l'après-guerre les avaient privés, mais son frère était devenu un étranger. Marcelo n'eut pas le temps de lui faire visiter Rome ; ils se promenèrent sur la place d'Espagne et allèrent au Vatican, rien de plus. L'attitude de sa tante fascina Marcelo : elle ne pensait qu'à son frère, la capitale de l'Italie lui était indifférente. Mais Tory avait aimé Rome, la ville de Valeria. Le monde se composait d'amours se croisant dans l'espace et le temps sans jamais se rencontrer, insignifiants, désordonnés, incohérents.

Marcelo considérait peut-être son retour à Madrid comme un hommage rendu à Tory, l'homme qui avait puisé de l'espoir et du bonheur dans l'œuvre de Federico Fellini.

Il se rappelait combien son cinéma avait aidé son père à surmonter la disparition de sa bien-aimée. En vérité, il convoquait Valeria à travers ses films, qu'il avait tous vus avec elle à leur sortie.

La beauté du cinéma de Fellini présidait à l'amour de ses parents.

De son père, Marcelo avait hérité l'amour qu'il avait éprouvé pour sa mère et Fellini. Il en avait conclu que l'amour est le seul but de la vie, le plus difficile à atteindre, une chance dont très peu d'élus bénéficient. Le cinéma de Fellini et l'amour comme seule réalité revêtaient à ses yeux un caractère sacré.

Fellini séjournait à New York lorsque Tory mourut, mais il envoya un télégramme que Marcelo gardait dans son portefeuille, plié avec soin, comme le témoignage d'une alliance entre Dieu et les hommes.

3

L'AMOUREUSE DU VENT, II

Elle quitta Malaga à bord de la BMW, dont elle avait abaissé le toit.

Le vent s'engouffrait dans tout l'habitacle. Elle portait des lunettes de soleil, s'était mis du vernis à ongles rouge qui faisait ressortir ses doigts sur le volant de couleur beige.

"J'adore le cuir beige !" s'écria-t-elle.

Elle parlait toute seule en espérant que son Marcelo l'entendrait alors qu'elle-même n'entendait pas la musique, couverte par le souffle du vent.

Il vaudrait mieux que je ne m'arrête pas, que je continue à voyager. Tant que je suis en mouvement, la vie ne tombe pas dans des espaces morts. Nous aurions dû partir davantage, Marce ; nous aurions dû nous évader de Madrid tous les week-ends ; faire de longs périples pendant les vacances, profiter des avions, des aéroports et des autoroutes pour ne pas penser à nous, à ce que nous allions devenir. Voilà ce que nous aurions dû faire.

Non, pas les avions. Maudits soient-ils, eux, les compagnies aériennes et les gouvernements qui les laissent détruire des êtres humains.

Quand elle songeait aux avions, il se passait quelque chose dans son cerveau.

De quoi s'agissait-il au juste ?

Elle savait qu'elle se mentait : ils avaient souvent voyagé, même s'il était certain, mathématiquement certain qu'ils auraient pu partir davantage, s'échapper plus souvent. Irene le pensait, se laissait aller aux caprices de sa douleur, qui la portait vers un lieu erratique de son imagination.

Elle songea à tous les endroits qu'ils n'avaient pas visités, comme l'Australie, et trouva malheureux qu'ils n'y soient jamais allés.

Il lui fallait choisir une destination. Le GPS avait la solution et lui proposerait un bon hôtel.

Elle décida de sauter le déjeuner.

Elle ne prendrait que du café.

Et dînerait à son arrivée.

C'était le 2 juin, le printemps agonisait, annonciateur de l'arrivée de l'été.

Elle s'obligea à parcourir six cents kilomètres, ravie de la résistance de sa vision, de ses mains, de ses bras. Elle adorait conduire cette voiture. Elle choisit de passer la nuit au Parador El Saler.

Elle leur téléphona sans lâcher le volant et réserva une chambre double supérieure avec vue sur la mer. Elle se jura de ne jamais prendre une chambre ne donnant pas sur la mer quand elle descendrait dans un hôtel à proximité d'une plage. Elle se jura de ne plus jamais s'éloigner de la mer, qui immunise contre la douleur.

Elle se rendit compte que lorsqu'ils allaient à la plage, elle et Marce avaient toujours eu vue sur la mer, et son pouls s'accéléra quand son mari réapparut devant elle, les yeux tournés vers le large.

Elle arriva à l'hôtel sur le coup de 18 h 00, se fit enregistrer avant de découvrir sa chambre inondée de soleil. De la terrasse, elle voyait la mer. Elle écrivit un WhatsApp à Julio : "Moi aussi je vais faire des recherches sur la Méditerranée", ajouta quelques émoticônes de rires en boîte avant de mettre son bikini et de se diriger vers la plage déserte. De grosses vagues déferlaient, le vent s'était levé. Juin n'est pas la haute saison touristique. Il n'y avait là que quelques sportifs et des chiens qui couraient sur le sable.

Juin a encore un pied dans le mauvais temps, songea-t-elle.

C’est justement sa consanguinité avec le climat maussade qui fait tout son charme.

Juin avait toujours été le mois d’Irene, qui lui était destiné. Un mois par an, chaque humain resplendit de façon unique au point de percevoir le mystère de la vie. Des milliers d’hommes et de femmes ne croient pas au mystère de la vie. Irene était peut-être la seule adepte de cette croyance. Elle se sentit ridicule et pétulante. Car ils sont non pas des milliers, mais des millions à être sceptiques, croire à ce mystère étant peut-être une marque de pédanterie.

Tout humain a son mois préféré, qui justifie son existence.

Irene adorait juin.

Elle s’introduisit dans la mer en courant, certaine de pouvoir ainsi dominer le froid et les vagues, car l’eau avait encore une température hivernale qui lui rappela la lenteur avec laquelle l’été gagne le monde, se glisse parmi les choses, suggérant une touche de chaleur en plein mois de février, la possibilité de se baigner dans un fleuve par une tiède journée de mars, gagnant du terrain dans une liturgie invisible aux yeux des humains, mais qu’Irene venait de déceler, pétulante, emphatique et pédante. Elle se représenta des territoires inconnus qu’elle n’avait jamais foulés et où probablement très peu d’humains avaient accédé. Mais quelles étaient ces zones de la planète, ces espaces dont on ne parle pas et dont on ne fait guère la publicité à la télévision ou sur Internet ?

Marce, tout évoquait Marce dans son état post-mortem, comme s’il s’était changé en vagues frangées d’écume blanche. Tout débutait et finissait en lui, estimait Irene, car cette façon d’appréhender le monde atténuait son angoisse.

Pour elle tout s’appelait Marce.

Sa solitude avait un nom de baptême, voilà tout.

Elle songea à sa montre Cartier en or. Où était-elle ? Elle

avait disparu des effets personnels de Marce. Pourquoi ? Elle avait un trou, sa mémoire sinuant dans des labyrinthes cérébraux, des mers et des océans sans îles ni poissons, sans vie, comme les planètes découvertes par les télescopes de la NASA, où l'on suppose qu'il y a des océans mais pas de vie. Telle était sa mémoire et telle était la Cartier en or. Sans vie.

Elle pensa au silence, se dit que le monde serait merveilleux si on n'y entendait que les oiseaux, le bruit des vagues, le courant d'un fleuve, le souffle du vent dans la cime des arbres. Elle pourrait peut-être alors trouver la paix dans ce monde, le chaos de sa mémoire se réordonnerait ou se rassérénerait.

Si un bouton permettant l'explosion de milliers de bombes atomiques était à sa portée, elle le presserait et ferait de la terre une boule de feu purificateur, mais aussitôt elle se figura les poissons, les dauphins, les lions et les oiseaux et elle rit, elle rit toute seule en concluant que même si elle le pouvait, elle ne passerait jamais à l'acte.

Les vagues lui fouettaient le corps, l'eau pénétrait dans ses voies respiratoires, elle vivait l'instant où le sel envahit le nez et brouille l'entendement, où la présence de l'eau est presque terrifiante et où surgit le spectre de la mort par noyade. Irene voulait expérimenter ce qu'on éprouve en étant en danger de mort afin d'y retrouver Marce, l'homme qui l'avait aimée jusqu'aux limites de la folie.

Comment avaient été l'amour de Marce et le sien pour lui pendant les derniers jours où ils avaient tant parlé ? Je t'attendrai de l'autre côté, de l'autre côté de la vie, donc celui de la mort, *ma flamme peut nager parmi l'eau froide*, nous ne serons séparés qu'un court moment. Mais ils savaient qu'ils se mentaient pour se donner l'impression qu'il y avait une continuité. Ils évoquèrent leurs sexes, se demandèrent si les masques de l'identité finissent par tomber quand on quitte le théâtre de la vie. Irene voulait le rejoindre, être déjà au moment où on abandonne le théâtre, et il lui avait répondu qu'affirmer être un homme ou une femme ne tient peut-être qu'au désir d'être quelque chose face à la vague indétermination sur laquelle la vie biologique construit ses édifices de chair, de sang, d'organes, d'artères, de mâchoires, d'os, de neurones, d'yeux et de fluides, tout cela étant condamné à se réduire en *poussière amoureuse*.

Qui peut discerner l'anatomie d'un homme ou d'une femme dans la *poussière amoureuse* ? Que ressent-on en cessant de voir celui ou celle qu'on aime pendant des milliers, des millions d'années ? La perspective de ne jamais revoir Marce était aussi belle qu'épouvantable ; elle l'avait cependant revu en ayant un orgasme avec un autre homme. Elle ne lui avait pas parlé car il avait *brûlé*, glorieux. On finit par accepter la mort des êtres chers au fil du temps, et l'âme devient décrépite et nauséabonde, car dès lors qu'on accepte et qu'on oublie, on n'est plus rien ni personne, on est moins qu'une pierre.

Elle croit entendre Marce : imagine, imagine un humain amoureux qui a perdu la personne qu'il aimait, imagine que le temps ne passe pas pour lui, qu'il n'a aucun effet. Quelqu'un d'imperméable au temps serait un miracle. Les gens acceptent de perdre leurs proches parce que le temps s'impose à eux. La première année est terrible. La deuxième aussi, mais moins. La troisième est étrange, on couche avec un autre. La quatrième apporte son lot de nouveautés, le veuf ou la veuve mène sa propre vie. La cinquième année, le défunt ou la défunte n'est plus qu'un défunt ou une défunte. Ils sont toujours des êtres chers, mais ils relèvent d'une autre époque. Des êtres chers anciens. On les aime tout autant, or ils n'ont plus de chair, plus de corps. On les révère non pour eux-mêmes mais parce qu'ils font partie de notre passé. Personne ne les remplacera, pourtant d'autres arrivent, différents, et ils présentent l'avantage d'avoir un corps. Nous n'aimons pas les morts mais nous-mêmes. De nos morts nous aimons la part de notre identité qu'ils contiennent.

Elle sortit de l'eau.

Elle s'aimait à travers Marce, en vertu de la malheureuse réalité animale qui consiste à s'aimer de manière insupportable, vampirique, au point que cela finit par se retourner contre soi.

Elle sentait le vent puissant sur sa peau.

Change-toi en spectre, dit-elle au vent.

Elle était seule.

Son mari était mort.

Depuis combien de temps ? Ah, ce maudit labyrinthe, et le souvenir de sa famille, de son père et sa sœur, pourvu qu'ils s'écartent de moi !

Combien de temps ? Cette interrogation lui rappelait que l'art de mesurer le temps ne saurait être la seule prérogative de l'ordre politique et social du monde.

Elle fut prise d'une colère noire contre tout ce qui symbolisait un accord, des conventions politiques et morales. L'amour qu'ils s'étaient témoigné avait effacé la civilisation de leurs corps et de leur esprit, telle est l'œuvre de l'amour atavique, dissolvant et primitif : il balaie toute construction humaine, y compris la justice, qui est la plus solennelle et la moins âpre.

Elle se raccrochait à la vie, non pour la vie en soi mais pour elle-même, au motif qu'elle était la reine de la vie. “Ire, tu es la reine de la vie, mais pour l'être, il faut que tu y croies. Les autres ne comptent pas, ils n'ont jamais compté”, lui avait dit Marce.

Il jouait avec son prénom.

Il l'appelait Ire.

Parfois Ne.

“La lumière du soleil, voilà ce que tu es. Les gens l’aiment parce qu’ils t’aiment. Ils ignorent qu’ils sont amoureux de toi, Ne.”

Maintenant elle n’était plus qu’une veuve.

Ma soif de beauté prendra fin avec moi, songea-t-elle.

Elle toucha son sexe, trop poilu. Elle n’avait pas eu le temps de s’épiler, elle devait le faire. Cela n’avait pas empêché Julio de se promener dans cette forêt, et ce duvet châtain bien fourni l’avait excité. Toutes les Espagnoles ont un duvet châtain. Les Espagnols aussi. Elle jouait avec ces poils.

Il en avait certainement avalé. Quel type d’aliment étaient donc ces poils emmêlés, entortillés et fuyants ?

Nous sommes des châtaigniers, pensa-t-elle en imaginant ces arbres.

Julio avait caressé une forêt de châtaigniers. Irene était alors sortie d’elle-même ; elle se souvenait d’avoir vu son corps étendu sur le lit et son esprit vagabonder. Tout naturellement, elle avait réussi à séparer son corps de sa conscience. Elle raisonnait en termes de conscience et non d’âme, ou plutôt d’attraction, se disant qu’elle était de nouveau près de Marce. À chaque baiser de Julio sur son corps, elle avait retrouvé Marce, revu son mariage à la mairie dans sa totalité : le visage rayonnant de son époux, son costume gris, ses mains prenant les siennes, le déjeuner après la courte cérémonie, leurs baisers incessants, les présages de bonheur, d’un parfait mélange de joie et de sécurité, car sa dévotion pour lui signifiait qu’elle n’aurait plus jamais l’impression d’être seule. Elle se rappela également la présence de son père, Antonio, grand et élégant dans un complet bleu marine, ses cheveux blancs, et celle de sa sœur, Clara, avec ses yeux perçants et son regard cependant doux. Tous deux lui semblèrent menaçants. Et tandis qu’elle se perdait dans ces souvenirs, Julio était là, jouissant de son corps et la faisant jouir, tout sentiment de culpabilité avait été effacé par la vision fervente de Marce.

Marce couronné.

Je te reverrai toutes les fois où je coucherai avec un homme, mon amour, car *ma flamme peut nager parmi l'eau froide et manquer de respect à la sévère loi.*

Dès que je ferai l'amour avec un autre, le passé ne sera pas un puits sans clarté mais se déroulera devant moi comme ce que nous avons vécu ensemble au fil des jours.

Elle se doucha et commanda un tartare de saumon au room service. Elle n'irait pas au restaurant, préférait dîner sur la terrasse de sa chambre, dans le soleil déclinant.

Elle recevait toujours des WhatsApp de Julio.

"Je t'adore", écrivait-il.

Il voulait savoir où elle était.

Elle se réjouissait de cette quantité de messages. Se sentir désirée prouvait qu'elle était bien vivante.

"Julio, où es-tu ?", finit-elle par répondre

"Ce soir, je dors à Carthagène."

Elle consulta son portable : 283 kilomètres séparaient cette ville de son hôtel. Le trajet en voiture durait 2 h 58.

Il était 21 h 30.

S'il partait tout de suite, il arriverait à minuit et demi.

"Parador El Saler, chambre 123, je t'attends."

Le message envoyé, elle éteignit son mobile.

À cet instant précis, on lui apporta le tartare de saumon et un verre de vin blanc. Ce n'était pas un serveur mais une serveuse, une belle jeune femme dont les yeux ressemblaient à d'immenses roses ouvertes. Elle étudia ses mains, les compara aux siennes et eut envie de les toucher. Pour quelle raison ? Elle l'ignorait. Les veuves sont folles, c'est ça ?

Pourquoi ?

Parce qu'elle était peut-être attirée par les femmes, voilà, et au fond c'était profondément accidentel, les sexes étant pour la nature des accidents.

La lune montait dans le ciel, son regard s'arrêtait sur son portable pendant qu'elle mangeait. Elle était tentée de le rallumer, mais trouvait que c'était mieux ainsi.

En fait, elle évaluait le désir d'un homme, d'un humain pour un autre. C'était opportun et décisif, car tout ce qui existe peut être quantifié, telle est la civilisation. Elle allait découvrir si son envie d'être à ses côtés, de dévorer ses arbres châtains, de pénétrer sa chair, de lécher ses tétons, ses pieds, son cul, méritait qu'il parcoure trois cents kilomètres à vive allure, qu'il interrompe ses activités, règle sa note sans rien vérifier, comme dans les films américains, saute dans sa voiture et démarre en trombe, conduise, perde patience en étant agacé par les virages et les voitures à doubler, croise des camions, des ambulances, d'autres voitures, peste contre certains véhicules trop lents, trop tranquilles ou trop pusillanimes, subisse l'attente en aspirant ardemment au plaisir à venir, se réjouisse de leur prochain festin de baisers et de la lutte sans merci que se livreraient leurs corps, leur chair.

Une lutte qui amènerait Marce.

Il viendrait si elle se consumait, sans quoi il ne se présenterait pas.

Elle gravissait un escalier enflammé, ardente sous la langue de cet homme grand et fort qui ignorait que sa maîtresse montait de véritables marches en haut desquelles l'attendait Marce, un sourire de feu aux lèvres car tout brûlait, tout était *moelle, qui glorieuse avait brûlé*.

Il avait au poignet la montre Cartier, un objet en or, mais pas entièrement car il se composait aussi d'acier. On avait du reste critiqué et blâmé le créateur pour avoir utilisé cet alliage à une époque moderne, pour son côté plus démocratique.

Quand elle avait vu les flammes monter de la bouche de Marce, Irene avait eu un orgasme épuisant qui avait meurtri son corps. Elle avait descendu l'escalier en haletant, aidée par le souvenir naissant de l'image de son mari.

Marce, Marce, tu serais vraiment idiot de penser que je t'ai été infidèle en couchant avec cet expert en Méditerranée. Je l'ai fait pour que *l'heure flatteuse au fil impatient délie cette âme encore mienne*. Je me suis contentée de troquer un fantôme contre un corps, c'est une alchimie, car je ne désire que toi. Mais Marce, Marce, dis-moi comment quelqu'un pourrait-il croire que je t'ai trompé ? Je serais prête à le tuer. Je ne te vois qu'en haut des marches et c'est ce que je souhaite, te revoir, que tu reviennes dans ma vie. Sans toi mon existence est désordonnée, brisée, et chaque jour j'ai la preuve de la grandeur de ton amour.

Âme, à qui tout un dieu a servi de prison, songe-t-elle. Les vers de Quevedo étaient toujours là. Qui peut écrire un tel sonnet sans être un ange ou un démon ? Quelqu'un qui a sondé les profondeurs du temps et de la vie. Ce poème était une Bible en quatorze vers. Pourtant quelque chose la dérangeait beaucoup, caché dans ses souvenirs, même s'il était beau car Marce le connaissait lui aussi par cœur, son père le lui avait appris.

Elle ne ralluma pas son portable immédiatement.

Et continua de penser au sonnet de Quevedo.

Personne n'y avait vu un message cabalistique, une clé, une prière qui à force d'être dite ouvrait la porte des palais célestes et permettait de voir les morts persévérer dans l'amour.

Personne.

À part elle.

C'était le sonnet préféré de sa mère, cette femme partie avec un autre homme et dont elle portait le prénom, Irene, et qui, plus tard, paya très cher cette décision, car le poème de Quevedo est une rêverie destinée à tromper la solitude avec des mots élégants. Les mots lui manquèrent ensuite pour demander pardon et regagner son foyer, où l'attendaient son mari et ses deux filles.

Elle s'allongea sur le lit, alluma le téléviseur, zappa jusqu'à trouver un film intéressant sur une chaîne de classiques du cinéma, un vieux film de 1948 intitulé *Lettre d'une inconnue*, avec Joan Fontaine. Le poste était fixé au mur, juste à la bonne hauteur pour que le client puisse profiter à son aise de l'écran, le dos calé contre les oreillers moelleux, mais elle mourait d'envie de savoir si Julio allait venir ou non, ne parvenait pas à trouver une position confortable et n'arrêtait pas d'enlever et de repositionner les coussins sous ses jambes ou sa colonne.

Comme Marce, les oreillers ne parlaient pas, mais elle se remémora des scènes où son mari, sitôt après avoir franchi la porte de leur chambre d'hôtel, lui recommandait le plus douillet pour y poser son cou délicat. Lorsqu'il voyait les six oreillers qu'il y avait parfois sur le lit, il pensait immédiatement à elle, à son Irene. Il considérait le monde à l'échelle de sa femme.

Elle passait toujours en premier, en tête de toutes ses préoccupations.

Elle ne supportait plus de voir son portable éteint.

S'il venait, elle devait se faire belle.

J'ai toujours été belle pour toi, Marce, même quand le temps a passé. Je n'avais guère besoin de m'apprêter parce que tu me voyais tous les jours, même quand je restais à la maison en survêtement. J'étais selon toi l'incarnation de la beauté, de la bonté et de la vie.

Or cela je ne l'ai plus.

Je ne l'aurai plus jamais, mais je l'ai eu un jour, et maintenant tu m'obliges à rester en vie, tu me l'as fait jurer.

Il était 23 h 00.

S'il avait pris la route, s'il roulait à 130 ou 140 kilomètres à l'heure, il avait déjà parcouru plus de cent kilomètres. Elle s'amusa à l'imaginer dans sa voiture, sur les nerfs et heureux, excité, mourant d'envie d'arriver dans une chambre splendide. Il faisait parfois des pointes de vitesse, au risque de se faire prendre par un radar et d'écoper d'une amende.

Il viendrait, elle en était sûre.

Elle avait au moins le pouvoir de rendre un homme heureux. Un immense pouvoir, car le bonheur est un pouvoir et non un souci. Elle lui donnerait son corps pour éprouver du plaisir et sentir que la vie était vraie et précieuse.

En attendant elle regardait ce film, captivée par l'histoire de cette femme amoureuse pendant des années d'un homme sans qu'il le sache. Elle se reconnaissait dans ce personnage.

Marce, tu crois qu'il va venir ? Et s'il vient tu viendras et je te reverrai, n'est-ce pas ? Je l'espère. Comment peut-il y avoir encore de l'oxygène dans le monde alors que tu es parti ? Tu aurais dû emporter avec toi tout l'oxygène, l'hydrogène, le nitrogène, l'hélium, l'eau et la pierre, les poissons et les vaches. Tu aurais dû tout emporter car tu étais le maître de la vie. Tu aurais dû tout changer en *poussière amoureuse*.

Nous ne savons pas qui nous sommes tant que nous n'avons pas contemplé ce que nous sommes susceptibles de devenir, se répétait-elle. Tant que j'étais à tes côtés j'étais une femme sans solitude. À présent tu es mort et je suis une proie pour la solitude.

Voilà ce que je suis, ce que ta mort a fait de moi. J'aurais dû mourir à ta place, je te le dis tout net.

Je te le dis tout net, mais avant ça, à qui est-ce que je m'adressais ? À qui donc ?

Elle s'agenouilla sur le lit.

Tendit les mains pour le chercher.

Vous laisserez le corps, non le souci ;

Vous serez cendre, mais sensible encore.

Son sang bouillonnait.

Veines, qui à tel feu avez donné son suc.

Il lui était difficile de se rappeler les années qu'elle avait vécues avec son Marce. Cette âpre difficulté était trop importante pour n'être que cela et non une négation de la mémoire. Une négation de la mémoire et l'affirmation d'une chimère. Une chimère qui était une excroissance de son effrayante solitude.

D'où sa convoitise d'un autre homme, d'un autre corps, n'importe lequel. C'était la seule chose susceptible de lui rendre sa joie.

Je dois donc profiter de cette nuit de juin, Marce. De la terrasse je dois respirer profondément l'odeur de la Méditerranée. Regarde un peu la puissance de cette mer ! C'est drôle que mon amant, l'amant de ta veuve, se consacre à l'étude des perspectives touristiques d'un dieu, car cette mer ressemble à un dieu.

Elle se leva.

Elle éteignit le téléviseur sans se soucier de connaître la fin du film et alla sur la terrasse.

Elle changea de boucles d'oreilles.

Et choisit celles en or que lui avait offertes son père le jour de son mariage, et que Marce adorait.

Elle mit sa montre Bulgari, la regarda sans conviction, sortit de son coffret à bijoux la Patek Philippe qu'elle avait héritée de sa mère, un cadeau que son père avait fait à cette dernière. Sa mère la lui avait donnée pour qu'elle ne l'oublie pas. Elle ne la supporta pas, ses sombres atomes portaient la trace du contact atroce avec la peau de sa mère. Elle remit la Bulgari.

La lune, haute dans le ciel, était impressionnante. Elle admira la plaque métallique de la mer dans les reflets lunaires et pensa qu'il ne fallait pas qu'elle s'en éloigne, car Marce s'y trouvait peut-être, caché dans les abysses aveugles, comme un de ces requins qui peuvent vivre cinq cents ans.

Deux requins âgés de cinq cents ans, voilà ce que nous serons toi et moi. Nous accumulerons de l'eau salée et du temps sans autre but que notre persévérance aveugle.

Deux requins en or, se dit-elle en pinçant ses boucles entre l'index et le pouce.

Quel intérêt peut-il y avoir dans le fait qu'une femme n'ait été regardée que par un seul homme au fil des années, Marce ? Dis-moi. Quel intérêt y a-t-il dans le fait qu'une seule femme voie le corps merveilleux d'un bel homme nu ?

L'intérêt, c'était de pouvoir parler. Une conversation quotidienne dont je ne me souviens plus, voilà ce que nous avons été, parce que tu étais bon et que tu choisissais toujours de faire le bien. J'ai oublié nos discussions, je n'entends plus qu'une rumeur informe et cette distance me tue, me laisse seule, effondrée.

Je vais rallumer mon portable, Marce.

Avant de le faire, elle se demande si son mari aurait choisi ce mal, s'ils l'auraient choisi tous les deux. Au bout du compte, qu'est-ce que le mal ? Nul ne le sait. On ne choisit pas le mal, on l'a en soi et il se déclare, tout simplement, avec une spontanéité candide.

D'innombrables WhatsApp apparaissent sur l'écran, au point qu'elle peine à leur attribuer une suite logique, puis les messages écrits cèdent la place aux enregistrements vocaux.

Julio arrive.

Dans un de ses WhatsApp, il se plaint d'être utilisé ou entraîné dans un jeu psychologique capricieux. Il s'est montré diplomate et ne l'a pas formulé en ces termes. En tout cas il arrive.

Pourquoi ? se demande Irene.

Il vient prendre possession de mon corps.

Et maintenant, si j'étais totalement libre et par conséquent irresponsable, je devrais boucler ma valise et quitter cet hôtel pour qu'il ne trouve personne dans cette chambre et se sente défaillir lorsque le réceptionniste lui annoncera que je suis partie.

Elle n'ose pas.

Je n'ose pas, je suis bien bête, mais j'ai encore le sens de la politesse.

Ma fuite contiendra-t-elle de la beauté, de la passion, de la fougue ?

Elle se résout à partir.

Range ses affaires dans sa valise.

Ses parfums : elle observe le flacon de Prada et les six, sept, huit autres fioles.

Ses montres.

Elle vaporise un peu de Prada sur ses épaules.

Elle est resplendissante.

Elle range tout, et cinq minutes plus tard elle est à la réception, s'invente une urgence familiale de celles qu'on qualifie de "cause de force majeure", règle la note avec son American Express et monte dans sa BMW quarante-cinq minutes avant que Julio soit là.

Il est presque minuit quand elle s'engage sur l'autoroute. Incapable de dire à Julio qui elle est vraiment et de s'étendre sur sa vie, elle préfère s'enfuir, filer. On dirait une enfant. Rester lui donne le vertige, partir aussi.

La nuit de juin l'accueille, l'autoroute est presque déserte, elle ne croise que quelques camions.

Où vont-ils dans la nuit des quatre-voies espagnoles ? Ils ont une destination.

Contrairement à moi.

Elle va devoir trouver un endroit où passer la nuit.

Elle pense à un hôtel sur la route et lorsqu'elle visualise une chambre au sol couvert de vieux carreaux, un lavabo à la robinetterie vieillotte, un rideau de douche en plastique déchiré et un matelas avachi, elle décide aussitôt de prendre la première sortie et de rebrousser chemin.

Il lui faudra inventer une autre excuse auprès du réceptionniste et donner des explications à Julio. Mais son amant peut s'en passer. Il sera plus compliqué de justifier son retour face à l'employé sans qu'il remarque l'immense solitude qu'elle traîne.

Avec Julio elle restera dans le vague, évitera de lui parler de son mariage, lui dira qu'elle est divorcée, quelque chose dans le genre, ça suffira. En général les gens se contentent d'une phrase bien déclamée décrivant une situation un peu dramatique et qu'on a surmontée, mais personne n'a envie de tenir compagnie à une folle, même si elle est jolie, car la folie représente une laideur impossible à cacher.

Elle se souvient que l'idée de lui déplaire la terrifiait, elle le reconnaît maintenant. Parce qu'elle a cinquante ans, un âge auquel beaucoup de femmes deviennent invisibles. Ça n'a pas été son cas, par chance. Son corps, bien conservé, a signé une trêve favorable avec l'oxydation. Les hommes ne regardent plus certaines femmes au motif qu'elles sont vieilles. Qui pourra les venger, les soigner, les guérir ou les tirer de cette condition ?

Comment se rétracter après avoir invoqué un cas de force majeure ?

Les autorités ou la police s'étaient trompées de personne, elles avaient commis une erreur impardonnable.

Quand elle arrive, Julio est devant le comptoir de la réception, une main plaquée sur le front, l'autre tenant son portable. Elle le surprend dans un moment tourmenté qui dure une ou deux secondes.

Pris dans un moment de vérité, les humains flamboient, sont frappés de folie. Si on pouvait nous voir à l'instant où le désespoir, la soif, la peur, le sexe et la douleur se confondent, se délayent dans un amalgame d'humanité obscène et vide, si on pouvait nous voir devenir des anges... songe-t-elle. Désespoir, peur, sexe, vide, désir et plaisir, voilà ce que nous sommes.

Pris dans un moment de vérité, les humains sont de vrais anges, la vie qui les anime est plus vivante que jamais. S'ils pouvaient mourir dans la minute, ou disparaître, se désintégrer, se dissiper à la manière d'un nuage, d'un oiseau ou de la lune au point du jour, tout serait parfait.

Julio lève la tête et la voit.

"Tu veux me rendre dingue, Irene, pourquoi ?" demande-t-il en élevant la voix, furieux et craintif mais essayant de se dominer, d'afficher une certaine maîtrise de soi.

Elle l'enlace, l'embrasse sur la joue et laisse Prada envahir ses poumons. Puis elle s'écarte avec un naturel quasi hypnotique.

Grise-le, envahis son sang et ses artères, ordonne mentalement Irene à son parfum.

"J'aimerais avoir la chambre que j'ai quittée il y a une heure. Mon souci familial est résolu, la police a commis une erreur impardonnable", dit-elle au réceptionniste sans que Julio l'entende.

L'employé ne comprend pas comment on peut qualifier une erreur d'impardonnable et se méfie de cette femme. Il croit avoir affaire à une de ces clientes qui font des scènes pour un rien. Mais il se tait.

Ils entrent tous deux dans la chambre, qui est telle qu'Irene l'a laissée. L'odeur de son parfum y plane encore et la conforte.

Elle ouvre sa valise.

Prend un autre flacon.

Sa dernière découverte : Galop, d'Hermès, un mélange de rose et de cuir.

Rose et cuir, prenez possession de cet homme, exige-t-elle.

Leurs deux valises à roulettes sont ouvertes.

Irene étudie celle de Julio.

Elle s'attend à ce qu'il lui lance à la figure qu'elle a joué avec lui, à ce qu'il lui demande des explications, parce qu'il l'a appelée dix-huit fois et lui a laissé tout un tas de messages audio. Au lieu de quoi il garde le silence, sort une mignonnette de whisky du minibar, va sur la terrasse et s'assoit sur un fauteuil blanc, comme s'il prenait tout à coup conscience qu'il est inutile de chercher à comprendre l'autre.

Il ne lui fait aucun reproche, Irene attribue cette attitude au fantôme de Marce, qui le domine. Elle ne supporterait pas qu'un autre homme que son défunt mari la semonce, ce serait exaspérant, ça la tuerait.

Il se lève, la rejoint, elle sent le goût du whisky dans sa bouche et cette saveur intense lui plaît, elle ne l'a jamais expérimentée chez Marce, ou alors elle a oublié, ce qui la mortifie. Si certains aspects de sa vie avec Marce s'effacent de ses souvenirs, elle les inventera, ce n'est pas grave. Tout est permis dans l'amour-passion. Elle sonde sa mémoire et finit par découvrir des baisers de Marce aux relents de whisky qui la tranquillisent.

Elle peut regarder la marque de la montre de Julio.

Une Swatch, forcément. Tout est dit dans la marque de la montre qu'on possède.

Il l'a retirée, posée sur la table de chevet.

La Cartier en or de Marce et la Swatch en plastique, au mieux en aluminium, de Julio sont là, sur une table de nuit. L'une est réelle, l'autre une simple réminiscence.

Les Swatch ne sont pas de mauvaises montres, pense Irene. Elles ont une belle ligne, sont waterproof. J'en ai eu une il y a longtemps. Leur prix va de 80 à 200 euros. À en juger par son bracelet et son design, celle-ci coûte dans les 120 euros, ce n'est pas une somme élevée, mais visiblement assez, plus qu'assez pour le temps que tu devras évaluer au cours de ta vie, pour le temps de ta vie. Le monde regorge de magasins Swatch. Il y en a dans les aéroports et les centres commerciaux. Quel type de gens achètent ces montres ? La classe moyenne. Pour mesurer le temps sans en attendre grand-chose. C'est pour ça que j'ai offert une Cartier en or à Marce. Parce que le temps était notre temps. Les montres en or quantifient le temps des dieux, celles en plastique le temps des serviteurs. Il en est et il en sera toujours ainsi. Et cet homme est venu me servir avec sa montre en plastique.

Il veut aller vite, pourquoi si vite ? Elle lui impose un rythme. C'est facile pour elle. Elle gouverne. Elle est la reine de tout ce qui est au monde et veut profiter de son règne.

La rose et le cuir ont terrassé Julio.

Je dirige les opérations, songe-t-elle, c'est moi qui commande et pourtant je me sens seule.

Julio l'embrasse et veut ravir son corps, Irene pense qu'elle va bientôt revoir Marce, elle sent la fureur des assauts de son amant et impose de nouveau le rythme auquel elle désire être aimée. Julio obéit aveuglément.

Cette obéissance est un pouvoir.

Le pouvoir la séduit, l'amuse, mais rien de plus.

Être obéie lui semble méprisable dans le fond, l'obéissance est toujours méprisable, même si c'est à elle qu'on obéit.

Des millions d'humains obéissent, c'est ce qu'elle et Marce ont constaté. Ils ne voulaient pas être comme eux : *Âme, à qui tout un dieu a servi de prison.*

Pourquoi ces assauts ? se demande-t-elle. Pourquoi se comporte-t-il ainsi ? s'interroge-t-elle à plusieurs reprises. Julio l'attrape par les hanches et la charge, ses mains lui écrasent les seins. Techniquement, Marce faisait pareil, mais il ne partait pas à l'assaut.

Avec Marce c'était une danse.

Ils dansaient.

L'homme qui est dans sa chambre la charge ; l'homme qu'elle aimait et aime encore faisait de même, mais ils exécutaient une danse passionnée.

Rose et cuir, dites à cet homme de se calmer.

Marce va venir, il viendra et je le reverrai.

Mais il ne vient pas.

Étendu à ses côtés, Julio, exténué, halète.

Irene ne comprend pas.

Pourquoi n'es-tu pas là, Marce ?

L'escalier entouré de nuages n'est pas apparu.

La situation lui échappe jusqu'à ce que Julio reprenne la parole.

“C'était notre deuxième fois, Irene, Irene, ma beauté. Et c'était bien mieux que la première.”

Elle n'est pas d'accord.

Le terme “deuxième” est une sentence qui explique l'absence de Marce.

À cet instant, Julio fond en larmes.

“Que se passe-t-il ? s'étonne-t-elle, inquiète. Pourquoi ces larmes ?”

Il l'implore de ne pas partir cette nuit car lui aussi se sent seul.

Elle se voit donc contrainte de dormir avec lui.

Le lendemain, il veut qu'ils remettent ça une troisième fois, mais Irene ne le désire plus, et pour couper court à son insistance mièvre, à l'eau de rose, elle ne trouve rien d'autre à dire qu'elle a une infection vaginale.

Julio la regarde, interdit.

Livide.

Dans l'attente qu'elle lui apporte des précisions.

À ce moment-là on frappe à la porte. Ils avaient souhaité prendre leur petit déjeuner dans la chambre. Julio va ouvrir, Irene en profite pour se doucher. Quand elle sort de la salle de bains, elle le voit sur la terrasse, un verre de jus d'orange à la main.

— C'est faux, n'est-ce pas ?

— Oui.

— Tu n'étais pas obligée de mentir, il suffisait de me dire que tu n'avais pas envie. Tu sais, je suis une personne, comme toi.

4

LES MEUBLES SACRÉS

Ils s'étaient rencontrés fin 1999, au seuil du XXIe siècle.

Irene avait envoyé son CV au magasin de Marcelo. Son DEUG d'études artistiques en poche, elle avait effectué un stage dans la publicité.

Elle avait eu une prémonition. Elle se rappelle ce moment comme si un ange avait guidé ses yeux vers la petite annonce d'embauche dans un journal de Madrid. Pleine d'illusions, elle était allée faire des photocopies, ce qui la rendait toujours un peu triste : elle n'aimait guère la file d'attente, le visage de l'employée, le bruit des pages qui sortaient chaudes de la machine et s'empilaient dans un plateau, la taille gigantesque des photocopieuses, les reliures en spirale, l'ambiance étudiante et pauvre qui régnait dans ce lieu.

Elle envoya son CV par courrier recommandé.

Ça n'était pas dans ses habitudes, mais cette fois elle fit une exception.

Ce n'était ni un hasard ni un concours de circonstances, mais un but qu'elle s'était fixé.

Dans la semaine, elle obtint un rendez-vous avec le patron du commerce.

Marcelo lui annonça qu'elle avait le profil qu'il recherchait. Il voulait apporter à Meubles Pour Tous – c'était le nom du magasin – une touche d'originalité. Il avait monté cette affaire trois ans plus tôt, rue Blanca de Navarra, avec l'héritage de Tory et Valeria, et avait l'intention d'y apporter un nouveau souffle, de l'agrandir et de proposer une offre différente.

Il l'engagea.

Irene fut la seule à remarquer qu'il parlait l'espagnol avec un léger accent.

"C'est original, on dirait que vous êtes italien", lui fit-elle observer pendant l'entretien d'embauche.

Cette réflexion fit ressurgir dans la mémoire de Marcelo le souvenir prégnant de Tory et Valeria, que l'observation de cette jeune fille avait fait revivre, à croire qu'ils l'avaient placée sur son chemin.

Passionnée par son travail, elle lança une campagne de publicité qui présentait le magasin sous un angle singulier.

Elle avait élaboré un catalogue avec des photos novatrices.

Elle comprenait les idées de Marcelo, son sens de la beauté propre aux Italiens.

Lorsqu'il vit la maquette du catalogue, il fut bouleversé, la jeune femme avait parfaitement intégré le concept selon lequel chaque individu a besoin de posséder des meubles pour donner un sens à sa vie. Jonás et Araceli, les autres vendeurs, aimaient travailler avec Irene. Trois mois plus tard, tous fêtèrent Noël avant l'heure.

C'était le 22 décembre.

Les gens achètent beaucoup de meubles pendant les fêtes.

Ceux qui n'ont pas encore de fauteuil à oreilles ont envie de s'en offrir un à l'approche de Noël. Cette année-là marqua le triomphe de ce modèle créé par un fabricant valencien, qui remporta un vif succès, sans doute grâce à la couleur élégante de son tissu. Les affaires marchaient bien, et Marce – les employés l'appelaient ainsi – les invita à dîner dans un bon restaurant de la rue Santa Engracia. Il avait réservé une table pour cinq car Teo, leur livreur et monteur, les avait rejoints.

Leur idylle débuta ce soir-là.

Oui, c'était bien ça.

Ils étaient ravis, Marce leur ayant déjà versé leur paye, augmentée des primes de Noël et d'un pourcentage sur les bénéfices. De nature bavarde, Araceli parla du cadeau qu'elle avait acheté pour sa nièce Iris, âgée de sept ans. Elle leur montra la photo qu'elle avait dans son portefeuille : la fillette était aussi rousse qu'elle avec trente ans de moins. Les smartphones n'existaient pas à l'époque, et bien que cela paraisse bizarre aujourd'hui, les gens conservaient les photos de leurs proches dans leur portefeuille.

Ils discutèrent avec entrain, rirent et se racontèrent des blagues.

Marce avait commandé du bar, du bar sauvage de la mer Cantabrique.

En dessert, ils mangèrent du turrón et de la glace à la vanille de Madagascar.

Marce regrettait qu'il n'y ait pas un bon tiramisu.

Ils burent du cava, des gin-tonics et du whisky, célébrèrent le succès du fauteuil à oreilles valencien en échangeant des anecdotes. Les photos et la mise en avant astucieuse d'Irene en avaient fait un article iconique. Le catalogue s'intitulait *Foyer, philosophie et plaisir*.

— J'adore l'alliance du foyer et du plaisir, dit Areceli.

— Une idée sophistiquée. En général, le foyer est associé à la famille. Irene, elle, le relie au plaisir, ajouta Marcelo.

Ils s'attardèrent au restaurant jusqu'à 1 h 00, puis allèrent prendre un verre. Et leur histoire commença.

Irene et Marcelo s'aperçurent qu'un lien les unissait et entamèrent leur danse amoureuse dès que Marce cita le premier quatrain de “Constance de l'amour au-delà de la mort”. Comment cet homme avait-il compris l'importance que revêtaient ces vers pour elle ?

Voiler pourra mes yeux l'ombre dernière
qu'un jour m'apportera le matin blanc…

Ils finirent par réciter le poème à l'unisson.

Étrangers à ce qui se passait autour d'eux, ils se racontèrent leur vie. C'est ce que les amoureux font en premier, mais chez eux, ce fut extraordinaire : ils avaient l'un et l'autre mené une existence simple et modeste, qu'ils relatèrent en écartant immédiatement toute vanité, orgueil, souci des apparences et, partant, la pédanterie et le mensonge.

Vingt ans plus tard, prostré sur un lit d'hôpital, Marcelo n'aurait pas changé une virgule du récit qu'il avait fait à Irene après le dîner et au cours de la nuit où ils avaient dormi ensemble pour la première fois. L'amour avait triomphé et ils avaient été confrontés à la preuve irréfutable de l'irruption du surnaturel, de la magie et de l'extraordinaire dans leur vie. L'élément magique avait perduré par la suite.

— Mon amour, tu sais que je me souviens de notre première nuit. Tout a commencé sur les vers de Quevedo, avait-il murmuré d'une voix faible.

Ses mains étaient squelettiques, son corps rongé par le cancer.

— Je vais te sortir d'ici dès aujourd'hui, avait-elle répondu.

— Fais-le. C'est l'endroit le plus horrible du monde. Ici il n'y a que tristesse et désolation. Regarde comme tout est laid : les lits, les fenêtres, le placard où j'ai rangé mes chemises que j'ai l'impression d'entendre pleurer de dépit et de peur, elles sont terrifiées. Les médecins sont laids, les diagnostics aussi, la salle de bains est laide, la douche est un concentré de monstruosité. Tu te rappelles mes dernières idées pour des meubles de salle de bains ? J'aimerais aller voir le directeur de l'hôpital et lui offrir un mobilier porteur de vie et non de mort.

— Les meubles que tu as dessinés sont magnifiques, ils sont agréables à regarder, il n'y a qu'à les toucher des yeux : le pare-douche avec la Marilyn Monroe d'Andy Warhol est une merveille qui donne envie de se doucher deux ou trois fois par jour ! s'exclama-t-elle en riant.

Il l'observa en esquissant un sourire, lui prit la main avec une gravité soudaine.

— Irene, mon amour. Bientôt je ne te verrai plus et tu ne sentiras plus personne te contempler. Nous devons aborder ce sujet, il faut te préparer pour le jour où mon regard ne se posera plus sur toi.

Il signa sa sortie volontaire.

Il pleuvait à verse, ils prirent un taxi.

Madrid s'enfonçait dans l'automne profond, novembre agonisait et décembre lui tenait la main tandis que Marcelo et Irene roulaient à bord d'un taxi.

Il était extrêmement mince.

Davantage de morphine.

Tu es la morphine.

Tu es le soleil que cache l'automne.

Ouvrons les tiroirs et étudions nos vêtements.

"Le jour où mon regard ne se posera plus sur toi."

Les armoires, nos armoires, nos meubles où la tendresse s'est abritée, là où elle s'est logée pour se changer en matière.

Ces meubles sont sacrés.

Irene se souvient.

Elle va et vient parmi ses souvenirs.

Elle se dit que si... car tout se résume à des hypothèses : *Et si tel ou tel fait était survenu* ?

S'il en avait été ainsi ?

Elle se construit de la sorte une vie mentale parallèle qui n'est pas réelle.

Irene et la réalité.

Ils vont main dans la main.

"Take my hand", chantonne Marce en lui expliquant que ces mots sont tirés de la chanson "Baba O'Riley", des Who, qu'il adore.

Ils vont tous les jours dîner dans un restaurant qui leur plaît, le week-end ils prennent l'avion pour se rendre dans des endroits qu'ils ont envie de découvrir et ils restent dans leur chambre d'hôtel, étendus sur le lit, sans se lâcher la main.

Ils viennent d'arriver à Rome, Marce a la nostalgie de Cinecittà, les merveilleux studios où son père a travaillé avec énergie et s'est attiré le respect des décorateurs. Irene l'écoute parler de Tory et des films où Victoriano a travaillé en tant que menuisier.

Certains de ses décors doivent sûrement encore traîner dans un hangar abandonné, pense Marcelo.

— Tu veux qu'on aille voir l'appartement du Testaccio ? demande Irene.

Il ne lui répond pas.

— C'est ton enfance, Marce, là où ont vécu tes parents.

— Tu ne les as connus ni l'un ni l'autre, Irene.

Ils descendent à l'hôtel Santa Chiara, près du Panthéon.

Marcelo s'allonge sur le lit et prie, implore son épouse d'aller visiter ce monument et voir la Piazza Navona. Il veut qu'elle le fasse pour lui, mais elle préfère rester à ses côtés.

— Être à Rome pour ne pas être ensemble n'a aucun sens. Être ensemble ailleurs, c'est être ensemble différemment.

— S'il te plaît, vas-y et regarde avec mes yeux, je t'en supplie, insiste Marce.

Et Irene s'exécute parce qu'elle va voir à travers lui.

Cinq minutes plus tard, Marce voit avec ses yeux, couché, la lumière de la fin de l'après-midi qui entre dans la jolie chambre, une suite *de luxe*, plus grande, avec des canapés, une table basse, un balcon et une vue imprenable.

Au bout de vingt ans de mariage, ils sont toujours éperdument amoureux sans être contraints de se forcer.

Zéro thérapie.

Zéro angoisse.

Zéro infidélité.

Il n'a jamais rien éprouvé de tel pour une autre femme. S'il n'y avait pas cette terrible maladie... Je suis heureux, et puis le magasin, mon commerce, a le vent en poupe, se dit-il.

Zéro dispute.

Un couple parfait.

Marcelo pense : Le jour où nous nous sommes mariés était un jour parfait, comme le dit Lou Reed dans la chanson qui porte ce titre. Il n'y avait pas beaucoup d'invités, mon père était mort mais il aurait adoré rencontrer Irene. Ma tante Alicia était là, ma sœur n'a pas pu venir, elle aurait dû mais elle ne l'a pas fait. Elle m'a adressé ses vœux de bonheur par téléphone. Alicia m'a dit de ne pas lui en tenir rigueur, et il est vrai que ce n'était pas nécessaire, non parce qu'Alicia le croyait, mais parce que, avec Irene, tout se passe toujours bien et qu'en dehors de nous personne ne compte.

Cet amour-passion a été si intense que le vide s'est fait autour de nous. Ça m'a rendu fou. Pourquoi est-ce arrivé ? Pourquoi nous sommes-nous tant aimés ?

Marce croit voir le Panthéon avec les yeux d'Irene, elle le regarde et si elle le voit il le voit également, ça lui suffit, il ne lui en faut pas davantage car ils ne font qu'un.

Qu'elle soit bonne ou mauvaise, la jalousie n'a aucune prise sur lui.

Il ne convoite rien.

Ce qu'elle voit, les plaisirs en tout genre qu'elle connaît lui suffisent. Si le soleil se pose sur elle, sa lumière finira peut-être plus tard par se poser sur lui.

S'il n'était pas malade... il serait... Dieu.

Elle voit Rome à ma place, songe-t-il. Nous essaierons

ensuite de faire l'amour, mais mon corps défaille. Peu importe. Pourquoi ? Je l'ai demandé à Irene, qui me sert toujours la même réponse : "Prends ma main."

Tout le secret de l'univers s'est niché dans leurs mains. De ce qu'ils ont vécu rien n'égale le fait d'être ensemble et de s'aimer. Aucune profession, vocation, travail, rien, rien d'autre.

Ils ne se sont pas dit : "Travaillons, progressons dans notre métier. Tu es par exemple médecin et moi avocate ou n'importe quoi d'autre, nous sommes excellents dans nos domaines respectifs, nous vivons et nous réalisons au travers de nos activités professionnelles, et en dehors de ça, nous nous tenons compagnie."

Ils se sont dit : "Nous sommes amoureux et, comme par hasard, nous côtoyons une civilisation. Pendant que nous nous manifestons notre amour, des villes, des pays, des bars et des commerces, des routes et des avions, des téléviseurs et des armées, des voitures et des bateaux, des rois et des ministres, des camions et des autobus, des rois et des secrétaires, des riches et des pauvres s'activent. Comme c'est étrange ! Quelle surprise inutile !"

Même quand ils mangent ils se prennent la main.

Marcelo cherche un boléro sur son portable :

Atiéndeme,
Quiero decirte algo[01]*...*

Irene a des souvenirs semblables aux bateaux sur la mer, qu'on voit du rivage sans savoir où ils vont ni pourquoi ils

01 — "Écoute-moi, j'ai quelque chose à te dire." ("*Nosotros que nos queremos tanto.*") Boléro cité au début du roman, dont les paroles furent composées par le Cubain Pedro Junco Jr (1920-1943), pour prendre congé de sa bien-aimée avant de mourir de la tuberculose (NdlT).

sont là, sans savoir s'ils sont réels ou la résultante d'un effet de la lumière, de l'eau et de l'horizon.

Maintenant elle va sans doute cesser de te prendre la main, la maladie devenant inhumaine, toxique, infernale, insupportable. Elle ne reproduira donc plus ce geste, comme si elle avait besoin d'un moment de répit dans cette passion, mais je ne crois pas, je ne crois pas, nous continuerons d'être main dans la main, pense Marce.

Son sens des responsabilités.

Son sens du courage.

Quelle idée idiote de vieillir ensemble ! Les vrais amoureux ne vieillissent pas, c'est trop vulgaire, c'est un mensonge, pense-t-il.

Je ne vieillis pas : je me meurs.

Notre amour a rajeuni.

"Nous avons vieilli ensemble", dit-on, à croire que c'est un exploit, le fin du fin, or nous avons justement fait tout le contraire : nous employer à rajeunir de concert.

Je dois dire que je l'ai protégée et ça a été magnifique pour elle. J'éloignais d'elle tous les démons, limitais les dangers à de simples inconvénients, sachant que ma seule présence chassait la mélancolie, la peur, l'ennui, le vide.

C'est pour ça qu'elle m'aimait et qu'elle m'aime toujours à la folie.

Irene ma folle.

Car protéger, c'est aimer.

Quand je ne serai plus là, qui la défendra ?

Et pourquoi l'aimais-je ?

Je l'ignore.

Je ne l'ai jamais su et ne le saurai jamais.

Irene, ses fantasmes et ses lubies.

Elle revient, je reconnais ses pas dans le hall de l'hôtel.

Son sourire s'élargit parce qu'elle est amoureuse de moi.

Elle est déjà dans l'ascenseur.

Elle s'approche.

J'entends ses pas dans le couloir, elle cherche notre chambre.

Elle va me raconter ce qui se passe dans Rome.

Les rues pleines de monde, la brise, le soleil, les glaces, les boutiques de vêtements, elle va me décrire tout ça pendant que je serai à moitié groggy au fond du lit, l'estomac retourné, les yeux fatigués, les jambes presque insensibles, sans faim ni désir de rien à cause de la chimio.

Je ne veux pas mourir, je ne veux pas quitter la fête que signifie la vie avec elle.

Elle tourne, notre chambre se trouve au bout de ce corridor.

Elle scrute la moquette.

Elle n'est restée dehors que trente-deux minutes.

C'est ce qu'indique ma Cartier en or.

“Mon amour, Rome c'est toi”, murmure-t-elle.

Ils s'embrassent, se dévêtent, se touchent, le corps de Marce se réduit à une enveloppe de peau, des pestilences, des fluides chimiques, un marécage de ruines et de désolation.

“Sors-moi de ce lit”, lui demande-t-il.

Il se douche, se rase et s'habille.

Ils ont emporté son plus beau costume.

Il noue sa cravate, enfile ses chaussures Yanko, s'asperge de son eau de toilette Tom Ford et Irene de son parfum Frédéric Malle, et ils descendent à la réception, inondant l'ascenseur de leurs effluves mêlés, un alliage qui imprègne les boutons des étages, les panneaux de la porte, les grilles de ventilation. Ils commandent un taxi. Elle porte la Patek Philippe de sa mère.

“Nous aimerions une belle voiture pour nous promener dans Rome. Mon mari ne peut pas marcher, il a un cancer. Nous voudrions aussi que le revêtement des sièges soit blanc", lui dit Irene en espagnol, peu soucieuse qu'on la comprenne ou non, et parce qu'elle sait que les langues de la planète sont une superstition et qu'il serait prétentieux qu'elles se comparent à ce qu'elle et Marce portent en eux.

Le réceptionniste la regarde d'un air perplexe et affligé. Il sourit, lui dit qu'étant marié à une Espagnole, il comprend et parle cette langue.

Dix minutes plus tard, une Maserati se gare devant la porte. Les sièges sont blancs, ils peuvent se servir en bouteilles d'eau et en dragées au chocolat. Comme une enfant, Irene en prend deux, les fourre dans sa bouche et sourit pendant que Marce l'embrasse et lui répète que l'homme de la réception est un ange et qu'il adore les sonorités du mot *Maserati*.

"Oui, c'est à cause du 'i' final. Les 'i' ornent les mots. Si l'italien est une langue aussi merveilleuse, c'est grâce aux 'i', qui me font l'effet d'hirondelles dans une église."

Ils parcourent la ville, Irene baisse sa vitre et fait entrer dans l'habitacle la douce brise du mois d'avril et la lumière. Elle souhaite aller au Vatican et estime que le pape devrait les recevoir.

"Il devrait nous canoniser", répond Marce.

Ils rient.

Ils n'arrivent plus à s'arrêter. Le pape, mais qu'est-ce qu'ils racontent ?

Ils passent par le Vatican, demandent au chauffeur de les conduire au Janicule et à la fontaine de l'Acqua Paola.

Là, ils descendent de voiture.

Et s'assoient sur la terrasse.

Rome les protège.

La main malade de Marcelo se glisse sous la jupe d'Irene et gagne son sexe.

"C'est comme la première fois, c'est toujours comme si c'était la première fois", lui dit-elle en levant les yeux vers lui.

Les mêmes pensées occupent leur esprit : Pourquoi avons-nous eu cette chance ? Qui sommes-nous pour avoir accédé au plus beau trésor du ciel et de l'enfer alors que nous savons l'un et l'autre que Dieu n'existe pas, et que la vie n'a pas conscience d'être ce qu'elle est ?

Nous représentons 0,01 pour cent des statistiques, l'infime pourcentage pour qui sexe et soucis ne sont pas antinomiques, et c'est pourquoi nous sommes ici, à Rome.

Nous sommes le miracle. En principe, les miracles non plus n'existent pas et une vie ne consiste peut-être qu'à attendre et espérer que quelque chose d'exceptionnel, de quasi surnaturel, se produise avant que vienne notre heure.

Nous pourrions nous interroger : notre obsession sexuelle l'un pour l'autre est-elle fabriquée de toutes pièces par notre volonté, motivée par le goût de l'artifice et du travail ?

Non, bien sûr que non !

S'il en était ainsi, notre couple n'aurait jamais fonctionné.

Les thérapies de couple sont une escroquerie, un gros mensonge affligeant. Je déteste tout ça pour la simple et bonne raison que rien ne nuit davantage à la liberté.

Nous n'avons jamais mis les pieds dans le cabinet d'un triste psychologue.

Jamais.

Si la nature ne te fournit pas assez de motifs pour faire constamment l'amour avec ta femme ou avec ton mari, ton cas est irrécupérable et tout a coulé ou s'est usé comme des semelles de chaussures. Inutile d'aller faire le pitre devant un psy pour lui raconter cet effondrement, car la nature est radicale. Un autre que toi n'a qu'à s'y coller s'il s'agit d'amuser les psys qui s'ennuient.

La civilisation ne supporte pas que le bien et le mal soient illusoires, elle ne supporte pas la nature, qu'elle corrige depuis des siècles. De temps en temps, elle envoie un prodige à l'humanité. C'est ce que nous sommes, Irene et moi.

S'éloigner de la nature équivaut à s'éloigner de la vie, mon Dieu, j'y ai pensé plus souvent qu'à mon tour ! Je ne suis pas philosophe mais j'ai quelques lectures à mon actif, évidemment, j'ai lu des livres où on parle de ça, jusqu'à ce que je me rende compte que ce que je voyais n'apparaissait dans aucun de ces ouvrages, car nous édifions tous notre propre théorie de la vie. Même l'être le plus démuni et le plus maltraité a une philosophie de la vie, une manière de l'appréhender.

Tous les psychologues qui proposent des thérapies de couple sont dans le meilleur des cas des personnes bien intentionnées, mais leur métier implique une humiliation de la vie.

Si nous avions cessé de faire l'amour au quotidien, nous nous serions séparés, Irene et moi l'avons toujours su.

Et même plus : il fallait toujours que ce soit comme au premier jour, sans quoi nous nous serions également séparés.

Mais c'est encore comme au premier jour.

Toujours comme au premier jour.

J'ai eu deux petites amies avant Irene, une à Rome, mais elle s'est aperçue un beau matin que je ne l'écoutais pas quand elle s'adressait à moi, elle me l'a dit et nous avons compris ; elle s'appelait Natalia, je me rappelle que nous allions chez elle quand ses parents s'absentaient, je me rappelle ses yeux noirs qui pénétraient mes pensées, la salle de bains avec la lame de rasoir de son père, qui ressemblait à celle qu'avait le mien, et les produits de beauté de sa mère, qui m'effrayaient car ils m'évoquaient la mienne, déjà morte à l'époque. Je me sentais un étranger dans ce cabinet de toilette, j'avais peur, puis notre relation s'est ternie et nous avons rompu, ça ne l'a pas ébranlée plus que moi et je ne me souviens guère de son corps nu. Je l'ai revue, mais seulement pour parler de choses et d'autres, de notre travail, de voyages et d'amis en commun, puis elle a rencontré quelqu'un et a quitté Madrid. Là, j'ai connu María del Mar, originaire de Huelva, et l'histoire s'est très exactement reproduite à l'identique. Elle m'a annoncé un jour que je n'étais pas là, que je ne la regardais pas ; je n'en avais pas conscience mais elle disait vrai. Elle faisait des études pour devenir infirmière, et par la suite elle a réussi un concours et trouvé un poste à l'hôpital de Cordoue, alors elle est partie dans le Sud, son Sud adoré. Une fois, sa mère lui avait rendu visite à Madrid et nous avions déjeuné tous les trois dans un restaurant italien, rue Carretas, qui n'existe plus, elle nous avait invités ; je ne savais pas quoi dire à cette femme qui me considérait comme son “futur gendre” en esquissant un sourire complice de la vie. J'étais paniqué. Elle se prénommait Mercedes, portait des lunettes et avait des pommettes saillantes et des yeux doux. Mar me parlait de son école d'infirmières et je m'ennuyais, j'éprouvais une atroce sensation de fatigue, j'avais l'impression de ne pas être moi-même mais un pantin, un acteur, une pierre.

Après Irene est arrivée et tout a explosé. Pourtant ces deux femmes, ces deux compagnes du passé restent gravées dans sa mémoire, il imagine parfois la vie qu'il aurait menée avec elles, surtout Mar, celle qu'il a le plus aimée.

Il continue de la toucher, ça l'excite, elle halète, elle meurt de plaisir, toujours le plus extrême qu'elle puisse recevoir, et lui aussi.

Ses mains sont humides des eaux d'Irene, des fluides répandus par son corps.

Le plaisir est une énigme sur laquelle s'érige le bonheur.

— Le mystère, c'est le plaisir, dit-il.

— Ce mot fait peur aux gens, ils le redoutent car il annule le sens du temps.

Elle murmure toujours, toujours, toujours comme au premier jour, elle me touche et je fais pareil, pense-t-il.

Il en est ainsi depuis vingt ans, c'est comme la première

fois que nous avons fait l'amour, la première fois que nous nous sommes séduits, pense Irene.

Et ça n'a jamais cessé.

Certains de leurs amis, Carola et Pepe par exemple, qui avaient un magasin de luminaires à proximité du leur, ne leur téléphonaient plus, de même que Berta et Luis José, de bons clients de Meubles Pour Tous, qui étaient pourtant partis un week-end avec eux à Lisbonne, car l'inexplicable miracle d'un couple où la pratique du sexe ne s'érode pas plus qu'elle ne se raréfie au fil du temps est effrayant. Carola, Pepe, Berta et Luis José ne pouvaient pas supporter d'être à côté de deux personnes qui se bécotaient constamment et étaient incapables de s'ouvrir au monde, comme si aucune autre conversation n'était possible avec eux. Le pire, c'est qu'ils n'en avaient pas conscience.

Carola les regardait d'un œil empreint d'effroi. Elle et Pepe avaient convolé cinq ans après leur rencontre et étaient ensemble depuis quinze ans, or ils avaient épuisé leurs sujets de discussion. C'était plus ou moins pareil pour Berta et son mari. Peut-être plus curieux que jaloux, Pepe et Luisjo tombèrent d'accord pour ne plus fréquenter Marce et Irene, mais se gardèrent d'exposer leurs intentions à leurs femmes. Quelle formulation adopter pour signifier que d'autres couples qu'eux s'entendaient si bien ? Comment dire à son conjoint que la relation n'est plus ce qu'elle était ? Ils préféraient que les prénoms d'Irene et de Marce s'effacent peu à peu de leurs projets, dîners et sorties du week-end, cinéma, théâtre et autres loisirs. Il leur suffisait de ne pas les voir. Le plus dur pour eux était de savoir qu'ils existaient, alors ils essayaient de les oublier. L'oubli, ça marche toujours.

Admettre le plaisir d'autrui est difficile car il nous dit que nous sommes morts, tel est l'effet qu'il produit : il désigne la mort de celui qui le regarde. S'il est plus grand, plus fort que le tien, le plaisir des autres te dit que tu n'es plus.

C'était palpable chez eux, ils ne pouvaient pas se cacher, de sorte que les gens les fuyaient sans trop savoir pourquoi.

Plusieurs signes rendent le plaisir décelable et se manifestaient chez Marce et Irene : sourires rayonnants, état de joie constant, nerfs à fleur de peau, une énergie qui nous habite et nous rend maîtres de tout, de l'air, des pierres, des nuages, de l'intelligence. On a l'impression d'être un représentant de la vie.

Leurs couples d'amis renoncèrent à les fréquenter.

Cette situation était chargée de mystère.

Même les membres de leur famille prirent leurs distances, à commencer par la sœur d'Irene, qui ne les appelait plus.

C'est pour ça qu'ils sont allés à Rome.

Et à présent ils s'embrassent. Leurs langues se connaissent depuis vingt ans, elles se rencontrent continuellement et ne s'en lassent pas. Quelles langues pourraient se vanter de cela après deux décennies ?

Ils se sont rendu compte qu'ils se passaient aisément des gens.

C'est vrai, n'est-ce pas ?

N'est-ce pas, Irene, qu'il en était ainsi ?

Les couples finissent par nécessiter une vie sociale. Pas eux, qui considéraient cette indifférence comme une autre démonstration du miracle, qui leur révélait que les besoins de mondanités d'un couple sont proportionnels à son manque de désir sexuel.

Irene, est-ce vrai ?

Quand ils allaient au restaurant, ils déjeunaient ou dînaient ensemble comme si c'était la première fois, parce qu'ils avaient une faim insatiable l'un de l'autre.

Spaghetti all'amatriciana, à Rome déjà, quand Irene avait découvert la ville, en 2001.

Marce l'avait emmenée voir l'appartement de son enfance dans le quartier du Testaccio.

Elle se souvient qu'ils avaient dansé sur des chansons italiennes dans une discothèque de banlieue.

Il retire sa main de sa culotte, tous deux tremblent, ici, sur la colline du Janicule, puis ils remontent dans le taxi. Ils demandent au chauffeur de les promener dans Rome à bord de la Maserati.

Même cet homme a compris ce qu'ils vivent, ce qui les habite.

Vingt ans à dormir nus côte à côte, c'est cela.

Trente ou quarante ans auraient pu s'écouler si la mort ne les avait pas séparés, pense Irene. Vingt années à se fondre chaque jour l'un dans l'autre, pas seulement une fois en vingt-quatre heures, mais bien davantage, et peu à peu s'est ouverte à nous une dimension de la vie qui nous a aveuglés. Existe-t-il des amoureux dans notre genre ? Telle est la question que nous nous sommes longtemps posée.

Ou que je me suis longtemps posée, je ne sais plus.

Nous n'avons trouvé personne qui nous ressemble. Les vampires, le loup-garou, Superman, les immortels se demandent probablement la même chose, dit-elle.

Ils rient.

Aux éclats.

Et rentrent à l'hôtel.

Irene l'aide à sortir de la voiture et à marcher jusque dans le hall.

Marce s'allonge sur le lit.

Il retire sa Cartier qu'il pose sur la table de chevet.

Il retire son costume.

“Suspends-le dans la penderie, Irene, s'il te plaît. Dans la penderie.”

Irene ouvre la porte.

— Elle n'est pas mal, cette penderie, remarque-t-elle.

— Mieux que les nôtres.

Elle s'étend près de lui. Ils ont encore besoin de sommeil,

ils n'ont pas pu se rebeller contre cela, conscients que ceux qui s'aiment avec fureur ne ferment pas l'œil de la nuit, ce qui n'est pas leur cas.

Ils ont aussi continué à manger pendant ces vingt ans. Des repas frugaux, certes, car ils sont minces, fluets. Avant de s'enfuir, les gens le leur disaient, qui les interrogeaient sur leur diète. “Vous êtes si beaux, si fins.” Que leur répondre ? Devaient-ils leur avouer qu'ils avaient été choisis par l'univers en expansion pour représenter le triomphe de la vie ?

Le désir fait grandir l'âme et maigrir le corps.

Couchés sur le dos, ils gardent le silence, main dans la main. Marcelo s'abandonne au sommeil en entendant dans sa tête l'air d'*Amarcord*, de Nino Rota. Irene reste un long moment éveillée en songeant qu'elle aimerait bien savoir de quoi sera fait son avenir.

5

L'AMOUREUSE DU VENT, III

Cing heures de voyage, calculait le GPS. La prochaine destination d'Irene, le parador d'Aiguablava, dans la province de Gérone, se trouvait à 491 kilomètres.

Aller d'un parador à l'autre, c'est une bonne idée, pensait-elle, ravie d'être au volant de sa BMW. Elle actionna l'ouverture du toit et le vent lui fouetta le visage avec une telle violence qu'il effaça ses remords et le souvenir gênant de son affrontement avec Julio au petit déjeuner.

La façon dont elle avait quitté la chambre, une véritable fuite, lui faisait à présent l'effet – grâce au vent qui la giflait – d'une petite œuvre d'art.

Les aigles dans le ciel doivent ressentir la même chose, se dit-elle. Il faudrait que l'État mette des décapotables à la disposition des citoyens. Dans ce vent sauvage, on exprime davantage sa liberté qu'en allant aux urnes tous les quatre ans. Bien davantage.

Elle se rappelle qu'elle et Marce n'ont jamais voté.

Ils n'avaient pas le temps.

Pourquoi seraient-ils allés aux urnes alors qu'ils vivaient une lune de miel permanente ?

Elle eut le sentiment d'être une grande anarchiste.

Les amoureux sont des anarchistes sidéraux qui ne votent jamais.

Car voter n'est pas un acte de responsabilité, mais d'obéissance.

Ils s'étaient isolés peu à peu pour finir par se déconnecter de toute forme de réalité : politique, familiale, amicale.

Mais pas du magasin, qui était un rêve, comme leur amour.

Marce, Marce, tu n'es pas venu hier, je t'ai montré mes jambes mais tu n'es pas venu. "Tes jambes sont peut-être la partie la plus raffinée de ton corps", disais-tu toujours. Tu n'es pas venu parce qu'il n'y a eu ni miracle ni révélation.

"Fréquente d'autres hommes, je serai là", m'as-tu ordonné avant de mourir.

C'est ce que je fais.

J'ignore si ce sont des hommes ou de simples corps faits de chair et d'os, pourvus d'yeux et de langues qui parlent et prononcent des mots plus ou moins raisonnables, des corps qui vivent en même temps que le mien, contrairement au tien.

Tu n'as rien dit de plus. Tu voulais que j'aille avec d'autres, que leur salive couvre ma peau, c'était ton vœu le plus cher.

Elle continuait de recevoir des WhatsApp blessés et suffocants de Julio.

Cet homme-là ne lui permettait plus de gravir l'escalier qui menait à Marce.

Des WhatsApp de Julio, les uns après les autres, il tenait à la revoir. C'est le problème : dès lors qu'on montre une fois son intimité à quelqu'un, il se croit autorisé à la revoir.

Il m'adresse les mêmes mots que toi, Marce.

Elle s'arrêta à une station-service pour faire le plein, cinquante litres d'essence qui bouillonnaient et que la main du pompiste puisait dans le centre de la terre et déversait dans son réservoir. Ce voyage de l'énergie d'un point à un autre n'était pas lui non plus dépourvu d'érotisme.

Elle était proche de la mer.

Dans la province de Tarragone.

Elle intima au GPS de trouver la plage la plus proche, celle de Cambrils.

L'instant d'après, elle était face à la Méditerranée.

La sensation de liberté que seule la mer est susceptible de procurer lui brisa le cœur. Comment as-tu pu me conseiller de fréquenter d'autres hommes ? Comment savais-tu que tu serais présent à travers eux ? Tu étais un sorcier, peut-être ? Bien sûr que les sorciers existent, de même que les voyants, tout cela existe et tu étais un devin, tu savais que ta chair perdurerait dans celle de n'importe quel homme, tu discernais ce que nul ne remarquait à part toi, et maintenant tu voudrais que je le voie moi aussi parce que j'étais liée à toi. Mais dis-moi, Marce, dis-moi où est notre passé, les couples ont le pouvoir de se rappeler ensemble pour ne pas perdre la mémoire, qui devient alors invincible, comme la mer : *Voiler pourra mes yeux l'ombre dernière / qu'un jour m'apportera le matin blanc.*

Je ne parviens même pas à ressusciter une de nos conversations. Cette nébuleuse, cette fuite du passé sont de vieux chevaux tombés dans les fleuves, de la chair humiliée. Le mariage, ça oui, le jour de notre mariage me revient. Les noces sont faites pour ça, pour garder en mémoire ce jour, ce seul jour, pour le sculpter dans le ciel de l'oubli, un cheval blanc. Un mariage civil, mon père et ma sœur, ta tante Alicia déjà âgée, ta sœur Paola qui n'est pas venue. Alicia me dévisageait comme si elle avait eu devant elle une carte incompréhensible. Épuisée, elle nous scrutait derrière ses vieilles lunettes jaunes. Toi tu lui prenais la main. Pendant la cérémonie, tu as dit que ton père et ta mère étaient dans ton cœur et Alicia t'a observé d'un air surpris, incrédule, à croire qu'elle lisait dans certains yeux ses propres envies de quitter ce monde. Elle est morte peu après. Je me souviens de ses obsèques, au funérarium au bord de l'autoroute M30. Les participants étaient les mêmes qu'à notre mariage, à l'exception d'Alicia, qui était morte. Je suis transie de peur quand je l'évoque, comme si cette vieille dame au regard incrédule, avec son chignon blanc et ses os difformes, savait ce qui allait nous arriver, ce qui allait m'arriver. De son appartement miteux d'Usera, je me rappelle son réfrigérateur, son canapé crasseux, l'odeur de renfermé et une broderie sur laquelle trônait le téléviseur.

En mettant son bikini dans la voiture, elle se cogna le coude contre la vitre et se sentit ridicule. Une seconde plus tard, une vague de désespoir s'introduisit dans son esprit.

Elle alla se baigner.

Il n'y avait guère de monde, elle constata une fois encore que le mois de juin laissait de côté les hordes touristiques.

Elle était seule parmi les vagues.

Elle imagina le monde cent mille ans plus tôt.

Sans personne nulle part.

Il fallait qu'elle oublie le fantôme d'Alicia, cette vieille dont la main brute et épaisse serrait celle de Marce, l'odeur de rance de son appartement, ses affaires, ses photos, ses vêtements usés, une armoire noire étaient de mauvais présages. Tout ce qu'elle possédait était bon à donner à la fondation Caritas.

Elle vit le monde sans civilisations, un prodige de liberté, un miracle présent depuis cent mille ans.

Elle chercha Marce dans les vagues, mais il n'apparut pas, il n'était pas là, et pourtant sa quête était si intense que les dieux de l'univers prirent la pauvre Irene en pitié et glissèrent dans sa tête la chimère de son retour, mais ils ignoraient s'ils devaient le faire revenir sous la forme d'un souvenir ou d'un corps, car ils ignorent ce qui les différencie et méconnaissent les goûts des humains.

Dans l'ombre, les dieux de l'univers essayaient d'aider cette malheureuse, mais ils sont aveugles et ne tombent juste qu'une fois sur mille, par hasard.

Une fois sur un ou plusieurs millions, par hasard.

Ils sont aveugles, ils ne nous voient pas, songea-t-elle. Mais ils nous cherchent au cas où nous aurions besoin d'eux ; ils nous cherchent sans trop fournir d'efforts, seulement de temps en temps, quand ils se souviennent de nous, pas souvent parce qu'ils ont une foule d'autres problèmes à régler, nous ne sommes pour eux qu'un souci de plus, très secondaire.

Les dieux de l'univers voulaient porter secours à la malheureuse Irene, mais ils vivent dans une autre dimension, là où les trous noirs traversent le vide du cosmos, ils nous tentent depuis la profondeur de leur caverne, et ils ne savent pas comment nous épauler.

En sortant de l'eau elle éprouva une faim dévorante.

Elle retira son bikini et se changea dans la voiture.

Elle observa ses seins nus et se rappela les milliers de mots élogieux et les baisers de Marce. Ses seins étaient une musique, ils contenaient d'innombrables choses, comme s'ils étaient les dépositaires de trois mille ans d'érotisme et de luxure. Mais ces compliments relevaient du passé, or ce dernier est le pays de l'invention. Tout le monde s'invente un passé.

Elle s'attarda sur ses tétons.

Mûrs comme le soleil.

Ses saints tétons étaient ce qui comptait le plus dans l'univers.

Elle vit la vieille Alicia, la tante de Marce, entre les vagues, dans la mer ; elle émergeait comme pour lui dire : “Tu es une menteuse, ta vie est un mensonge honteux.”

Elle découvrit sur la plage un beau restaurant à la façade attrayante. On lui donna une table agréable, la brise marine entrait dans la salle par les baies grandes ouvertes, ménageant à ce lieu une température idéale.

Elle étudia la carte et commanda un loup sauvage à la plancha.

“Avec ou sans la tête ? lui demanda le serveur. Avec c'est plus savoureux, mais depuis quelque temps les clients ne veulent plus voir la tête des poissons.”

Elle leva les yeux vers lui un instant, intéressée par cette remarque sur une clientèle nuisible, et vit devant elle un homme d'une quarantaine d'années, avec une barbe naissante qui lui allait à merveille, et un tatouage sur le cou. Lui aussi la regardait avec insistance.

"Avec, bien sûr. Les yeux ouverts, si possible", répondit-elle.

Le serveur éclata de rire.

Elle l'imita.

"Je vais vous apporter le meilleur loup du monde !"

Elle prit conscience qu'il était le maître d'hôtel et qu'elle avait choisi un bon établissement.

Qu'importe si ce plat coûte quarante euros, Marce, si c'est pour régaler le palais et la langue de ton Irene.

Dis-moi, Marce...

Dis-moi pourquoi Alicia m'apparaît, pourquoi elle revient, cette vieille qui m'a toujours regardée comme si elle serrait un couteau dans sa main.

Le passé est ainsi fait, peuplé de visages, de gens qui ne nous aimaient pas, qui savaient que nous étions de mauvaises personnes.

Alicia, cette vieille, me suit comme une ombre pour me rappeler que je m'aimais plus que je ne t'aimais.

Si je prends une bouteille de vin à trente euros, tu me le reprocheras, Marce ?

Tu gardes le silence.

Elle, Alicia, y trouverait à redire, elle s'indignerait : "Cette femme est folle."

Et si au lieu d'accompagner le loup d'un vin à trente euros je préfère un champagne français qui en coûte quatre-vingts, tu m'adresseras enfin la parole ? Et si je m'intéresse au charme de cet homme, tu viendras ?

— Comment vous appelez-vous ? lui demanda-t-elle.

— Horacio, à votre service.

— Vous savez, Horacio, avec le loup j'aimerais boire du champagne et non du vin blanc.

— C'est un excellent choix.

Il fit apporter un seau à glace par un serveur, et Irene contempla la cérémonie des serviettes blanches repassées avec soin, le seau étincelant, l'arrivée du loup. Horacio signifia à l'homme placé sous ses ordres qu'il s'occuperait lui-même de découper cette belle pièce, de retirer la peau et d'extraire l'arête dorsale.

Ses mains étaient stylées. Grandes, bien proportionnées, et à considérer leur anatomie on savait qu'elles étaient fiables et compétentes. Son habileté à manier les couverts électrisa Irene. Il se livrait à un exercice de jonglage. Elle imagina ces mains se poser sur son corps.

C'était presque érotique, à croire qu'il avait dénudé le poisson, dont la chair blanche ainsi exposée lui fit songer à un viol sacrilège de l'intimité des océans.

Il plaça les filets dans l'assiette d'Irene, puis remplit sa coupe de champagne.

Irene mangea et but.

Après avoir consommé la moitié de la bouteille, elle se rendit compte qu'elle devait appeler le parador d'Aiguablava pour retarder son arrivée d'un jour. Elle ne pouvait pas conduire dans cet état.

Elle demanda à Horacio de lui indiquer un bon hôtel à Cambrils, il lui conseilla le Villa Fortuny, un cinq étoiles qui venait juste d'ouvrir.

Une heure et vingt minutes plus tard, elle occupait une chambre double de qualité supérieure avec vue sur la mer.

Elle s'allongea sur le lit et, sous l'effet du champagne, s'endormit sur-le-champ. Elle se réveilla très en forme, appela la réception pour qu'on lui monte un café au lait allongé. En raccrochant, elle regretta sa décision, elle aurait préféré un expresso. Si Marce avait été là, il aurait su exactement ce qu'elle désirait.

Il était déjà plus de 18 h 00.

Elle descendit prendre un bain dans la piscine.

Elle nagea dans l'eau froide qui contenait très peu de chlore, une piscine solitaire avec une femme solitaire portant une Seiko waterproof au poignet, une harmonie destinée au grand contemplateur de l'autre monde, son Marce.

Le Grand Contemplateur, elle le considérait comme tel, une création artistique de son cerveau, de son esprit.

L'esprit d'Irene.

Cette roche constituée de minerais précieux qui se décomposait pour se recomposer.

De retour dans sa chambre, elle alla chercher sans hésiter la note et la carte du restaurant. Elle l'avait gardée, elle le faisait avec Marce, ils conservaient les cartes des restaurants où ils avaient été heureux et s'étaient régalés en profitant de la vie. Il était 19 h 15. Elle composa le numéro et demanda à parler à Horacio. On l'informa qu'il n'arriverait pas avant 20 h 00.

Elle attendit.

Marce, Marce, tu étais capable de dire au monde et à la vie les mots suivants : "Vous ne toucherez jamais à mon Irene." Tu veillais sur moi, tu savais quelle tenue je devais mettre et les vêtements qu'il fallait que j'achète, ce qu'il était bon que nous mangions, que choisir dans les boutiques. Tu savais ce qui importait ou non, tu discernais, tu distinguais, tu avais toujours les bonnes réactions à tout moment, pour que ton Irene terrasse l'hostilité, les menaces, les dangers, la haine et toutes les méchancetés qui existent sur terre.

Tu étais la santé, c'est ça.

Et quand tu t'apercevais que la nuit me terrorisait au point que je redoutais d'aller me coucher, tu me prenais la main jusqu'à ce que je m'endorme, et j'avais pleinement conscience que tu étais la bonté personnifiée.

Tu étais aussi le printemps.

Et un enfant.

Et un gentleman.

Et un éclair.

Et une planète égayée par des ampoules et des serpentins multicolores, un orchestre avec de nombreux saxophones, une planète qui voyageait dans l'univers à vingt kilomètres à l'heure, lentement, pour ne pas décoiffer les saxophonistes, qui étaient tous très bien peignés, avec une raie bien tracée dans leurs cheveux noirs.

Je m'endormais, débarrassée de la peur et du mal.

Délivrée de toute vanité humaine, car à tes côtés je n'avais pas besoin d'être quelqu'un pour les autres, je n'avais pas besoin de triompher, je n'avais pas besoin de réussite sociale ou professionnelle.

Je pouvais être invisible aux yeux d'autrui tout en ayant le dessus sur tous grâce à ton amour. La plupart des hommes font preuve d'une vanité dévastatrice car ils ignorent ce qu'est l'amour.

Vanité des empereurs romains, vanité des pharaonnes d'Égypte, vanité de Napoléon, Hitler et Staline.

Irene et Marce : invisibles.

J'ai pensé que j'étais venue au monde pour te rencontrer, c'est ça. Qu'il y avait un plan, une volonté, un dessein, un acquiescement des pouvoirs terrestres, une mission.

Une mission élevée.

Je ne sais pas trop comment l'exprimer.

Nous n'avions pas de noms.

Je ne veux pas me rappeler ce que toutes les veuves du monde se rappellent, mais rien n'est plus énigmatique qu'une veuve amoureuse d'un cadavre qu'elle croit voir en vie quand elle est dans les bras d'autres hommes.

Les veuves gardent le secret des hommes morts, de tout ce qu'ils ont été et de tout ce qu'ils ont fait. Les veuves sont des mendiantes. Mais le veuvage d'Irene, qu'était-il au juste sinon un hurlement, un cri ?

Les veuves conservent des maris défunts qui continuent à parler et à embrasser. Elles deviennent alors des femmes sacrées.

Nous, les veuves, nous sommes la mer Méditerranée.

Nous adorons la rêverie et le délire.

Nous, les vraies veuves. J'entends par là celles qui sont pleines d'un amour privé d'objet, en suspension dans l'air, qui virevolte comme un démon.

Irene consulta sa Seiko et constata qu'il était temps de rappeler. Il fallait aussi qu'elle change de montre, la Seiko étant réservée à la baignade. Elle alla donc chercher la Bulgari.

Le maître d'hôtel décrocha en personne.

— Horacio, c'est Irene, vous vous souvenez de moi ?

— Oh oui ! la jolie femme qui a mangé un loup avec du champagne !

À la manière dont il prononça ces mots, elle comprit qu'il n'avait pensé qu'à elle depuis qu'ils avaient pris congé.

— Je suis au Villa Fortuny, chambre 411.

Elle raccrocha aussitôt, le cœur battant.

Les nerfs à fleur de peau.

Des doutes, un millier de doutes sombres l'assaillaient, qui représentaient cependant la vie.

Et si je mettais ma vie en danger, Marce ?

Dis-moi. Cet homme viendra-t-il, et toi avec lui ? Les nuages s'écarteront-ils pour te laisser passer, fait de chair mortelle, évoquant la plus belle histoire d'amour de tous les temps ?

Elle inspecta autour d'elle, la nuit régnait sur les lieux, une de ces nuits de juin qui masquent l'été balbutiant.

Un cœur non comblé mais repu grâce à la présence de Marce, qui prend l'apparence charnelle d'un autre au cours d'une cérémonie ancienne, d'un rituel de transsubstantiation, d'une alchimie du sang, du cœur, du foie, des poumons, des reins et des os.

Moelle épinière, rate, œsophage, urètre, larynx, rectum, vessie et cœur, toujours le cœur.

Moelle, qui glorieuse avait brûlé.

Cet homme viendra-t-il ?

Son portable sonne, elle devait s'y attendre.

Il veut des précisions, suppose-t-elle.

Son numéro a été enregistré sur le téléphone du restaurant.

Et maintenant des WhatsApp.

Cet homme, Horacio, maître d'hôtel au restaurant Las Olas, ignore qu'elle ne compte pas répondre, de même que Dieu ne répond pas aux prières de ses croyants.

Dieu n'a jamais répondu à aucun humain.

Pourtant ils continuent de l'appeler.

Dieu n'a répondu qu'à nous, à Marce et à moi, songe-t-elle. Pour nous Il a décroché à la première sonnerie, car Il est capricieux et ne voit pas l'intérêt de se soucier des prières, suppliques, implorations, promesses et prises de contact de ses millions d'admirateurs répartis dans le monde, qu'ils soient morts ou vifs. Mais pour nous, Il a aussitôt soulevé le combiné pour nous dire : "*Âme, à qui tout un dieu a servi de prison.*"

Tu es folle, folle à lier. C'est la solitude, cette solitude, cette absence, mais l'absence de qui ?

Si Dieu n'a jamais répondu aux millions d'hommes et de femmes qui lui ont adressé leurs prières, alors je ne répondrai pas davantage aux hommes.

Elle devine ce qu'Horacio doit penser. Et si c'était un piège ? Si on me vole ? Si on m'extirpe un rein ? Si on me tue ? Non, c'est impossible, elle est descendue au Villa Fortuny, un cinq étoiles. Et si c'est une de ces folles, une cinglée qui se balade partout dans le monde pour trouver le prince charmant ou un mari, ou encore se donner la mort ? Si c'est une meurtrière, qui ensuite te jette de l'essence à la figure pour y mettre le feu et te défigurer à vie ? Si c'est tout simplement une femme, juste une femme, un être humain, comme moi ? Mais qui est-elle ? Comment en avoir le cœur net si je ne vais pas la rejoindre dans sa chambre ?

Il est sans doute marié et heureux en ménage, songe Irene. Mais ce miracle ne s'est accompli qu'une fois, Dieu nous l'a accordé, il ne concerne que nous, Marce et moi. L'imagination des veuves a pour mission de prolonger le passé, de le magnifier en le recréant, et si cela se révèle difficile parce qu'il n'a pas duré assez longtemps, elles doivent l'inventer.

Les veuves ont pour mission de faire en sorte que leurs maris défunts continuent de vieillir avec elles. Tel est mon objectif.

Elle lit les messages de Julio, qui se distancient peu à peu d'elle comme une force qui s'épuise, et constate que d'un moment à l'autre son ancien amant se diluera dans l'océan indéfini de tous les WhatsApp amoureux envoyés sur la planète à cet instant.

Des billions de WhatsApp contenant des baisers, de profonds désirs d'aimer et d'être aimé qui sont irréalisables, contrairement au sexe, à la copulation, aux rires, aux caresses et aussi aux humiliations, et au-delà il n'y a rien.

S'il y avait quelque chose, ce serait de l'angoisse.

Au-delà il y a Marce, prie Irene

Si cet homme vient tu viendras, Marce ?

Mais son mari ne répond pas.

Cet homme se dit probablement qu'il a besoin d'une douche avant de venir ici après son service. Quand le service se termine-t-il dans un restaurant quasi luxueux, parce que ce n'est pas vraiment un restaurant de luxe ? Ah, je vais examiner l'addition. Cent vingt-sept euros, soixante-dix euros pour le champagne, quarante pour le loup. De luxe ou quasi de luxe, qui peut savoir ça ? Mais s'il est le chef, il peut partir avant, c'est sûr. Il a dû transpirer et voudra être propre et lavé pour moi. Y a-t-il des douches dans les restaurants quasi luxueux ? Je suppose que oui. Il voudra mettre une belle chemise qu'il n'a sans doute pas sous la main mais chez lui, où l'attend sa femme, c'est certain. La chemise qu'il portait ce midi me suffit, mais je ne peux pas lui écrire pour lui dire ça. Quant à son pantalon, il est vrai que les pantalons des serveurs et des maîtres d'hôtel ne sont guère élégants, d'un noir anodin. Ils sont routiniers, banals, vides, pas vraiment conçus pour la fête de l'amour. La fête de l'amour ? Où est-elle ? Et où est sa femme s'il en a une, ce que j'espère pour lui ? Car autrement quel serait le mérite de cette offrande, hein Marce ? Dis-le-moi.

Irene se souvient que Marce a un jour souhaité publier les poèmes qu'elle écrivait, ses fragments de nouvelles et de journaux intimes. Des poèmes truffés de mots à l'eau de rose et de phrases alambiquées, tous très mauvais. Des écrits destinés à rester entre nous, pourtant il est allé chez un imprimeur et a commandé une édition en six exemplaires. Je lui ai dit qu'un jeu de deux aurait suffi.

Que voulait-il faire des quatre autres ?

Un pour sa sœur Paola, un pour mon père, un pour ma sœur et le dernier pour ma nièce, quand elle serait plus grande.

Et deux pour nous.

C'est ce qu'il avait décidé.

Grâce à Dieu, Alicia n'était déjà plus de ce monde.

6

LE DORÉ ENVAHIT TOUT

On frappe à la porte.

Deux coups brefs mais sonores.

Il a dû se demander comment faire, combien de coups assener et quelle intensité y mettre.

C'est Horacio, qui dès la fin du service a sauté dans sa voiture pour se planter devant la porte de sa chambre.

Il est venu, bien sûr.

Il vient d'entrer car Irene lui a ouvert sans hésiter, pourquoi hésiter ?

Et ses grandes mains, celles qui avaient dénudé le loup sauvage, se posent sur son corps.

Ils se déshabillent à toute vitesse, s'embrassent comme s'ils étaient lancés dans une compétition, pour finir au lit, et Irene revoit Marce en haut d'un escalier.

Marce, Marce, c'est toi ?

Il sourit et hoche la tête à l'instant où Irene et Horacio pénètrent dans la zone éphémère et confuse de l'orgasme.

Seule une dizaine de secondes leur est accordée, tout dépend de la durée du plaisir d'Irene. Elle voit ses cheveux blonds étinceler et son sourire. Il a les yeux dorés.

Ma flamme peut nager parmi l'eau froide. Ce vers résonne dans sa tête.

Et si c'était une hallucination ? songe-t-elle quand ils ont terminé et que l'image de Marce se dissipe.

Un fort pouvoir de suggestion ?

C'est ce que disent les psychiatres, les psychologues, les médecins, les scientifiques et même les artistes.

Il *ne laissera* [pas] *le souvenir où il brûla*, récite-t-elle pour y croire.

Croire à un sonnet et n'avoir aucune foi dans la science.

En haut d'un escalier, il est là, il l'attend pour lui révéler quelque chose qui ne dure même pas le temps de prononcer un mot, car il ne fait que sourire, semblable à un vent léger, et son sourire, son regard ont une signification.

Un sourire profondément bon dans lequel la bonté s'incarne.

Évidemment, songe-t-elle, il n'a pas le loisir de dire quoi que ce soit. Le langage n'existe que dans une temporalité, une phrase nécessite deux ou trois secondes pour être prononcée, or Marce n'a pas le temps car il est mort. Et puis il ne porte pas sa Cartier en or.

En revanche, les hommes avec qui elle couche sont dotés de la parole.

Horacio lui dit qu'il l'adore, qu'il est tombé amoureux d'elle et qu'il est prêt à quitter sa femme. Il parle parce qu'il a du temps devant lui.

Sa déclaration atteste de façon magique le fait qu'elle a vu Marce en haut des marches.

Le béguin d'Horacio est dicté par Marce, qui depuis le royaume des morts a mis ces mots dans sa bouche afin de la rassurer, de la sortir du trou.

— Je vais partir avec toi, divorcer et tout laisser à ma femme, c'est décidé, déclare-t-il, enhardi, comme s'il venait de découvrir un trésor.

— Comment s'appelle-t-elle ?

Ils sont tous deux allongés sur le lit, nus. La porte-fenêtre du balcon est ouverte, l'air humide de juin traverse la pièce, poussé par la Méditerranée.

— Margarita.

— C'est beau.

— En effet.

Comment lui expliquer qu'il n'est pour elle qu'un escalier, une étape, un lieu éclairé par les anges, la nature, la vie, les étoiles, la matière, la mort, les nuages, le silence, les vagues, les montagnes, les lunes, les vivants et les morts, les équations sextiques, l'alliance entre Dieu et les machines, entre les hommes et les machines, entre Dieu et les femmes ? Un espace atavique qui s'est dégagé devant elle pour lui permettre de voir celui qui a été l'amour de sa vie au loin, comme sur un piédestal, pendant dix, douze, treize secondes ou peut-être seulement une ou deux.

Le voir accoudé sur une balustrade.

Le voir couronné par la mort mais sans oubli possible. Sans qu'il prononce le moindre mot. Comme il est difficile de croire à des visions muettes !

Vous laisserez le corps, non le souci. Tel est son credo.

"Montre-moi une photo d'elle."

Horacio en cherche une sur son portable, Irene l'observe et l'agrandit du pouce et de l'index, encore un peu plus. Interdit, le maître d'hôtel est témoin du désir qu'elle a de regarder chaque détail du visage de son épouse, partant de ses yeux sombres jusqu'à ses lèvres rouges, et de ses lèvres rouges jusqu'à ses cheveux blonds. Pendant qu'elle s'abîme dans cette contemplation, Horacio prend conscience de la situation et sa voix devient chevrotante.

Il se rhabille dans un silence morose.

Remet sa montre.

Une Festina de sport.

Irene en calcule le prix : environ cent trente euros.

Il sait qu'il doit quitter cette chambre, se lever de ce lit sans décrocher un mot.

Il ne peut même pas dire "adieu".

Ni "J'espère qu'on se reverra."

Il a assisté à un miracle.

À la magie des chevelures féminines.

Car Irene est blonde elle aussi.

Le doré envahit tout.

La brise de la Méditerranée volète, enfle sous les yeux d'Horacio, qui a vu la femme avec qui il a couché observer les yeux de celle qui l'aime vraiment.

Et le mot "Margarita" se réintroduit en lui, qui n'en revient pas.

Au dernier moment, sa main sur la poignée de la porte, il a une hésitation, le doute frappe lourdement son esprit comme une pierre de cent kilos qui tombe dans une flaque boueuse.

"Moi je suis déjà la femme d'un autre", lui lance Irene, qui a perçu son flottement.

Et lui est le mari d'une autre et il se sent déloyal. Son infidélité lui ronge le cœur, la trahison ronge son âme, car la malhonnêteté en amour punit davantage celui qui en est l'auteur que celui qui la subit.

Celui qui trompe souffre plus que celui qu'on trompe, or depuis trois mille ans on pense que c'est l'inverse. L'infidèle est un mendiant qui fait l'aumône à chaque coin de rue.

Il quitte la chambre en silence.

Il marche dans le couloir.

Ne prend pas l'ascenseur.

À la réception quelqu'un, un collègue, le salue, mais il ne s'arrête pas.

Il ne retrouve pas sa voiture, ne se souvient plus où il l'a garée, il sait que cet oubli est dû au puits de ténèbres, de culpabilité et de honte dans lequel il est tombé. Il est furieux contre lui-même et se reproche de ne pas se rappeler où il a stationné sa Nissan Qashqai, achetée avec l'argent que Lucía, sa belle-mère, la mère de Margarita, leur a prêté parce qu'ils n'avaient pas assez d'économies.

"Ça fait plaisir à ma mère de nous aider", lui avait dit sa femme.

Il constate maintenant que le plaisir de sa belle-mère s'apparente à une pierre attachée à son cou, d'autant que Margarita et Lucía ont choisi le modèle *full equip*.

"Comme ça vous pourrez m'emmener en promenade de temps en temps", avait décrété Lucía.

Cette phrase retentit dans les grottes de la biologie de ses ancêtres comme un adieu à la vie.

Sa belle-mère est une femme, comme Irene. Elle lui a toujours porté une affection indéfectible. C'est une gentille femme, la bonté étant de la partie, une personne de plus à juger ses actes à cet instant. La mère de sa femme a toujours cru en lui et trouvait que c'était un homme bien, elle l'a défendu, elle l'a aimé et elle l'aime encore. Et voilà qu'il vient de coucher avec une autre. Pourquoi la vie doit-elle se dérouler ainsi ? Si Lucía avait vent de l'infidélité de son gendre, elle serait horrifiée. Elle finirait par lui pardonner, mais elle aurait le cœur brisé.

"Irene, Irene. Tu me renvoies à cette boue, pourtant tu ne vis pas dans la boue, toi", dit-il en cherchant sa Nissan.

Il s'agite, enrage à l'idée de ne pas la retrouver. Il consulte l'heure sur la Festina de sport que Roberto, son frère, lui a offerte pour son dernier anniversaire. Il souriait en lui tendant la boîte, toute la famille avait le sourire aux lèvres, mais à présent c'est foutu, cette montre devrait s'arrêter, pourtant ses aiguilles continuent de tourner, la trotteuse poursuit sa course jusqu'à la fin des temps et de son temps à lui. Il se détourne du cadran et se concentre de nouveau sur la Nissan.

Ils étaient allés la récupérer par une journée chargée. Ils s'étaient rendus tous les trois chez le concessionnaire. Lucía était heureuse d'avoir pu contribuer à cet achat en mettant sur la table une somme équivalant à plus de la moitié du prix. Elle coûtait trente-cinq mille euros, elle leur en avait prêté vingt-cinq mille sans ciller, persuadée qu'elle réalisait un bon investissement en participant à l'acquisition d'une nouvelle automobile pour sa fille et son gendre, qu'elle considérait comme un fils. Mais là résidait tout le problème : s'il était le fils de Lucía, Margarita était sa sœur.

Voilà sa voiture, il l'a enfin localisée. Il l'ouvre avec sa clé électronique, prend place à l'intérieur de l'habitacle qui sent encore le neuf, une odeur qui lui rappelle sa famille et la sécurité qu'elle lui procure. Le revêtement des sièges est accueillant, il a l'impression qu'il lui parle. "Courage, tout va s'arranger. Il ne s'est rien passé de grave", lui dit-il.

Les sièges protecteurs se taisent et Irene revient occuper ses pensées. Il songe à l'intimité de son corps.

Elle n'est pas sa sœur.

Elle est sa maîtresse.

Un mot qui contient des baisers, des morsures, une mise à genoux et toutes sortes de fluides qui montent comme le sel marin, les légendes, la folie et l'orgasme qui apporte la paix.

Irene, Irene, pourquoi m'as-tu renvoyé à la boue ? Il se répète ces mots comme une psalmodie.

Il démarre, parcourt les quelques mètres qui le séparent de la sortie du parking de l'hôtel, freine brusquement et arrête la Nissan sur le bas-côté.

Il sort son portable de sa poche.

Il téléphone, il téléphone à Irene, mais elle ne répond pas.

Il se rend compte à cet instant que la boue peut se manger. Il redémarre, prend le chemin de son foyer où sa femme l'attend. Il va devoir élaborer un mensonge, se dit-il en s'apercevant qu'il a reçu vingt-trois appels de Margarita, qu'il a ignorés mais qui s'ancrent brusquement dans la réalité : vingt-trois appels.

Ils représentent l'amour, songe-t-il, mais pas de manière absolue, car les êtres humains ne peuvent s'inventer une passion qu'ils ne ressentent pas. Ces vingt-trois appels sont porteurs d'humiliations dans un sens comme dans l'autre.

Irene

Il est si troublé quand il passe la porte de son appartement qu'il ne lit même pas le mot que sa femme a laissé sur la table de la salle à manger : "Ma mère vient de mourir et tu es dans le lit d'une garce. Tu es un menteur et un salaud."

7

LES AMANTS NE SERONT JAMAIS HUMILIÉS

Ils n'ont pas connu l'humiliation conjugale.

C'est ce que pense Irene.

L'humiliation conjugale, c'est ça.

Les gens qui travaillaient avec eux entraient parfois dans le bureau de Marce pour lui dire : "Je veux divorcer, je n'en peux plus."

Dans notre magasin, avec nos employés, nous avons vu bien des souffrances, se rappelle-t-elle, comme pendant le divorce de Teo, le livreur, à qui ils ont apporté leur soutien après le départ de sa femme avec un autre homme. Marce lui disait que c'était une chance, que peu importait qui quittait qui, l'essentiel étant que Carlota – l'ex-épouse de Teo – n'était pas la femme de sa vie, heureusement qu'il l'avait découvert à temps.

La peur était palpable.

"Qui va garder l'appartement ? " ; "Que vais-je devenir à mon âge ?" ; "Plus aucun homme ne posera les yeux sur moi" ou "Plus aucune femme ne me regardera". Ce genre de phrases, ils les ont entendues à bien des occasions.

Elles exprimaient la peur.

Une peur que Marce et Irene ne connaissaient pas.

Car ils savaient qu'on ne vit qu'une fois et que la peur ne fait pas partie de la nature, elle est culturelle et sociale.

La peur est une aliénation, voilà tout.

La grande humiliation de l'existence.

Le dimanche matin, ils allaient sur la terrasse et s'embrassaient. Il n'y avait pas d'humiliation dans leur couple.

Le lundi matin, ils faisaient la même chose, sans la moindre humiliation non plus.

Ils sortaient dîner et avaient toujours d'innombrables sujets de conversation qu'ils abordaient comme au premier jour, lors du dialogue riche en promesses de la conquête, c'était pareil, ils étaient aussi nerveux et pleins d'espoir, aussi empressés, aussi irréfléchis.

Sans peur.

Tout le monde avait été humilié, pas eux.

Nous.

Irene et Marcelo.

Peu après la discussion que Marce avait eue avec Teo, Carlota était entrée dans le magasin et avait dit en hurlant qu'elle voulait voir Marce. On aurait dit une folle, elle était hors d'elle. C'était une belle femme aux cheveux courts et au teint cuivré qui portait des chaussures à talons et des jupes cintrées.

— Je le quitte et il s'en fiche, comment est-ce possible ? Je voulais juste lui faire peur, mais tu es allé lui raconter des trucs tordus. Qu'est-ce que tu lui as dit ?, lui avait-elle demandé devant tous les employés et un client.

— Qu'il avait de la chance de ne pas avoir encore rencontré le véritable amour, c'est tout, avait répondu Marce en regardant Carlota droit dans les yeux.

Un silence sépulcral s'était abattu sur le bureau.

Et à cet instant Teo était apparu, il venait chercher une table et six chaises à livrer.

Ils s'étaient observés, ils se plaisaient encore, il restait quelque chose d'enfoui entre eux.

Quelques mois plus tard, Teo a rencontré Nuria, à croire que les propos de Marce étaient une prophétie destinée à se réaliser à court terme.

Irene se rappelle Nuria et Teo le jour où ce dernier les a invités à dîner pour la leur présenter. Elle travaillait dans un cabinet comptable et a aidé Irene par la suite, après la mort de Marce, pour la cession du magasin. Le plus drôle, c'est qu'elle était taillée dans le même moule que Carlota : une forme de visage similaire, les cheveux courts et des jupes cintrées, mais sa peau était basanée et non cuivrée.

“Les meubles, disait Marce. Les meubles sont importants.”

Les jeunes et les moins jeunes mariés, ceux qui s'apprêtaient à se mettre en ménage et les nouvelles formes de couples qui sont apparues au fil de ces dernières trente années, des couples d'hommes ou des couples de femmes, tous avaient besoin de meubles. Cela s'apparentait à une loi universelle.

Tous les amoureux ont besoin de meubles pour leur foyer, Marcelo et ses Meubles Pour Tous étaient là dans ce but.

Il était lumineux, nous avions conçu notre magasin pour tous ceux qui devaient créer de la matière solide dans leur histoire d'amour.

Des tables pour qu'ils prennent leurs repas ensemble.

Des canapés pour qu'ils s'y installent, l'un assis sur les genoux de l'autre.

Ou se parlent côte à côte les jours où la pluie inondait les rues.

Les amoureux ont besoin de beauté.

Sans beauté, l'amour n'a pas où se loger.

Les premières années, Irene travailla avec une ténacité hors du commun, jusqu'à ce qu'ils inventent le Jeu, à savoir l'apparition de deux nouveaux éléments, la peinture et la poésie, qu'ils avaient baptisés le Jeu.

Irene avait toujours aimé dessiner, peindre et écrire des poèmes. Un jour, Marce lui annonça qu'ils réserveraient une pièce de leur appartement pour qu'elle se consacre au Jeu.

Le Jeu ne les concernait qu'eux.

Irene dessinait Marce.

Irene les dessinait tous deux.
Occupés à des activités.
Marce et Irene en train de manger.
De se promener au Retiro.
Marce dormant nu dans leur lit
Irene préparant des spaghetti.
Marce récurant une casserole en caleçon.
Irene prenant le soleil, nue sur la terrasse.
Ce genre de choses.
Et ensuite elle écrivait des poèmes d'amour.

Marce lui offrait les recueils des poètes connus, mais ils préféraient les vers d'Irene, parce qu'ils parlaient de "nous".

Ils aimaient Luis Cernuda, Pedro Salinas et Pablo Neruda.

Le Jeu les aimantait, ils adoraient se voir reflétés dans les poèmes, les dessins. C'était comme s'ils vivaient deux fois : une première dans le réel, une seconde dans les tableaux et les vers d'Irene.

Si bien qu'un jour Irene décréta qu'elle resterait à la maison pour peindre et écrire. C'était sa décision, son souhait, une sorte de révélation : "Reste chez toi pour écrire et pour peindre."

À elle les tableaux et les poèmes.

À lui les meubles, pour faire en sorte que l'amour d'autrui se change en matière, en bois, si possible des essences nobles et non des succédanés inhospitaliers, plastifiés, ignobles.

Selon Irene, écrire, peindre et vendre des meubles servaient à propager la beauté dans le monde et à la défendre.

Elle pensait qu'elle et son mari se consacraient à la même utopie, au même rêve.

Les meubles IKEA symbolisent l'échec de l'amour. La banalisation des meubles s'abattait sur la planète et se traduisait par la banalisation de l'amour, des foyers, des grandes liturgies qui président à leur édification, à la construction des maisons faites pour l'amour entre hommes et femmes, entre femmes, entre hommes. Le mélaminé était à la mode et envahissait tout. “On peut juger une époque en observant ses meubles”, disait Marce.

Les meubles de piètre qualité l’effrayaient. Non qu’il eût souffert devant un mobilier conçu à partir de matériaux de troisième choix, mais il perturbait son sommeil et lui inspirait de la terreur et des angoisses.

C’était à cause de son père, évidemment.

Ce dégoût était un hommage rendu à Tory.

Marce avait pressenti la corrosion de l’amour chez les couples qui s’achetaient des meubles de mauvaise qualité. À croire qu’il émanait du plastique et de la sciure adultérée des radiations hostiles aux sentiments amoureux.

Son commerce marchait bien parce qu’il exerçait son métier avec passion.

Il adorait vendre des meubles.

Noyer, chêne, pin, sapin, châtaignier, acajou, le bois et sa matière. Marce et son exaltation du bois.

“On ne devrait pas l’appeler ‘bois’, mais ‘sang de la terre’. ‘Bois’ est un mot injuste !” clamait-il.

Il adorait plus que tout aider les couples qui décidaient de se marier ou de s’installer ensemble. Il mûrissait ce mot, “ensemble”, il s’introduisait chez eux et tâchait d’orienter ses conseils en pensant que leurs meubles seraient témoins de milliers de scènes allant de l’entrain à l’euphorie, peut-être jusqu’au désamour.

Ce ne sont que des souvenirs jaillis du fin fond de l’esprit d’Irene.

Marce et son magasin rendaient service à la vie et à l’amour, elle en est convaincue.

Son Marce contribuait à bâtir l’amour l’universel dans un commerce de meubles.

Il partageait l’amour que se portaient les clients qui décidaient de meubler leur premier logement en commun.

Il avait engagé davantage d'employés : six personnes travaillaient pour eux.

Parce qu'elle lui avait dit : "Ils travaillent pour toi, tu dois leur transmettre ton enthousiasme."

"Imaginez que vous êtes les propriétaires de ces meubles, imaginez les premières lueurs du jour les éclairer", leur disait Marce.

Il voulait qu'ils comprennent leur importance.

"On parle des humiliations au travail, mais nous, nous n'avons jamais toléré ça." Irene se rappelle l'avoir entendu prononcer cette phrase. Ni lui ni elle n'ont jamais encouragé ce type de comportement, chacun accomplissait sa tâche, et si un salarié ne le faisait pas, c'est qu'il n'avait plus le cœur à l'ouvrage, et que par conséquent Marce avait échoué.

Il aimait beaucoup ses monteurs, qui se rendaient chez les clients et étaient les auteurs du miracle.

Ils assemblaient les étagères, les lits, les tables, les chaises, les armoires.

Calculaient le bon emplacement avec leurs mètres professionnels argentés.

Accrochaient les lampes, les rideaux, les miroirs. Ils œuvraient à la transformation de l'espace. Un bon monteur de meubles est un peu un disciple de Dieu.

Ils luttaient contre le vide spatial.

C'étaient des gladiateurs combattant pour le bien absolu.

Avec leurs marteaux, leurs visseuses électriques, leurs perceuses, leurs caisses à outils.

Leurs sourires.

Leur camaraderie.

Sous le regard attentif et impressionné des clients, ils donnaient un sens à leurs maisons ou à leurs appartements.

Ils se savaient observés.

"Ils n'ont qu'à vous contempler pour se rendre compte que vous faites des miracles", leur confiait Marce.

Là où il n'y avait auparavant que des espaces inertes, des murs, des piliers, des cloisons, ils instauraient un ordre significatif, un pays accueillant parce que les meubles le sont.

Ils construisaient des foyers, quelle qu'en soit la nature.

Ils aidèrent Marce à comprendre son métier. En vérité, ils lui rappelaient son père.

L'esprit de Victoriano Mora dirigeait le magasin.

"Il n'a jamais eu de visseuse électrique, mais il était ami avec Federico Fellini. C'est lui qui a bâti le cirque romain de *Ben-Hur*", expliquait-il aux monteurs.

En plus des tables de chevet, il adorait les armoires, où les hommes, les femmes et les enfants rangeaient leurs vêtements. Il se plongeait parfois dans de profondes méditations sur la manière dont le temps qui passe affecterait les armoires assemblées par ses employés. Il aimait l'idée d'avoir des ouvriers aussi parfaits que l'avaient été ceux de Tory quand ils avaient conçu les décors de *Ben-Hur*.

Le travail bien fait est toujours révolutionnaire.

Au début, il accompagnait ses monteurs et vérifiait la qualité et la sécurité de l'installation : la précision millimétrique des vis, les planches parfaitement à niveau. Il souhaitait qu'il se dégage de ses meubles une impression de robustesse, d'harmonie et de charme.

Les monteurs aimaient bien Marce.

Il leur parlait constamment de son père et de son métier de menuisier dans l'industrie du cinéma, qui leur paraissait lointain, quasi irréel et fabuleux.

"Les gens mettent le meilleur de leur vie dans leur métier, affirmait Marce. C'est ce que faisait mon père. La raison pour laquelle Federico Fellini l'appréciait autant, c'est qu'ils avaient la même façon de travailler."

Si un des monteurs lui demandait qui était ce Federico Fellini, Marce lui expliquait qu'il s'agissait d'un metteur en scène. Il citait les noms de ses films, mentionnait des acteurs et des actrices et certaines scènes très précises.

Les souvenirs d'Irene.

De doux souvenirs qui se délitent ; elle n'est pas la seule à connaître ce trouble, tous les êtres humains sont pareils : ils ne sont que des réminiscences dans la brume, la neige, les nuages, des souvenirs délicats qui s'assombrissent dès lors qu'ils leur demandent de s'inscrire dans le présent et non plus seulement de relever du passé.

Elle croit encore l'entendre dire aux monteurs : “Les heures que vous investissez là, dans cette bibliothèque encastrée, se transforment en énergie appelée à perdurer.”

Il avait lu cet “appelée à perdurer” dans une poésie d'Irene, qui l'avait emprunté à un poète russe.

“Car cette bibliothèque que vous assemblez en ce moment pourra très bien tenir cinquante, soixante-dix ou même cent ans, jusqu'à ce que quelqu'un décide d'occuper différemment ce mur. Quand il la démontera, il vous touchera au travers de votre travail alors que vous ne serez plus de ce monde.”

Il caressait les armoires.

Regardait droit dans les yeux ceux qui les achetaient en désirant qu'elles les accompagnent toute leur existence.

“J'ai passé ma vie à édifier des foyers.”

Les humains édifient des foyers. Quand deux amoureux se mettent en ménage, ils ont besoin de meubles, qui servent à matérialiser leur amour.

Les âmes s'accrochent aux meubles quand la mort cerne les humains. Elles cherchent une table, une étagère, une commode où ranger du linge. Les enfants se rappellent leur enfance en revoyant les meubles choisis par leurs parents : les lits, les armoires, la table de salle à manger, celle de la cuisine, ses chaises.

Irene dessinait et peignait les armoires que Marce avait créées.

Elle peignait Marce lorsqu'il vérifiait si elles avaient été bien montées, et par cet acte leur mariage acquérait de la matière.

Ah, la matière !

"Irene, mon Irene, mon amour, mon sang !" s'écriait Marce.

Certains soirs, elle venait le retrouver à l'heure de la fermeture. Après le départ des employés ils restaient seuls, à regarder les meubles dénués d'intentions, des créatures éminemment ridicules, de la matière inutile ; ils ne prenaient sens que lorsqu'ils réussissaient à émouvoir les humains et partaient vivre avec eux. Mais Irene et Marce se plaisaient à les admirer avant qu'ils ne s'installent dans les maisons, les foyers.

— Où va atterrir cette belle armoire en acajou ?

— Chez des jeunes mariés, répondait-elle.

— Il y rangera ses chemises et elle y suspendra ses robes.

— Les armoires et les amours, les armoires et les couples vieilliront ensemble.

Ils échangeaient ces propos, se souvient Irene.

Ce genre de choses.

Quand ils rentraient chez eux, Irene dessinait les armoires regorgeant d'habits, des habits inventés, bien sûr. Ils riaient, s'embrassaient et se caressaient dans un climat d'excitation. Ils découvrirent que l'activité artistique d'Irene affermissait leur amour, qu'ils s'excitaient davantage, si toutefois c'était possible.

Les dessins et les poèmes d'Irene étaient une célébration, voire un certificat de réalité attestant que tout ce qui leur arrivait était vrai, car ils se sentaient représentés au-delà des frontières de leurs corps.

Parce qu'ils se savaient élus.

Ils étaient deux humbles élus.

Nous savons que ce n'est le cas de personne, ni aujourd'hui

ni dans le passé, pense Marce, allongé sur le lit de l'hôtel Santa Chiara, le regard perdu sur le corps d'Irene.

Aurions-nous dû faire paraître des petites annonces dans les journaux pour savoir s'il existait des gens comme nous ?

Ce n'était pas, ce n'est pas de la foi.

La foi est une superstition.

C'était et c'est toujours une constatation, des faits, une réalité, de la matière, de la pierre, du bois, de la chair, de l'os, de la terre.

C'était et c'est toujours de la terre.

Des faits.

De l'amour.

Nous étions deux imbéciles, songe Irene à présent. Deux parfaits imbéciles ; l'un est mort et l'autre ne sait pas quoi faire de leur argent.

8

QUAND JE REGARDE LA MER, LE TEMPS N'EXISTE PAS

Si un être humain désire créer de l'art et de la beauté à partir de sa mémoire, qui peut le lui interdire ? pense Irene. Quelle loi l'en empêchera ? Existe-t-il des décrets gouvernementaux, des normes juridiques, des impôts ? Faudrait-il verser à l'État 15 %, 20 % des sommes qu'on gagnerait ? Si l'État l'apprenait, il me prendrait 90 % ou même 99,9 % de mes gains, et il me collerait une amende, me poursuivrait en justice, me jetterait en prison pour mon manque de solidarité, me traiterait de pute, me brûlerait vive, me lapiderait.

Il me taxerait de sorcière.

Non, ça non. J'aimerais bien qu'il me traite de sorcière et de pute.

Mais il se contenterait de me reprocher mon manque de solidarité.

Mauvaise femme, oh, mais qui m'appellerait ainsi ?

Mauvaise femme avec son mauvais homme, s'acheminant vers la fin du monde, sous la neige, le soleil, la pluie, le temps, le néant.

Mauvaise femme, que c'est beau ! Il n'y a pas d'esclavage dans ces deux mots. Ou si, bien sûr que si.

Esclavage et vie sont toujours synonymes.

Vivre, c'est être l'esclave du temps dans lequel on vit, avec ses lois, ses coutumes, ses robes, sa technologie, son sens du bien et du mal, sa morale, son argent, sa nourriture, sa médecine, sa psychiatrie, son industrie idéologique, car l'idéologie est une industrie de plus, comme celle des conserves de sardines, de maquereaux, de poulpe à la galicienne, de calamars dans leur encre.

Ces calamars noirs qui sortent des boîtes, baignés d'encre, ont-ils un jour été vivants ?

Ils macèrent depuis si longtemps dans leur conserve, on leur a fait subir tant de traitements avant de les mettre en boîte (on les a découpés en morceaux et plongés en masse dans de l'eau bouillante avant d'ajouter des conservateurs à la préparation) qu'on ne peut pas penser que les bouts de calamars qu'on introduit dans sa bouche ont été des êtres vivants.

D'autres femmes me brûleraient.

Des femmes qui brûlent d'autres femmes parce qu'elles n'ont pas les mêmes idées qu'elles. Les humains adorent jeter leurs congénères au bûcher. On a toujours de bonnes raisons de vouloir en finir avec sa voisine.

Irene cogite depuis vingt ans.

Irene, Irene.

Est-elle une mauvaise personne ?

"Mauvaise personne", deux mots terrifiants, le discrédit social le plus grave qu'on puisse formuler dans ce présent historique.

Irene se représente en train de regarder son mari se changer en os, la maladie le réduire à l'état de squelette. Mais c'était celui de son Marce, et elle estimait avoir de la chance d'assister à cette transformation, car elle voyait comment était au plus profond de son être celui dont elle avait été amoureuse pendant vingt ans, à croire qu'elle était le témoin d'un des spectacles les plus prodigieux de l'art, de la nature ou du cosmos, le chemin qui menait au cadavre de son bien-aimé, une voie que chacun doit emprunter et qui est celle de la connaissance, mais de quel type ?

C'est terrible, songe-t-elle.

Quel type de connaissance ?

Celle de la douleur, peut-être, toujours la douleur ou, au-delà, celle de l'inconsistance de ce que nous sommes, qui s'apparente à une erreur de la nature dans la mesure où elle nous a donné une conscience, cette dernière étant une erreur.

Une merveilleuse erreur ?

Elle savait que Marce se mourait, mais elle était incapable de comprendre la nature de l'avenir, une des grandeurs de l'amour profond consistant à le vivre dans l'instant. Il était là, rien ne comptait en dehors de sa présence, il en avait toujours été ainsi.

Parfois il crachait du sang, qu'elle voyait par terre et qui lui paraissait un symbole de l'amour. Le sang qui affleurait sur ses lèvres et pendait de sa langue, qui avait représenté le désir et le plaisir. Était-ce encore le cas ? Qui décide de ce qui est ou non érotique ?

Qui sont les bâtards et les bâtardes qui ont légiféré sur l'érotisme ?

Ce sang erratique, sans destination claire dans le monde, était tombé sur le parquet de la salle de séjour, qui s'était éclairé en le recevant. C'était son sang, celui de son mari, pensait Irene. Elle n'avait pas envie de le nettoyer. Elle ne voulait pas aller chercher le balai à franges pour le faire partir avec de l'eau et des produits chimiques. Ce sang éclairait le monde. Leur miracle se poursuivait.

Pourquoi eux, qui étaient si ordinaires, si banals ?

Elle se poserait toujours la question.

Ceux qui ont choisi une vie sans amour au motif qu'il est à leurs yeux une supercherie détestent les romances.

En revanche, ceux qui sont épris en permanence d'un homme, d'une femme, d'une femme, d'un homme, les apprécient.

Marce a été opéré plusieurs fois, mais elle ne s'en souvient guère.

Il y a eu des humiliations physiques et des séjours à l'hôpital, mais pour elle cela équivalait à pénétrer dans des régions inconnues de son corps.

Une poche reliée par un tube à sa vessie recueillait son urine et la stockait. Mais elle n'a pas diminué leur désir. Elle appartenait selon eux à une dimension inédite de la vie, qu'ils ne condamnaient pas, rien de ce qui relève de la vie n'étant critiquable.

Ce n'est pas simple, c'est une œuvre d'art.

— Qui nous a choisis ? demandait-il.

— La nature, ou Dieu, s'il faut attribuer un nom à la nature. C'est tout ce qui me vient à l'esprit. Quelqu'un qui est plus fort qu'un super-héros, je pense, et qui a le pouvoir de créer de la matière, des planètes, des soleils, des étoiles, des mers, répondait-elle en utilisant les mots qu'elle écrivait dans ses poèmes.

— C'est sûrement Dieu alors ! Il existe donc, imagine un peu comment on en est arrivés à conclure à son existence en observant une poche d'excréments !

Tous deux éclataient de rire.

Pour être sûr que sa fin était bien réelle, Marce demanda à Irene de le dessiner tous les jours, et elle le croqua de manière presque photographique. Au fil de ces images, l'action de la maladie sur son corps fit de son mari un être prêt à disparaître. Irene dessina l'arrivée de la mort.

Les médecins n'étaient pas au courant.

Marcelo savait qu'ils n'avaient pas remarqué ce miracle, et il comprit mieux les secrets de la vie, qui naissent souvent de la cécité. Ces médecins étaient aveugles.

Irene peignait sa décrépitude.

Elle écrivait aussi des poèmes sur la maladie et sur l'amour, puis elle les déchirait et les brûlait dans l'évier.

Si Marce s'assimilait à la maladie, Irene aimerait cette maladie.

Mais les choses se sont-elles vraiment déroulées de la sorte ? Vraiment, Irene ?

Les faits sont tels qu'on se les rappelle et non autrement, si bien qu'il est impossible d'avoir d'eux une connaissance exacte. Tels qu'on se les rappelle, ils deviennent des légendes aux mains sales qui palpent la vie dans l'obscurité.

Jules César a-t-il existé ?

— Jules César. Appelle-moi comme ça dans tes poèmes, donne-moi ce surnom légendaire, lui dit Marce.

— Alors je préfère Napoléon.

Sa passion atteignit son point culminant lorsque Marce pleura en apprenant qu'il allait quitter ce monde sans voir Irene aux prises avec la maladie, sans savoir ce que la mort lui réservait. Il se demanda donc comment revenir d'entre les morts, comment être à ses côtés pour satisfaire sa curiosité, ce qu'on qualifie dans certains livres d'amour maudit, mais il n'en était rien, car l'amour n'est qu'amour, c'est-à-dire une vaste étendue d'événements, de baisers, d'étreintes et de mort sans qu'il soit nécessaire de lui accoler des adjectifs de teneur morale.

Dans la phase terminale de la maladie s'opéra un nouveau mariage entre Irene et Marcelo.

Ils ne se séparaient pas une minute.

Ils comprirent alors ce que peu d'humains sont capables de discerner dans leurs existences : ce qu'on appelle la vie sociale n'avait eu aucun sens, et même si la leur n'avait guère été intense, ils auraient pu s'épargner les rares fois où ils étaient sortis en société. Il ne leur avait pas été donné de contempler des zones insolites de la connaissance humaine, des régions maudites, car il est dur d'accepter de courir le risque énorme d'être anéanti.

Ils devaient vivre, c'était une réalité, et le magasin de meubles était florissant. Tout ce que Marce y accomplissait venait enjoliver leur amour, de même que l'investissement artistique d'Irene.

Il est vrai qu'ils avaient de l'argent à la banque, ce qui pouvait être dérangeant lorsqu'ils imaginaient ce qui serait advenu de leur couple s'ils avaient été pauvres, mais ceci est une autre histoire, une porte ouverte sur un récit différent qu'ils appréciaient néanmoins tous les deux, car Irene écrivit un poème traitant de deux vagabonds, deux sans-toit qui dormaient ensemble dans des entrées d'immeubles de la Gran Vía madrilène. Elle expliqua à Marce que c'étaient eux.

Ce jour-là, ils faillirent se séparer de leur fortune et de leurs propriétés immobilières, mais ils ne le firent pas, refusant de renoncer aux ornements, au plaisir, aux voyages et aux hôtels. Pourtant ils y pensèrent.

Ils y pensèrent, bien sûr, mais sans franchir le pas.

Ils conservèrent leurs biens.

Il arrivait à Marcelo de redouter qu'Irene perçoive l'odeur corporelle du cancer, toutes les insanités visuelles, olfactives et palpables de la maladie étaient là, devant elle.

Mais elle ne les voyait pas.

Et à présent elle a du mal à s'en souvenir.

Pourquoi ne les voyait-elle pas ?

Combien de fois Marce ne s'était-il pas demandé pourquoi Irene restait insensible à la dégradation et à l'effondrement de son corps !

La réponse était simple : lui non plus n'aurait rien remarqué si elle avait connu le même sort, si elle s'était dégradée, écroulée.

Quel mérite y avait-il à cela ?

Ils n'avaient aucun talent en dehors de l'enthousiasme de Marce pour le mobilier et des aptitudes artistiques d'Irene à esquisser des dessins et ébaucher des peintures d'un naturalisme correct et acceptable de la vie qu'ils menaient. Et à écrire des poèmes et de la prose bourrés de clichés, de mots éculés, de mièvreries vides et galvaudées.

Ils n'avaient rien de rien.

Aucun don relevant de l'intelligence.

Ils étaient d'une normalité confondante.

C'est pourquoi ils allaient souvent à la plage ; dès que possible, ils passaient leurs week-ends sur la côte méditerranéenne.

Et là ils se postaient face à la mer, quelle que soit la saison, et s'ils n'en formulaient pas les motifs, ils les connaissaient. Ils contemplaient la mer sans bouger, car celle-ci avait beau être muette, elle semblait contenir dans sa présence informe une vague équivalence de leur vie magique.

La regarder les apaisait.

La mer était la représentation matérielle de leur amour-passion.

Ils pensaient que dans les fonds marins, où rien n'est réel sans être pour autant irréel, où le réel et l'irréel sont des notions inutiles, le miracle de leur amour avait peut-être sa demeure, sa grande maison, son refuge et même son cercueil.

Ils déjeunaient et dînaient dans des restaurants avec des terrasses donnant sur la mer.

Ils descendaient dans des hôtels avec vue sur la mer.

Main dans la main, ils observaient les vagues, leur brillance, la douceur lointaine des marées, cette forme de vie inaltérable qui présentait un lien avec le don que la nature leur avait octroyé, et bien que la relation intime entre eux et la mer leur soit totalement étrangère, ils devinaient de manière floue une parenté perdue dans la nuit de l'espèce humaine.

Souvenirs d'Irene.

Irene.

Quand je regarde la mer, tout m'est égal.

Quand je regarde la mer, le temps n'existe pas.

Quand je regarde la mer, je peux tout inventer.

9

L'AMOUREUSE DU VENT, IV

De la voiture, Irene observa la Méditerranée, désireuse de la comprendre, de l'embrasser tout entière du regard et même de la saisir de la main droite pour l'extirper de son espace et la lancer contre le ciel et les étoiles.

Équarrir la mer comme une vache, un bœuf, un porc, un agneau.

Que faire des viscères ?

Les jeter sur elle.

Elle avait mis l'Omega en or jaune et acier, une ligne classique mais puissante ; elle regrettait seulement que les heures soient indiquées en chiffres romains et non en chiffres arabes, qui confèrent plus de clarté aux heures comme à l'argent. Elle examina la trotteuse et apprécia sa pénible marche vers le futur. Les montres mécaniques donnent leur chance à chaque seconde, contrairement aux montres à quartz.

“Marce, regarde comme la trotteuse de ta Cartier se déplace lentement, chaque seconde est respectée, ce que ne permettent pas les montres à quartz”, lui avait-elle dit le jour où elle la lui avait offerte.

Elle démarra sa BMW décapotable et saisit “parador d'Aiguablava” sur le GPS, l'endroit où elle devait se rendre avant sa rencontre avec le maître d'hôtel infidèle. L'appareil lui indiqua une distance de 240 kilomètres qu'elle parcourrait en moins de trois heures.

Les WhatsApp de deux hommes s'accumulaient à présent sur son portable pendant qu'elle se concentrait sur les deux fois où elle avait aperçu Marce en haut de l'escalier, une main tendue dans sa direction et un sourire énigmatique aux lèvres – mais était-ce lui, était-ce réellement lui ? –, sans un mot, ou alors ce qu'il disait était inaudible, même s'il remuait les lèvres.

Tous deux avaient convoqué cet escalier : d'abord Julio, puis Horacio.

Elle eut une pensée pour Julio, fin connaisseur d'une seule mer.

Elle n'avait pas de secrets pour nous non plus, Marce, songe-t-elle. Nous étions des spécialistes de la Méditerranée, ou bien nous avions une double nationalité car nous allions parfois au bord de la mer Cantabrique ou de l'Atlantique, qui sont les mêmes eaux bien que portant des noms différents.

Elle releva la tête de l'écran du GPS pour admirer de nouveau la mer, la manière dont le soleil s'élevait au-dessus de l'eau, comme s'ils étaient deux êtres existant dans des dimensions parallèles, pour qui toute rencontre était une possibilité laissée à la merci des inerties cosmiques, car il était possible que dans cinq mille millions d'années, le soleil touche enfin la Méditerranée et la brûle, ou que la Méditerranée éteigne de ses vagues les flammes du soleil dans un défi échappant à la raison mais relevant de l'ordre du miracle qui s'était accompli entre Marce et elle.

Et si ça n'avait pas été le cas ? se dit-elle. Tu as peut-être tout inventé. Quelle différence cela ferait ? Quelle différence s'il n'est plus là pour infirmer ou corroborer ton histoire ?

Cette vieille ressortait du fin fond de sa mémoire, cette femme dont le prénom s'apparentait au titre d'un roman pour enfants et qui était en vérité une sorcière immiscée dans sa conscience, persuadée que son neveu était tombé amoureux d'une mauvaise fille.

Ça constituerait une sacrée différence, pense-t-elle en fermant les yeux, en proie à une affliction insupportable.

Elle arriva au parador tenaillée par la faim, mais elle

voulait voir auparavant la chambre de catégorie supérieure avec vue sur la mer qu'elle avait réservée.

La Méditerranée ressemblait à un mur très haut. Elle se rappela les recherches touristiques de Julio, toujours réjouie à cette idée, et sourit pour elle-même. Elle aurait aimé qu'il soit à ses côtés à cet instant pour l'embrasser tout entière, en commençant par ses pieds.

Marce revint occuper son esprit.

Marce, aujourd'hui je vais chercher un homme et je te l'offrirai sur l'échafaud de mon corps pour que tu puisses me rendre visite.

Pour distinguer ton sourire en haut d'un escalier.

Elle ouvrit sa valise.

Alla sur la terrasse.

De la mer montait un vent fort, impétueux, qui lui fouettait le visage.

Elle se rappela les propos que Julio lui avait tenus : “Ils cherchent un paradis ou un signe du paradis, qui pour le tourisme occidental est représenté par cette mer. Ici arrivent les fortunes que les pays du Nord ont amassées, dans une sorte de flux allant du nord au sud et vice-versa. Il reste encore des milliers de kilomètres à explorer sur la côte méditerranéenne, tout le monde lève les bras au ciel en dénonçant son exploitation touristique, pourtant il y a des centaines de plages inaccessibles, des lieux merveilleux et déserts, avec seulement du soleil, du sable, des vagues et du vent. Mon métier consiste à découvrir ces endroits que nous appelons dans notre jargon des ‘enclaves colossales’... Si les gens voyaient les plages que j'ai vues, ils seraient prêts à supplier pour y avoir une maison et contempler ce spectacle tous les jours. C'est comme ça que marchent les affaires, jusqu'au jour où il ne restera plus un mètre de plage et que les poissons sous les vagues auront disparu. Je me dis parfois que ça arrivera, mais je suis sûr que je ne serai plus de ce monde. D'après mes calculs, on n'en sera pas là avant un siècle, et quand le monde se retrouvera dans cette situation, les hommes auront élaboré une technique pour reproduire les poissons de manière artificielle, ils créeront des races améliorées, avec davantage de textures, meilleures pour la santé, et on servira toujours d'excellents produits dans les restaurants en bord de mer, avec des saveurs que nous sommes loin d'imaginer, des hybrides, par exemple, des croisements inédits entre le merlu et le mérou, la lotte et le cabillaud, le poulpe et le turbot. Essaie un peu de concevoir un poisson issu de la lotte et du turbot, un vrai rêve gastronomique. Tout cela sera possible mais je ne serai pas là pour y goûter. Dans le futur, les gens se moqueront de nous, leurs ancêtres, qui mangions de la lotte ayant un goût de lotte, ou du merlu ayant un goût de merlu. Imagine un poisson qui soit à la fois un merlu et un cabillaud et qui, dans ta bouche, embrasera ton âme et te fera léviter de joie devant l'inconnu."

Elle se doucha sous un jet d'eau froide.

Des "enclaves colossales", deux mots pompeux.

Elle s'installa sur la terrasse, nue.

S'écroula dans un hamac.

Elle voyait les ongles vernis de ses pieds au-dessus de la Méditerranée.

Elle prit la mer et ses orteils en photo avec son portable.

Puis la peur la gagna et elle eut l'impression d'être acculée.

Elle se rappela que Marce veillait de façon obsessionnelle à ce qu'elle ne soit pas effrayée, n'ait pas d'angoisses, qu'elle ne se sente pas seule, mais toutes ses attentions s'étaient révélées infructueuses.

Elle retourna dans sa suite et observa le gigantesque écran de télévision vissé sur le mur, et songea que cet appareil était d'une profonde inutilité. Que faire de cet énorme machin ? songea-t-elle. Elle eut envie de le démonter et de le jeter dans le vide, du haut de la terrasse. Il ne devait pas être difficile de le débrancher, au risque d'arracher la moitié de la cloison. Dans ce rectangle noir d'une laideur incommensurable, elle entrevit ce que sont les humains en tant que civilisation : une chimère.

Si nous sommes une chimère, il serait bon qu'elle contienne au moins de la passion : *Veines, qui à tel feu avez donné vos sucs*. Elle considérait ce téléviseur comme une insulte aux désirs de beauté qui animaient son cœur, et elle en éprouva un dégoût insupportable. Ce poste était nauséabond.

Marce détestait les meubles TV parce qu'ils étaient hideux, mais les clients en réclamaient.

Toujours, c'était immanquable.

“Personne ne devrait emporter ce genre d'objet chez soi ; ils ne savent pas que ces meubles anesthésient le désir”, disait-il.

Irene appela la réception.

— Je ne peux pas tolérer la présence de ce téléviseur dans ma chambre. Venez le retirer, s'il vous plaît, je n'ai pas demandé à ce qu'il soit là, c'est une insulte à ma religion, déclara-t-elle au réceptionniste.

— Je comprends mais je ne peux rien faire. Croyez-moi, je vous comprends parfaitement, répondit l'homme, perplexe car après avoir prononcé ces mots, elle était partie d'un grand rire.

Elle raccrocha.

Il ne sait pas que je plaisantais. Mais il était peut-être vrai que le poste de télévision nuisait à sa religion. Marce et elle n'avaient jamais regardé la télé. Leur téléviseur ne servait qu'à visionner les films de Fellini.

Maintenant qu'elle y pense, ils ne regardaient même pas les informations. Qui faisait partie de la jet-set, qui était une célébrité ? Ils en avaient une vague idée car de temps à autre, certains clients ou les employés les mentionnaient. Ces personnalités devaient toujours être là, faisant de l'ombre à la vie : politiciens, stars de la société, de l'économie et du sport. Heureusement qu'elles mouraient, c'était le moins qu'elles puissent faire : mourir et disparaître. Elles participaient de l'aliénation de ceux dont le seul patrimoine était la vie biologique.

Elle alla dans la salle de bains et s'étudia dans la glace.

Son écran était le miroir.

Des heures plus tard elle s'apprêta, se maquilla un peu, remplaça l'Omega par la Bulgari, s'appliqua quelques gouttes décisives d'Eleventh Hour, de Byredo – qui laissait derrière elle des effluves de terre mouillée, d'arbres agités par le vent printanier, d'églises baignées de la lumière de midi – et descendit dîner.

En passant dans le hall, elle jeta un coup d'œil à l'homme qui se tenait derrière le comptoir, un quadragénaire barbu au visage aimable et souriant qui portait une veste et une cravate.

Elle s'approcha pour lui demander où se trouvait la salle de restaurant.

Elle regarda le petit badge épinglé sur le revers de sa veste. Il s'appelait Joaquín Sanfeliu et avait l'accent catalan.

"C'est moi qui vous ai répondu quand vous avez appelé pour qu'on vous enlève le poste de télé", lui apprit-il en lui indiquant l'emplacement du restaurant.

Elle commanda des moules de pêche et un verre de cava, rien de plus, en songeant que les bivalves méritaient de finir dans son corps pour lui revigorer le sang et insuffler de l'énergie à ses organes.

Elle ne laissa dans son assiette qu'une moule qu'elle n'avait pas réussi à ouvrir.

Elle regagna sa chambre, cette fois sans un regard pour Joaquín Sanfeliu, qui lâcha sur son passage un "Bonsoir" auquel elle ne répondit pas.

Elle prit une bière dans le minibar et alla sur la terrasse. Les moules et le cava lui avaient donné soif. Elle s'aspergea d'un peu plus d'Eleventh Hour. Sur la terrasse contiguë, un jeune couple bavardait. Ils ignoraient qu'on les écoutait car Irene, prudente, n'avait pas allumé la lampe à l'extérieur.

— La Tesla de ton père coûte à peu près cent vingt mille euros, il me semble, dit l'homme.

— Mais elle se gare toute seule, répondit la femme.

— Je ne sais pas si ce modèle a cette option, mais j'aime aussi l'A8 et elles sont au même prix.

— Mais… ça te dirait d'avoir une Tesla ? Parce que je ne suis convaincue ni par la Mercedes ni par l'A8, elles sont très courantes, tout le monde en a, ce qui n'est pas le cas de la Tesla.

— Ton père va nous l'offrir, la Tesla ? lança l'homme d'un ton méprisant.

— Évidemment ! Il serait ravi ! En plus, s'il en achète deux, il obtiendra une réduction intéressante ! s'exclama-t-elle avec une euphorie teintée de désespoir.

Irene rentra dans la chambre et souleva le combiné du téléphone posé sur la table de chevet.

“Sanfeliu, tu veux bien appeler dans la chambre qui est à côté de la mienne pour leur dire de la boucler ?”

Elle ressortit.

Le couple discutait toujours.

Ils l'empêchaient de se concentrer sur la Méditerranée dans le soleil couchant.

— Sanfeliu, c'est toi ?

— Oui, madame Márquez.

Entendre prononcer son patronyme pour la première fois depuis des semaines la dérangeait, elle avait l'impression d'avoir été démasquée. L'image d'Antonio Márquez, son père, émergea dans son souvenir. Elle n'aimait pas son nom, préférait son prénom qu'elle trouvait grandiose. Irene.

— Tu peux m'appeler Irene.

— En quoi puis-je vous aider ?

— Le couple de la chambre voisine parlait d'une Tesla. Qu'est-ce que c'est ?

— Une voiture, madame Irene, un modèle très novateur.

— Et une A8 ?

— C'est une Audi, une voiture allemande.

S'intéressant aux automobiles, elle connaissait parfaitement les Tesla et les A8. Elle ajouta quelques gouttes supplémentaires d'Eleventh Hour avant de rappeler la réception.

— Sanfeliu à l'appareil, en quoi puis-je vous aider, madame Irene ?

— Tu es bien placé pour connaître le numéro de ma chambre, alors tu sais ce qui te reste à faire, dit-elle avant de couper la communication.

Douze minutes plus tard, il frappait à sa porte.

Au bout de vingt minutes, il enlaçait le corps d'Irene avec une nervosité et une tendresse quasi adolescentes. Il avait quitté son poste une heure et quart avant la fin de son service, prétextant auprès de son collègue que sa femme avait un problème urgent à régler, et ce mensonge l'angoissait.

Nu dans un lieu prohibé, il violait les règles énoncées énergiquement par la direction de l'hôtel, qui consistaient à ne jamais avoir de rapports intimes avec les clients et surtout pas à les rejoindre dans leur chambre. Jamais au grand jamais.

Tel est le code de déontologie de l'hôtellerie espagnole.

Sanfeliu, l'employé changé brusquement en client, puis en amant, puis en amoureux.

— Non, s'il te plaît, ne me dis pas que tu savais ou que tu as compris que nous étions deux âmes sœurs quand je t'ai demandé de me débarrasser du téléviseur, le prévint Irene.

Sanfeliu était exalté, Eleventh Hour avait ensorcelé son âme.

Énorme, le poste de télévision trônait toujours dans la chambre, muet et débranché.

Au moins il n'était plus connecté, le câble pendouillait et le voyant rouge de veille était éteint.

— Pourquoi est-ce qu'ils mettent ces sales petites lumières rouges sur ces cochonneries de téléviseurs ? s'écria-t-elle.

— Je l'ignore, mais je t'adore ! s'exclama-t-il avec l'emphase qui caractérise les hommes effrayés.

Il se mit à embrasser les pieds d'Irene, qui était déjà très excitée.

Je vais te voir dans dix ou quinze minutes, Marce, le temps que ce Sanfeliu dévore mon corps, qui n'est pas le sien parce qu'il t'appartient.

Ce corps, Marce, qui est resté ici alors que le tien est parti. *Vous serez cendre, mais sensible encore.*

Pourquoi la maladie a-t-elle choisi d'occuper ton corps et non le mien ?

Faites en sorte que ce Sanfeliu hypnotisé et charmé ne soit qu'un médium.

Sanfeliu : un homme encore jeune, de belle apparence, aux bras musclés dont l'un était orné d'un tatouage représentant une sorte d'animal mythologique, avec une barbe douce où apparaissaient quelques poils blancs, des pieds robustes qui rappelèrent à Irene le Christ de Velázquez.

Parle-moi aujourd'hui, Marce.

Sanfeliu prenait les mains d'Irene.

En gémissant.

— C'est quoi, ton parfum ? parvint-il à articuler.

Elle faillit le mettre en garde. Fais attention, Sanfeliu, tu risques de perdre ton travail. Son sadisme se manifestait. L'idée qu'on le renvoie la séduisait, de même qu'elle aimait que les gens perdent des objets. Mais un travail... Qu'est-ce que ça signifie, de perdre son boulot ?

Puisque Marce a perdu la vie, tout le monde devrait perdre quelque chose.

Mais nous, qui ne regardions jamais la télévision, comment aurions-nous pu comprendre la perte d'un emploi ?

Elle avait entrepris de gravir l'escalier, les premières marches, et sentait Sanfeliu en elle.

Deviens cet homme, le supplia-t-elle.

L'escalier en colimaçon brillait comme s'il était en or, elle le montait pour la troisième fois, concentrée sur des détails.

Aujourd'hui il n'était pas vraiment en colimaçon, contrairement aux jours précédents. C'est un escalier changeant, jugea-t-elle.

Et si je lui adressais une prière pendant mon ascension ? La musique qui s'élève à présent est-elle réelle ? As-tu souhaité te métamorphoser en musique ? Nous deux, nous n'avions rien de spécial, je me rappelle encore lorsque tu as insisté pour qu'un peintre célèbre et un critique prestigieux voient mes dessins. Ils ont été très aimables, mais aussi très cérémonieux. Ils t'ont remercié pour le déjeuner somptueux auquel tu les avais invités, sauf qu'ensuite, nous ne les avons plus jamais revus ni l'un ni l'autre. Palourdes, pouces-pieds, langouste et langoustines, tu les avais emmenés dans un restaurant de fruits de mer luxueux et eux, ils étaient verts parce que je n'avais aucun talent. En vérité, nous cherchions seulement à savoir si nous méritions le don de nous aimer comme nous nous aimions et s'il y avait une raison à cela. Nous ne l'avons jamais su, pas vrai Marce ? Et maintenant une musique dorée s'élève et je te vois émerger de l'espace profond et des flammes, et je ne peux te dire que ceci : je ne me sens plus protégée, je me sens abandonnée, terriblement démunie, terriblement malheureuse. Parle-moi. Je te vois, mais rien de plus. N'est-ce pas, mon amour ?

Allongé à côté du corps d'Irene, Sanfeliu était épuisé.

Elle observa son visage et passa du sadisme à l'attendrissement, ce qu'elle n'avait pas éprouvé pour Julio et Horacio. Elle observa sa montre, qu'il avait laissée sur la table de chevet. Une Marea bon marché à quarante euros, peut-être cinquante. Une insulte au temps.

La misère et le temps.

Julio avait suscité sa curiosité pour son métier d'explorateur touristique de la mer Méditerranée. Elle aussi croyait en la Méditerranée, sans doute parce qu'il est impossible d'y construire des autoroutes, des lotissements, des centres commerciaux, des aéroports, des prisons, des stations-services, des abattoirs de bœufs, de porcs et de poulets. Quant à son aventure avec Horacio, elle avait éprouvé un sentiment fraternel pour sa femme Margarita, blonde comme elle, et du mépris pour son adultère. Elle aurait mieux fait de coucher avec elle ou avec le loup. À cette pensée elle éclata de rire.

Elle avait de la tendresse pour Joaquín, peut-être à cause de sa triste Marea, mais son corps menteur ne lui inspirait aucune affection.

Cette montre était abominable.

Elle le regarda sombrer dans le sommeil.

Elle étudia ses pieds et songea qu'ils ressemblaient à ceux de Marce.

Elle établit des rapprochements.

C'était toi, pas vrai, Marce ? Toi qui as permis que cet homme dorme avec moi, parce que je t'ai dit que j'étais vulnérable, abandonnée, livrée aux intempéries.

Tu as envahi ce Sanfeliu, il t'a été facile de t'introduire en lui parce que c'est probablement un pauvre type sans volonté.

Je t'ai revu me sourire en haut des marches.

Que signifie cet escalier ? S'il te plaît, dis-le-moi.

Et ces flammes ? Que sont-elles ?

Et le feu qui te brûle ?

Moelle, qui glorieuse avait brûlé.

Le sommeil de Joaquín Sanfeliu apportait la sérénité dans cette chambre, et le téléviseur cessa de lui paraître épouvantable. Elle s'en fichait.

Elle sortit sur la terrasse et, par chance, n'entendit plus ses voisins parler. Elle se rendit compte que la haine qu'elle avait eue en arrivant pour le poste de télévision venait du fait que le monde continuait de tourner après la mort de son mari. Cet affreux appareil représentait de toute évidence l'apparition permanente de nouveautés dans le monde et le fait qu'elle avait été contrainte de lui survivre, de survivre à son époux.

Je t'ai revu cinq secondes, peut-être six ou seulement quatre, et si je t'avais revu ne serait-ce qu'une seconde, c'est du temps, longtemps, du temps, le temps que le corps de cet homme qui dort à présent tranquillement a mis pour me porter jusqu'à toi ; tu m'as de nouveau souri, et je sais que tu ne peux pas parler et que cela te demande beaucoup d'efforts parce que tu es là-bas ; nous en avions discuté, oui, nous en avions discuté et tu m'avais dit que tu essaierais ; moi je ne pleurais pas, je t'entendais, je comprenais ce qui se passait ; "Tu ne peux pas me suivre, disais-tu, mais je pourrai venir à toi" ; "Pourquoi en es-tu si sûr ?" te demandais-je, et tu gardais le silence.

Irene s'étendit auprès de Sanfeliu et s'assoupit. Elle se réveilla en sursaut une heure plus tard après un cauchemar, et songea pendant deux secondes que l'homme couché dans son lit était Marce.

Elle se leva pour aller sur la terrasse.

Elle s'assit.

Les voix des clients voisins revinrent brusquement. L'homme exprimait un désir auquel la femme finit par accéder. Irene ne bougeait pas, pétrifiée, elle respirait sans bruit, toutes lumières éteintes, sans que rien trahisse sa présence.

Ses voisins profitaient de l'obscurité et de l'heure avancée de la nuit pour s'embrasser sur leur terrasse, Irene entendit leurs gémissements et, très vite, les assauts sourds de l'homme, et elle pensa que chaque intimité est différente même si toutes présentent des points communs. Qu'il gémisse plus que sa femme l'intriguait, et la compassion qu'elle éprouva pour elle se teinta de colère, car elle la jugeait complaisante et sans personnalité.

Elle n'était pas une reine.

Or si elle n'était pas une reine, il ne pouvait pas être un dieu.

Elle entendit la totalité de leurs ébats.

Pendant cinq ou six minutes, pas davantage.

Elle songea à cette durée.

Aux mille formes de beauté sous lesquelles Marce avait exalté son corps vingt ans durant.

Elle songea à cette durée : vingt ans.

Vingt ans, vingt secondes.

Elle pensa de nouveau au couple d'à côté, aux gémissements, à la manière dont elle avait eu connaissance de cette intimité, puis à l'intimité de billions d'humains, vivants ou morts, et à ce tourbillon, ce lieu caché où nous nous rendons pour dire ce que nous sommes.

Comment était notre intimité, Marce ?

Ne pas s'en souvenir suffisamment l'effraya, la seule intimité très nette dans sa mémoire étant celle qu'elle venait de partager avec l'homme qui dormait dans son lit. Elle le regarda, observa son pantalon, sa ceinture qui pendait, ses chaussures, qu'elle n'apprécia guère car elles étaient plates. Sans talons.

Les chaussures, Marce. Combien de fois sommes-nous allés avec plaisir chez un chausseur ? Tu adorais choisir des chaussures. Jamais tu n'aurais acheté des souliers comme ceux de Sanfeliu, qui dénotent un manque de volonté, de goût, d'énergie, d'intelligence.

Elle prit les chaussures du réceptionniste et les lança avec vigueur dans le vide, du haut de la terrasse, et se sentit puissante.

Pas les deux en même temps. D'abord une, puis l'autre, en s'appliquant à ce que la seconde soit projetée plus loin que la première.

Elle s'approcha ensuite de Sanfeliu et le réveilla en le prenant avec délicatesse par les épaules.

— Tu dois partir, rester ici n'est pas prudent, ton directeur pourrait te causer des problèmes, murmura-t-elle.

— Mais tu me plais beaucoup, je me sens bien avec toi, c'est presque de l'amour. J'aime ta beauté, ta façon de parler, ta façon d'être ! balbutia-t-il, se reconnectant peu à peu à la réalité grâce aux effluves d'Eleventh Hour.

— D'accord, c'est merveilleux, mais je te répète qu'il vaudrait mieux que tu rentres chez toi, répliqua-t-elle d'un ton ferme.

— Tu ne crois pas à mes sentiments ? insista-t-il.

Elle ne répondit pas, se contenta de plonger ses yeux dans les siens avec une intensité forcée et sombre dont elle-même ignorait la provenance. Cette méconnaissance la fit trembler un instant.

Pourquoi est-ce que je le regarde ainsi ? songea-t-elle. Ce regard est le symbole de millions d'autres regards qui se sont perdus dans l'obscurité du temps.

Sanfeliu se leva. "Je t'adore", lui dit-il avant de remettre sa Marea et de chercher ses chaussures partout tandis qu'Irene riait intérieurement.

"Je ne sais pas où sont tes chaussures."

Il quitta la chambre en chaussettes.

Irene ouvrit sa trousse de toilette, extirpa deux comprimés d'anxiolytiques de la plaquette, qu'elle avala avec un peu d'eau avant de s'endormir sur-le-champ, du côté du lit que Sanfeliu n'avait pas occupé.

Les cachets l'entraînèrent dans un monde de sérénité. Marce l'avait un jour fait interner dans une clinique de luxe pour la soigner de cette addiction, mais l'expérience n'avait pas été concluante. Amoureux de sa femme, il avait non seulement baissé les bras mais fini lui aussi par devenir accro aux tranquillisants.

"Les anxiolytiques sont préférables à l'alcool", leur avait dit un thérapeute prestigieux.

Le lendemain matin, elle se doucha et descendit prendre son petit déjeuner, évita d'allumer son portable qu'elle supposait saturé de messages de ses trois amants.

Elle avait envie d'un jus d'orange glacé.

Marce lui faisait souvent des commentaires sur le luxe ; elle y songea en buvant son deuxième jus.

Les oranges, c'est nous, Marce, estimait-elle.

Quand tu voudras que je sois près de toi, bois du jus d'orange, je serai dans ces fruits, répondait-il.

Pour Marce, les oranges étaient miraculeuses. Ah, le luxe et tout ce qu'il en pensait ! Marce savait tant de choses, il lui suffisait de parler pour rendre le monde beau et compréhensible. C'est pourquoi il avait appelé son magasin Meubles Pour Tous afin de satisfaire tous ses clients, qui devaient s'y sentir comme chez eux. "Chacun a le droit de posséder une vraie table et de vraies chaises en bois massif, des étagères en acajou, des meubles qui perdurent et n'atterriront pas à la décharge, des meubles qui se transmettent, qu'on lègue par héritage. La plupart des gens, en particulier les jeunes couples, n'auront jamais de vrais meubles, seulement de la camelote, ils ne connaîtront pas le chêne, le cerisier, le pin", disait Marce.

Oui, Marce, l'héritage, c'est ça le vrai luxe, raisonnais-tu, n'est-ce pas ? se rappela Irene à l'instant où une femme débarrassait son assiette vide, et elle décela dans ses mains une splendeur qui l'attirait ; des mains elle passa au visage de la serveuse : c'était une belle fille brune, grande et mince, aux cheveux attachés en queue-de-cheval. Irene la remercia.

Trente ans me séparent de cette jeune femme. J'ai cinquante ans et elle environ vingt. Comment lui conseiller de cesser d'exercer ce métier qui risque de faire partir sa beauté en fumée ? Comment dire ça au monde entier ? C'est ce que tu pensais, Marce, tu agençais le monde qui, sans toi, aurait été plongé dans le chaos.

Heureusement, Sanfeliu n'était pas à la réception.

Elle s'empressa de régler sa note, monta dans sa BMW et s'aperçut qu'elle ignorait où elle irait.

Ce n'était pas grave.

Elle tourna la clé de contact, alluma le GPS, baissa le toit et se dirigea vers l'autoroute. Cette matinée de juin était pleine de lumière, d'air et de soleil.

Le vent lui brûlait le visage.

Marce, l'air chaud ne souffle plus sur nos visages, il ne répand sa chaleur que sur le mien.

10

ALICIA

Alicia accueillit son neveu, le fils de Victoriano, à bras ouverts. Il était plus grand que son père, elle le remarqua en le voyant sur le pas de sa porte, car aller le chercher à Barajas aurait été trop compliqué pour cette femme qui n'y connaissait rien en avions et en aéroports. Elle occupait un petit appartement situé dans l'arrondissement d'Usera. Célibataire, elle avait été toute sa vie coiffeuse dans le quartier qu'elle habitait. Une bonne coiffeuse. Elle reçut Marcelo avec tendresse, lui céda sa chambre et s'installa dans une autre, plus petite. Elle le traita comme le fils qu'elle n'avait jamais eu. Elle avait vécu à la colle avec un mécanicien de voitures, Sebas, qui après douze ans de liaison était parti avec Matilde, une femme exerçant le même métier qu'elle, pour ajouter à sa douleur. Elle ne le révéla à personne car elle n'avait personne à qui se confier, son frère Victoriano étant devenu son frère de Rome, à savoir un être lointain et non plus quelqu'un vers qui se tourner. Elle pleura donc seule et s'employa avec acharnement à être une excellente coiffeuse, mettant tout son cœur et toute son affection dans la chevelure des centaines de clientes qui désiraient être belles pour ces créatures appelées les hommes.

Contrairement à eux, son Marcelo était un garçon innocent à travers qui la vie recommençait plus qu'elle ne commençait.

Son appartement sentait le rance, telle fut l'opinion d'Irene quand elle en sortit après sa première visite à Alicia.

“Peut-être, mais c'est ma tante”, objecta Marce.

Elle avait préparé des petites empanadas de thon à

l'escabèche, ouvert une boîte de moules et mis au frigo deux bières d'une marque de distributeur. Irene jugea tout cela épouvantable.

Dès les premières secondes, Alicia devina la part sombre de la jeune femme comme si elle était écrite sur son front. Elles ne s'apprécièrent jamais. Alicia trouvait Irene égoïste et fausse ; Irene estimait qu'Alicia était une sorcière, alors que la tante de Marce ressentait plutôt de la pitié pour Irene et son incurable solitude, un feu impossible à éteindre, un abîme d'exclusivité.

J'ignore pourquoi ces femmes-là viennent au monde, songeait la vieille Alicia. Pourquoi Dieu ne les garde-t-Il pas à son service en tant que nonnes ou servantes ? Pourquoi les envoie-t-Il sur terre ? Elles mentent à leur insu, raison pour laquelle nous devons les plaindre. Ne pas savoir qu'on ment est le pire qui puisse arriver à une femme. Elles s'amourachent d'hommes qui n'existent pas, ne vivent que pour l'amour, mais qui aiment-elles au juste ? Personne. Ce pauvre garçon va devoir prendre en charge une femme aussi cinglée que sa mère, qui a quitté son mari et ses deux filles pour monter dans la voiture d'un voyageur de commerce, son père me l'a dit le jour de leur mariage. Il a même précisé qu'il s'agissait d'une Mercedes. Elle a brisé son couple en rejoignant ce commercial en lingerie féminine dans une Mercedes.

Alicia essaya de dire le fond de sa pensée à son neveu, mais elle ne trouva pas les mots et s'attrista de ne pas avoir fait assez d'études pour exposer avec précision son opinion sur Irene. Elle ne voulait pas se montrer trop négative, ce qui risquait de se passer si elle exprimait ses pressentiments.

Elle garda donc le silence.

Elle avait toujours été peu loquace.

Il est des personnes qui élaborent en silence les plus grandes condamnations morales qui soient.

Après tout ce que ma famille a subi, mon pauvre frère qui est resté veuf, après toutes ces peines, et Dieu sait qu'il y en a eu, et moi qui suis malade, percluse d'arthrose et le cœur mal en point selon le médecin, après tous ces chagrins je croyais que mon neveu serait heureux, or il ne le sera pas avec cette folle, cette balle perdue, parce que c'est ce qu'elle est. Quand je pense que je ne connais même pas ma nièce, qu'elle soit maudite, je n'ai aucune nouvelle d'elle, avant j'entendais une fois par an sa voix au bout du fil, maintenant plus du tout.

La Cartier en or qu'Irene avait offerte à son neveu l'étonna. Elle la remarqua au poignet de Marcelo et s'enquit de la marque, fascinée par l'or étincelant sur l'acier et la forme carrée du cadran, les montres qu'elle avait vues jusqu'alors étant rondes, elle ne pouvait détacher son regard de cette ligne originale, une hérésie géométrique qui accentuait sa présence au point qu'elle ressemblait davantage à un bijou empreint de malignité qu'à un objet pratique. Sa valeur allait au-delà de sa fonction, qui consistait simplement à donner l'heure. Mais que peut-il y avoir de plus que savoir l'heure ? Tout sert à quelque chose, alors pourquoi ce déferlement de luxe pour un usage aussi banal qu'indiquer qu'il est 8 h 00, 9 h 00 ou 18 h 00 ? Savoir l'heure à laquelle commence sa journée de travail et celle où elle prend fin ?

Oui, mais selon elle un autre élément s'était glissé dans cette montre, comme s'il s'agissait d'une église, car Dieu symbolise le bien, même si on l'abrite dans des cathédrales, des sanctuaires, des autels.

Un autel, bien sûr. Cette montre était un autel.

Quelques semaines après le mariage, Alicia prit le métro à la station Usera pour se rendre dans une bijouterie sur la Gran Vía dont elle connaissait l'existence.

“Ces montres-là se vendent sur la Gran Vía”, lui avait dit une voisine.

Elle avait écrit la marque, un nom français, sur un papier : Cartier. Personne – ni ses voisines, ni les gens qu'elle croisait habituellement – n'avait jamais vu une montre pareille, nul n'avait entendu parler de cette marque ou du prix de ces fameuses Cartier. Elle alla trouver Ramón, qui tenait une bijouterie à deux cents mètres de chez elle. Il lui confirma ce dont elle se doutait déjà.

"Cartier, c'est sur la Gran Vía. Moi je ne vends que des Casio. Cartier, c'est des montres de riches."

Elle étudia les Casio de Ramón, à trois mille pesetas, qui lui parurent très modernes et très chères. Mais rien à voir avec la montre que la folle avait offerte à son neveu. C'était un cadeau empoisonné. Cartier, un nom vraiment bizarre, mais pas plus que Casio.

Dans la bijouterie de la Gran Vía, on la reçut avec méfiance. Une grande fille aux cheveux raides et aux yeux bleus vint à sa rencontre. Alicia voulait connaître le prix de cette montre et savoir si, dans ce magasin, on se rappelait la femme qui l'avait achetée. La vendeuse en sortit plusieurs, dont les prix variaient d'un modèle à l'autre. Alicia avait une bonne mémoire photographique et finit par identifier celle qu'elle cherchait, qui coûtait un million deux cent cinquante mille pesetas.

C'était bien celle que la folle lui avait offerte, elle valait plus d'un million.

Elle lui montra une photo d'Irene.

La vendeuse mentit en lui disant qu'elle ne se rappelait pas avoir vu cette femme.

Alicia sortit de la bijouterie démoralisée.

Elle songea à Victoriano, qu'elle avait très peu vu, puis à Marce, et eut la sensation que même les familles peuvent devenir un mirage supplémentaire de la vie.

"J'irai lui rendre visite l'an prochain", se disait-elle en 1973. "Cet été, je vais à Rome", se promettait-elle en 1974, et ainsi de suite d'année en année. Sans doute qu'au fond ils n'avaient pas envie de se voir, et que Tory avait envoyé son fils à Madrid parce que le garçon n'était pas embourbé dans le souvenir, la mort et les souffrances d'une guerre. Il s'était plus ou moins passé la même chose au sein de la monarchie espagnole : Juan de Bourbon n'avait pas régné, mais son fils Juan-Carlos si. Même les familles de la noblesse connaissent ce problème. La continuité familiale repose sur les enfants, qui ne sont pas entachés des souillures de l'Histoire, mais étant purs ils n'héritent de rien, ils ne conservent rien et ne font rien perdurer. Les legs n'étant pas humains, ils ne contiennent pas de malheurs, d'injustices, de cauchemars ou d'espoirs.

Elle regagna son appartement et regarda toute l'après-midi des photos de ses parents et d'elle et Victoriano quand ils étaient petits.

Très peu d'images et une montre au prix exorbitant. Cet argent avait peut-être été bien dépensé, se dit-elle en corrigeant aussitôt cette dérive hétérodoxe. Une photo était-elle plus pérenne qu'une montre en or ? Qu'est-ce qui évoquait le mieux la présence des morts, les photos ou l'or qu'avait touché leur peau sans défense dans la course effrénée de la vie ?

Elle froissa le papier sur lequel elle avait noté "Cartier" et le jeta à la poubelle, puis mit le téléviseur en marche, oublia cette histoire et s'endormit. Elle se réveilla à la nuit tombée. Il faisait froid, le poste était toujours allumé. Elle avait sommeillé deux longues heures. Prise d'angoisse, elle eut une prémonition : cette femme ne donnerait jamais d'enfants à son neveu, d'où ce cadeau hors de prix.

"Sebas, tu t'es comporté comme un salaud", murmura-t-elle en refermant les yeux.

11

LA MORT FRAPPE À LA PORTE

Irene voit maintenant défiler dans sa tête un matin de 2021 qu'elle et Marce avaient passé au service d'oncologie de l'Hôpital universitaire Puerta de Hierro.

C'est davantage une vision qu'un souvenir, c'est donc plus puissant.

L'hôpital était entouré d'automobiles – taxis et voitures de particuliers – et de nombreuses personnes portant des masques chirurgicaux allaient et venaient dans une agitation constante, ennemie de la vie.

Marce s'était rembruni, comme toujours lorsqu'il consultait des médecins. Cette fois, le rendez-vous était urgent. Ni lui ni Irene n'aimaient cet hôpital, l'endroit le plus laid du monde selon lui. Irene n'était pas aussi radicale : si elle abondait dans le sens de Marce, elle ne lui serait d'aucun soutien. Elle partageait néanmoins son avis.

Marce disait que les hôpitaux abritent la laideur.

— Ils ne savent pas choisir les meubles. Il n'est pas indispensable qu'ils soient aussi moches, ce n'est pas un problème d'asepsie médicale mais de mauvais goût, au point que les patients préfèrent mourir pour ne plus voir ce mobilier atroce.

— Ils auraient dû venir au magasin, nous les aurions aidés à embellir les chambres des malades, qui sont des êtres humains. Ces lits, ces tables de chevet, ces fauteuils affreux ! Ah, pauvres de nous ! s'exclamait Irene.

C'était l'œuvre des êtres abominables qui fournissaient des hôpitaux aux gens ordinaires, ils ne le savaient que trop.

La lutte de Marce contre ces abominations ne reposait que sur une seule arme, son magasin de meubles.

Ils introduisirent la carte de sécurité sociale de Marce dans une machine qui recracha un code, un ordre de passage comme dans les poissonneries, les boucheries, les rayons fruits et légumes des centres commerciaux. Les abominables avaient parfaitement conçu et pensé tout cela.

Ils lurent le code : AJPVIT.

Ils essayèrent de lui trouver une signification, quelque chose qui ne résulte pas d'un triste hasard, voire du travail inhumain et médiocre des abominables.

A d'Amour.

J de Jeunesse.

P de Passion.

V de Vent.

I d'Irene.

T de Tory.

Ils s'esclaffèrent et s'embrassèrent. Ils avaient déchiffré le code de concert, comme un seul esprit émergeant de la morne civilisation des êtres abominables, qui en échange de vies confortables favorise des morts insignifiantes à l'anonymat profond.

Précédé d'un bruit désagréable, leur code ne tarda pas à s'afficher sur un écran, associé à un numéro de bureau.

L'oncologue leur annonça de mauvaises nouvelles.

Le cancer du côlon avait entraîné des métastases, mais tout espoir n'était pas perdu : elle leur suggéra une opération pour freiner leur progression.

Elle ajouta qu'il existait des traitements, que les métastases pouvaient parfois devenir chroniques, mais que le patient pouvait vivre dans une relative normalité.

Trois semaines plus tard, Marce passa sur le billard.

On leur avait dit qu'il s'agissait d'une chirurgie permettant d'éliminer la section du côlon atteinte ainsi que les ganglions lymphatiques proches de la tumeur et les zones où le cancer risquait de se propager.

“Certains patients nous bombardent de questions. Vous, vous ne m’en avez posé aucune”, leur avait dit María Castillo, l’oncologue, au cours d’un entretien préalable.

Marce avait préféré ne pas s’expliquer sur ce point et s’était contenté de serrer la main d’Irene.

“Vous avez bien compris en quoi consiste cette opération ? insista la praticienne, plongeant ses yeux verts dans les yeux verts de Marce. Je dois en être sûre, parce que moi aussi je pense à vous.”

Dans ces mots Marce entrevit la force gravitationnelle de leur amour. L’oncologue cala une mèche de ses cheveux blonds derrière son oreille et fronça ses lèvres fines en le regardant calmement. Irene étudia son visage, ses petites pommettes roses, ses taches de rousseur qui paraissaient dessiner sur sa peau un archipel complexe d’îles minuscules. Elle songea à un voyage qu’ils avaient fait en Grèce au début de leur vie en commun. Elle a des îles grecques sur la peau, pensa-t-elle.

Dès leur première visite, ils avaient éveillé la curiosité de la docteure Castillo car ils étaient toujours main dans la main, que leurs yeux brillaient et qu’il émanait d’eux quelque chose qui interrogeait et relativisait l’autorité de la mort qu’elle-même représentait.

À quarante-trois ans seulement, elle était devenue dépendante de son autorité issue des corps malades, condamnés et terrifiés. Elle n’était pas méchante, bien au contraire, c’était une femme charitable, dont la bonté s’était intensifiée depuis qu’elle avait eu sa fille, cinq ans auparavant.

Mais elle prononçait des sentences de mort et ne pouvait s’empêcher de se sentir forte, investie d’un pouvoir qui symbolisait la vie, une drogue primitive prenant sa source dans l’origine politique de la mort.

Depuis plus de dix ans, elle avait remarqué que sa présence imposait à ses patients une sorte de solennité liturgique et silencieuse parce qu'ils craignaient son autorité, à laquelle ils croyaient cependant aveuglément. Et cela lui donnait l'impression d'être importante. N'ayant aucune connaissance des humanités, qui ne font plus partie des études de médecine, les abominables ayant décrété que les praticiens n'ont pas à apprendre les langues mortes et la beauté, elle ignorait qu'elle jouait un rôle social ancien inhérent à la civilisation, un rôle sacerdotal, investie de la mission d'annoncer la mort avec tout le cérémonial qui l'entoure. Elle n'avait pas conscience que cette fonction remontait à loin. Rien n'humilie davantage un être humain que sa condamnation à mort.

Mais Irene et Marcelo semblaient indifférents à leur sort. Non seulement ils ne la croyaient pas, mais elle ne leur faisait pas peur.

"Vous savez, nous ne paniquons pas car nous nous aimons. J'ignore si vous êtes heureuse avec votre mari ou votre compagnon, permettez-moi d'en douter, car si vous l'étiez, vous l'auriez compris immédiatement."

Pendant qu'Irene parlait, Marce observait la photographie posée sur le bureau de la docteure, glissée dans un cadre en argent, où elle figurait en compagnie d'un homme et d'une fillette.

"Je ne fais que mon devoir, je ne suis pas ici pour me lancer dans des jeux psychologiques ou être confrontée au manque de respect de mes patients, répondit l'oncologue en essayant de visualiser mentalement sa vie consacrée au travail, ses efforts professionnels, son amour pour son mari, Roberto, également médecin, qu'elle avait surpris avec une infirmière, une vulgarité digne d'être citée dans un manuel. Ils s'étaient accordé une période de réflexion dont elle avait profité pour entamer une relation avec son odontologue, qui trompait lui aussi son épouse, une avocate d'État, mais elle n'aimait pas cet homme, et à présent elle n'aimait plus Roberto, de sorte que son âme était désormais vide. Mais qu'est-ce que l'âme ? Elle n'avait jamais vu aucune âme dans un corps.

Irene et Marce sortirent de ce bureau aseptisé et sans une once de beauté hormis celle apportée par la lumière naturelle qui entrait par la fenêtre. C'était un cagibi déprimant appelé cabinet médical. Ils se rendirent sur le parking et quittèrent aussi vite que possible l'horreur hospitalière pour aller se promener au Retiro.

"Rien n'est plus éloigné de la santé qu'un hôpital", conclut Marce.

Sans se lâcher la main, environnés du silence profond qui régnait dans les larges allées du parc, ils s'engageaient dans un sentier et se perdaient sous les arbres, tombant parfois sur une statue ou un petit bar. Ils ne se parlaient pas, ayant atteint le lieu privilégié où les mots ne sont plus nécessaires ; ils connaissaient depuis longtemps cet espace où on ne soupçonne pas l'autre de vouloir nous trahir.

Où on n'attend de lui qu'une grande courtoisie et non des injures, la censure, le mépris, les humiliations.

Cinquante ans plus tard, il ne resterait aucune trace de leur couple. Cette pensée était une stratégie visant à cacher une évidence qui tourmentait Marce : il ne serait pas là pour aider Irene à mourir.

12

LE MEURTRE, LE SECRET ET LA QUESTION

Irene n'avait pas révélé grand-chose de son passé à Marce, ce côté sombre que seule la vieille dame appelée Alicia, qui l'avait toujours regardée comme si elle connaissait ses secrets vénéneux, avait pressenti.

Dressée contre elle-même et son silence habituel, à croire qu'elle voulait mettre son amour à l'épreuve, Irene lui raconta un épisode important de sa vie d'avant. Nus sur le lit, ils venaient de faire l'amour.

Elle pouvait contempler sa nudité : grand, mince avec de longs bras et de grandes mains, un large torse et le regard empreint de bonté, elle vit dans cet homme sa destinée. Satisfaite, elle s'était sentie aimée, mais ce bonheur n'était peut-être pas pour elle et s'effondrerait quand elle lui aurait dit ce qu'elle avait à lui dire.

"Il faut qu'on parle, il ne me sera pas possible de poursuivre notre relation si je ne te confie pas un épisode dont tu dois être informé, c'est important", se risqua-t-elle.

Ces mots paraissaient chargés d'angoisse, mais ils étaient aussi une preuve, une preuve d'amour.

"Et tu te demandes si je t'aimerai autant lorsque tu m'auras fait cette confidence, n'est-ce pas ? Tu sais bien que oui, tu sais que ça m'est égal, et puis tu n'es pas obligée de le faire, sauf si tu souhaites que je m'attache à ton passé."

S'ils étaient vraiment amoureux, il devait chérir ce dernier autant que son présent.

"Quoi que tu aies fait autrefois, rien ne pourra ternir mes sentiments pour toi", la conforta-t-il avec assurance.

La joie qu'ils avaient ressentie en tombant amoureux semblait tout défier.

Marce percevait déjà l'amorce de la vieillesse, ce lieu dans lequel s'était perdu son père et où la soif de vivre soudaine des êtres humains finit en mélancolie, parfois en destruction, comme dans le cas de Tory. Il avait l'âge auquel la vie peut devenir un poison si l'âme n'est pas portée par une grande illusion. Il en était ainsi pour un homme tel que lui, il avait hérité ce trait de caractère de son père, cette quête, cet empressement, ce besoin de vivre, ce que son père avait vu dans Cinecittà, dans Fellini et Valeria. Pour son père, tout s'appelait Valeria, et Marce avait assisté à ce prodige de mettre un nom sur tout ce qui existe, soit pour abréger la magie de la vie, soit par désespoir, soit afin de vouer un culte à une religion intime sans prières ni théologie au-delà des syllabes banales d'un prénom qui finirait dans l'oubli : Valeria.

Ils s'embrassèrent encore.

Se prirent la main, se caressèrent. Ils se cherchaient, désireux de se protéger l'un l'autre, d'atteindre un pays de chair et de tendresse, mais ils se connaissaient depuis cinq nuits à peine, cinq rencontres sauvages au cours desquelles ils avaient déjà édifié un arbre solide qui s'élevait vers le soleil, rien de moins.

Les amoureux édifient des arbres qui s'élèvent vers le soleil.

Les amoureux édifient un mirage gigantesque.

La destinée humaine est terrifiante.

L'histoire de son père et son amour pour sa mère flottait dans la tête de Marce, ainsi que la façon dont il avait fini par suivre Valeria en empruntant le chemin du néant et de la mort. Quelques mois avant de passer de vie à trépas, Tory lui avait avoué qu'il se réveillait en pleine nuit en ayant le sentiment que Valeria était revenue, qu'elle était de nouveau à la maison. L'hallucination durait plusieurs secondes, mais il parvenait à l'entretenir, à alimenter en bois ces trois, quatre, cinq petites secondes enflammées pour qu'elles se changent en heures et lui permettent de continuer à vivre.

"Rien ne peut être vécu deux fois", conclut Marce.

Irene plongea dans la piscine de son passé et décida de lui raconter un fait douloureux qui l'accablait et la bouleversait.

Ils étaient nus dans le lit, le corps recouvert d'un drap qui bougeait avec eux, cachait leurs sexes pour les exhiber l'instant d'après.

La nudité du sexe de l'autre ne nous effraie pas, songea Irene avant de se jeter dans le vide.

"Il y a dix ans, j'ai tué un homme, mon petit ami, en légitime défense. C'était un accident", murmura-t-elle.

Elle marqua une pause, scruta le visage de Marce en espérant y déceler l'effet produit par son aveu, un tremblement incontrôlé de ses traits, la naissance d'une grimace de stupéfaction ou d'angoisse. Ses yeux ne cillaient pas plus qu'avant sa révélation. Elle observa sa nudité, la même qu'auparavant. Mais elle ne put observer son âme, c'était trop tôt. Elle se contenta donc d'étudier ses expressions, ses mouvements, ses gestes, ses attitudes et ses mimiques, mais ne constata rien de particulier. C'était parfait, elle avait lâché son secret, une bonne chose de faite, et il était resté le bel homme qu'elle avait rencontré, aucune laideur n'était apparue dans son visage. Les attraits de Marce lui semblèrent inaltérables. La beauté physique importe peu, pensa-t-elle, mais que cet homme est beau ! Être beau suffit peut-être pour entretenir de bons rapports avec l'existence, qui ne peut te nuire. Affirmer qu'être beau ou laid est subjectif et faux dans la mesure où la vie est objective.

— Tu ne veux pas plus de détails ?

— Non. Je veux simplement savoir ce que tu veux que je sache. Si tu me demandes si je suis impressionné, la réponse est oui, bien sûr, mais je suis ici et je n'ai pas l'intention de quitter cette chambre.

— C'était la nuit, vers 3 h 00, j'étais couchée, je dormais. Nous habitions à Parla, dans un taudis, j'avais dix-sept ans, je m'étais fait émanciper, je ne supportais plus de vivre avec mon père et ma sœur, ma mère était déjà morte, elle est morte jeune, presque aussi jeune que la tienne. Il est arrivé défoncé, il m'a réveillée et m'a poussée pour me tirer du lit. Il a arraché mon T-shirt. Moi je n'avais pas envie de ça, j'étais groggy, alors il m'a donné un coup de poing et il a commencé à me violer en me tenant les bras. J'ai réussi à me dégager comme j'ai pu.

Elle garda à nouveau le silence. Aucun rictus n'enlaidissait les traits de Marce. Ni ses pommettes, ni son regard, ni son front sans rides ni lassitude soudaine.

Irene avait devant elle un visage qui n'était pas crispé par la peur.

Non, le bonheur ne va pas se dissiper.

"Prise de panique, je suis allée dans la cuisine, il m'a suivie et m'a frappée sur la bouche, mes lèvres saignaient, mes mains étaient couvertes de sang, il hurlait qu'il voulait me tuer, alors j'ai pris un couteau qui traînait dans l'évier et quand il s'est rapproché de moi, je le lui ai planté dans le cou et tout s'est arrêté. Ensuite mes souvenirs sont diffus et se perdent dans un labyrinthe de déclarations ; une ambulance et la police sont arrivées, j'ai reçu les premiers soins, le psychiatre médico-légal, un jeune homme qui n'avait pas beaucoup d'expérience, a diagnostiqué immédiatement un traumatisme lié à une terreur insurmontable, un policier m'a dit que j'avais eu de la chance, tous les psychiatres n'étaient pas comme lui, mais celui-ci avait immédiatement conclu à des violences sexistes et par la suite, la juge a considéré que j'avais agi en état de légitime défense, le bureau du procureur n'a pas requis de charges contre moi, bien au contraire : j'ai participé à un programme de protection des victimes d'agressions d'ordre sexuel.

Elle se tut en regardant Marce, qui venait de se lever pour mettre une chemise et un caleçon.

— Je vais faire du café, dit-il.

— Tu m'aimes encore ?

Elle avait prononcé ces mots comme une enfant démunie, une orpheline.

— Je t'adore, mais tu n'as pas terminé. Je t'écoute, tu as toute mon attention.

— Il s'appelait Gustavo. Gustavo Moreno. Il avait une mère et une sœur presque inexistante qui était partie en Finlande pour épouser un Finlandais qu'elle avait rencontré en travaillant comme serveuse sur la côte, près de Malaga, un homme riche qui lui avait fait oublier sa mère et son frère. Sa mère vivait à Orense, d'où elle était originaire. Quand elle a appris la mort de son fils, elle a débarqué à Madrid pour me massacrer, mais la justice m'a soutenue et elle est restée seule, désemparée et seule. Je me souviens de sa colère et de sa douleur. J'ai essayé de lui expliquer ce qui s'était passé. C'était à cause de la drogue, Marce. Nous étions tous les deux accros à la cocaïne. Charo, sa mère, disait qu'il avait plongé à cause de moi, mais ce n'était pas vrai, on était tous les deux responsables. Oh, quand je me rappelle ce temps-là je me sens mal, et toi tu dois penser que c'est un passé peu reluisant, je suis sûre que tu as changé d'avis sur mon compte, que tu me prends pour une moins que rien capable de te poignarder toi aussi.

Elle observa son visage en y cherchant la déception, les craintes et la désillusion qu'elle avait vues chez d'autres hommes au fil des dix dernières années, qui ne parlaient pas et dont le visage se métamorphosait. Ils rougissaient, se muraient dans un silence obscur ou affichaient un air désespéré en se demandant comment rompre les liens avec cette meurtrière issue d'un puits de violence et d'horreur. Elle avait vécu cela avec Ignacio, un courtier en Bourse, le fils d'un ami de son père, qu'elle avait fréquenté un moment jusqu'à ce qu'elle lui raconte cette histoire. Hernán, qu'elle avait rencontré dans un atelier de peinture et qui était avocat dans un grand cabinet, avait eu une réaction analogue, et ce malgré ses promesses de l'épouser. Cette histoire déclenchait toujours la rupture, c'était immanquable. Marce, lui, n'en ferait rien. En bon magistrat qu'il était, Hernán lui avait proposé de réexaminer l'affaire, au lieu de quoi il révisa son jugement sur elle et ses priorités dans la vie, et en conclut que celui ou celle qui tue une fois est susceptible de récidiver. Irene avait donc été témoin de la prudence atavique des hommes, de leur instinct de survie qui les poussait à la fuir pour la simple et bonne raison qu'ils n'avaient pas envie de finir comme Gustavo. Ils avaient peur de la quitter, pensaient qu'ils s'exposaient à un danger, que toute relation avec une femme dans son genre était périlleuse, qu'ils partent ou qu'ils restent. Terrifiés, ils choisirent de feindre d'être très occupés et prirent le large sans jamais lui avouer la vérité.

— Tu as dû te sentir très seule, lui dit Marce.

— La mère de Gustavo est devenue à moitié folle, elle n'avait que son fils dans la vie. Moi j'étais traumatisée, suivie par des psychologues qui m'ont au moins permis de sortir de l'enfer de la drogue.

Un autre silence s'abattit dans la chambre. Et Marce qui ne l'interrogeait pas, peu soucieux d'avoir d'autres points de vue ou davantage de détails, l'interprétation globale d'Irene lui suffisant. Il n'avait pas besoin de documents, de sentences, de rapports, d'attestations des faits. Car les certificats de conformité et les preuves écrites symbolisent le progrès et il devait y avoir des compte rendus d'audiences, des dossiers d'instruction, des preuves médico-légales, des autopsies, des dépositions de voisins, des centaines de mots sommeillant dans les archives des administrations, des millions de papiers à propos de faits délictueux qui ont eu lieu ou ont lieu dans l'Espagne d'aujourd'hui.

À présent Irene se souvient d'un policier.

Un policier singulier.

Mais elle ne désire pas en parler à Marce.

Un policier lui avait posé une question essentielle alors que ses collègues essayaient plutôt de lui prodiguer des conseils et de lui apporter un soutien, une aide, un accompagnement, leur solidarité.

Ce policier, Manuel Andrada, était en réalité commissaire. Âgé d'une cinquantaine d'années, il avait une épaisse chevelure et était plutôt sympathique, quoique réservé. Il ne lui posa qu'une seule question : "Vous vous rappelez si vous avez attendu avant d'appeler les secours ou si vous l'avez fait immédiatement ?"

Cette interrogation s'enfonça dans son cœur comme un crochet qu'elle traîna dans la boue des années durant.

Elle le revit quelques jours plus tard au commissariat et eut un entretien avec lui. Elle s'étonna de découvrir des ouvrages littéraires sur les rayonnages de son bureau.

Ils discutèrent.

"L'affaire est classée, lui dit-il avec une ironie affable. Vous êtes jeune, vous aurez vite fait de surmonter cet épisode. Je ne pense pas que votre amour ait été constant, 'au-delà de la mort'."

Irene resta perplexe, sans trop savoir ce qu'il entendait par là, tandis qu'il l'observait.

"Ah, je cite un sonnet de Quevedo, vous savez, le poète baroque. Vous avez dû l'étudier l'année du baccalauréat. De mon temps il était au programme."

Ce poème ne la quitta plus. À compter de ce moment,

son goût pour la poésie s'accrut, à croire qu'elle avait été ensorcelée. Les vers s'élevaient en elle comme une psalmodie intérieure fille d'un présage de mort, de l'accident de son petit ami, d'un retard peut-être coupable, peut-être pas, peut-être pire que cela, à passer un appel téléphonique.

13

FANTÔME

Vingt ans de passion et de sexe, vraiment ?

Et si leur histoire avait été plus courte ?

Qui peut supporter vingt ans de sexe effréné ?

Elle tombait de nouveau amoureuse du fantôme de Marce dans une autre région, un autre pays.

Une autre attirance amoureuse, plus froide mais tout aussi belle, la beauté qui regorge de pays différents, de continents où fourmillent des villes populeuses, dramatiques, inaccessibles.

De sorte qu'il existe une seconde histoire d'amour.

Elle créait de grands événements.

Irene, créatrice de grands événements.

Et les milliers d'observations très avisées.

Les milliers de conseils.

Les milliers d'attentions.

Faire passer tout ce qui la concernait avant ses besoins à lui sans effort, sans sacrifice, sans volonté, tout simplement parce qu'il était amoureux, par décantation naturelle, par nature.

Le désir d'être bon ne vaut rien.

Il n'a jamais rien valu.

Le triomphe de la bonté absolue nécessite des églises.

Des millions d'églises.

Combien d'églises possède Jésus-Christ dans ce monde ? Existe-t-il un classement des meilleures églises ? Dans quelle religion sont-elles les plus nombreuses ? Marce, toi tu n'en as qu'une seule où on te remémore, où on t'adore au quotidien. Celle de mon cœur.

Ma parole, quelle mièvrerie !

Ma parole, tu es folle !

Boucle-la maintenant.

Je me tais.

On ne pouvait pas dire que Marce était très grand, mais il avait une belle stature, son corps évoluait dans l'espace de façon harmonieuse, comme s'il caressait les contours de l'air ; on pouvait dire qu'il était large d'épaules, mais pas de manière évidente ; il était carré, pas menaçant.

Une force qui n'était pas effrayante, et il en allait de même pour ses yeux. Sa chevelure présentait des digues, des alliages rappelant la couleur de ses yeux. Il avait de grandes mains dont la dernière phalange des majeurs déviait légèrement.

Cette inflexion indiquait un chemin, un horizon, une utopie.

En 1999, pendant les fêtes de Noël, Irene comprit qu'allait s'opérer dans son cœur un processus radical : elle concentrerait à l'avenir son attention sur une seule personne à l'exclusion de toutes les autres.

Des dizaines de personnes seraient chassées de son esprit.

L'amour est la célébration grandiose du fascisme du cœur, il laisse de côté des millions d'êtres déclarés invisibles pour tout donner à un seul individu. Ce phénomène survient tous les jours et s'étale dans le temps. Il vient du passé et se projette vers l'avenir.

Un jour, l'exclusion n'est plus de mise et l'amour devient une tyrannie. Irene et Marce ne subirent pas ce changement.

Ils continuèrent d'exclure les autres.

L'exclusion est impossible sans la concupiscence et une solide volupté.

Ils voyageaient en train, en voiture, en autocar, en bateau.

Tous les automnes, Irene offrait à Marce un pull à col roulé tricoté avec la meilleure laine de cachemire ou de mérinos. Ça lui allait à merveille, puis elle en héritait. Dès les premiers frimas, ces pulls étaient des trésors d'élégance et de douceur.

Ils avaient un jour traversé le détroit de Gibraltar afin de voir si un changement de continent affecterait leur concupiscence, ce qui ne fut pas le cas : malgré le déplacement de leurs corps, ils étaient toujours dans un état d'exaltation constante.

C'était en 2015, elle s'en souvient.

Cela faisait quinze ans qu'ils étaient ensemble.

Ils firent l'amour dans le ferry qui effectuait la liaison de Tarifa à Tanger, c'est-à-dire en Afrique, sans que leur libido en soit altérée, compromise ou diminuée. Elle demeurait insensible au passage d'un continent à un autre.

Le serait-elle s'ils se rendaient d'une planète à l'autre ?

Telle était la question que se posait Marce. “Ça, c'est difficile à savoir à notre époque”, concluait-il, et tous deux éclataient de rire. Ils allaient ensuite dîner après avoir fait l'amour comme la première fois, il y avait de cela plus de quinze ans.

Le miracle s'accomplissait sous leurs yeux, identique.

Les repas qu'ils prenaient dans les restaurants des villes où ils séjournaient étaient comme au premier jour.

À Tanger, pendant qu'ils dînaient à la Terrasse, ils pensèrent que parce qu'ils étaient en Afrique, l'un d'eux se détournerait de son assiette, par ennui, par curiosité ou pour une autre raison, et observerait les hommes ou les femmes assis aux tables voisines, s'intéresserait à leurs conversations, en quête de visages différents eux aussi pleins de vie, mais rien de tout cela n'arriva et leur impérissable contrat d'exclusivité demeura en vigueur.

Ils ne regardaient rien ni personne.

Ils étaient tous deux au fait du miracle.

C'était Marce qui l'avait constaté le premier et l'avait baptisé ainsi.

Il l'avait vu avant elle.

Ils ignoraient quel nom attribuer à ce prodige, c'était délicat, alors ils en changeaient. Quelle peut être la dénomination d'une chose n'ayant jamais existé avant eux ?

— Il serait plus facile de voler que d'assister à ce miracle, plaisantait-il.

— Plus facile de marcher sur les eaux, renchérissait-elle.

Comment s'appelle ce pays ?

Là encore ils étaient incapables de nommer cette contrée qu'ils étaient les seuls à habiter.

L'Arcadie ?

N'était-ce pas plutôt un pays nommé "Nous" ?

Les réveils dans l'appartement de Chamartín, les petits déjeuners, les orgies de jus d'orange et de churros que Marce achetait encore chauds, car "la fraîcheur permet à l'amour de rester en vie", disait-il. "Tu es vraiment gnangnan !" l'accusait Irene.

Elle se rappelait leurs excursions au musée du Prado, le dimanche midi, en automne, tous deux vêtus de leurs pulls à col roulé. Ils faisaient partie des Amis du Musée et pouvaient s'y rendre tous les jours, se sentant un peu propriétaires de cette institution. Propriétaires de l'histoire de l'art.

"À qui appartiennent les œuvres de Velázquez, du Greco et de Goya ?" demandait Marce. "À nous", se répondait-il.

Ils s'immobilisaient devant *Les Ménines* et entraient dans la profondeur du tableau.

À l'inverse de la plupart des gens, ils n'étaient pas seuls face au fantôme, à la brutalité et à l'hostilité de l'art et du temps. Ils contemplaient les œuvres tous les deux, sans perdre pour autant le plaisir d'être isolés devant la beauté. Ils affrontaient la férocité de la beauté ensemble et sa bonté chacun de son côté, mais main dans la main.

Ils parcouraient toutes les salles du Prado sans se lâcher, et puisque le monde se réduisait à eux, ils ne se rendaient pas compte que peu de couples suivaient leur exemple. Ils se contentaient de vivre leur passion sans chercher à connaître la raison d'un tel cadeau. Ils le dévoraient, ils profitaient de la vie pleinement.

Ce sont les souvenirs d'Irene.

14

L'AMOUREUSE DU VENT, V

Elle décida de prendre les routes secondaires, les nationales, pour échapper aux péages. Il y avait beaucoup de camions, mais elle avait tout son temps et ignorait où elle passerait la nuit. Elle savait seulement qu'elle était pressée de quitter l'Espagne. En consultant le GPS, elle s'aperçut que ce moment approchait.

Elle s'arrêta au poste-frontière de la Jonquère pour faire le plein et manger. L'endroit était occupé par des centaines de camions, aucun restaurant ne l'inspirait : trop de viande, trop de frites, des croquettes informes, des poivrons baignés d'une huile sombre, du bacon rabougri, trop de gâteaux et de biscuits industriels. Comment les gens peuvent-ils ingurgiter des choses pareilles ? songea-t-elle. C'est probablement ce qui arrive quand on regarde la télévision.

Elle commanda un café au lait qui était bon. Cela l'encouragea. Il était couvert de mousse, qu'elle adorait. Elle observa le serveur qui l'avait préparé et lui sourit avec reconnaissance.

Puis des coups de tonnerre retentirent et un orage éclata brusquement. Les vitres ruisselaient, le vent déchirait des rideaux de pluie. On aurait cru un de ces orages d'été aussi violents que de courte durée. Le ciel s'était assombri, le tonnerre résonnait de plus en plus fort, les éclairs illuminaient l'autoroute et les camions. Irene accueillit pourtant cette tempête comme une consolation, elle y voyait une forme de vie passionnée et primitive non destinée aux humains.

“Quevedo”, dit-elle pour elle-même.

Tout était annoncé dans le vers qui parlait du “matin blanc”.

Elle sortit du café pour aller se tremper sous la pluie. Ça lui était égal. Sa robe adhérait à son corps comme une seconde peau et son anatomie dénudée attira les regards de certains hommes, des routiers en imperméables qui vérifiaient l'état de leur chargement.

Les hommes te reluquent. Marce aurait certainement pensé cela, parfois il lui en faisait part. Ils te regardent tous, ils te convoitent.

“La vie est ainsi faite, pleine de convoitise et de désir. Quand ils manquent c'est qu'il n'y a que des petits-bourgeois. Oui, c'est ça, des petits-bourgeois”, disait-il.

Ou des êtres abominables.

Des êtres abominables qui créent, alimentent et entretiennent une petite bourgeoisie mondiale, tel est le monde d'aujourd'hui.

Comment avait-elle pu oublier ces propos ? Les êtres abominables, ainsi désignaient-ils tous les politiciens de la planète. Les êtres abominables. Ils ne savaient pas grand-chose sur eux car ils ne regardaient pas la télévision, n'achetaient pas les journaux, mais ils connaissaient leur existence puisqu'ils étaient très bruyants, très pompeux et omniprésents, cherchant à tout prix à envahir leur amour.

“Ils sont là, ils essaient d'entrer dans notre vie, affirmait Marce. Tu vois ? Ils veulent nous obliger à penser à eux, ils aspirent à ça, à ce qu'on gâche nos pensées pour nous consacrer à eux, ces salauds. Comment peut-il y avoir des gens pour leur octroyer une minute de leur vie si pressante ?”

“Ce sont des vampires, enchaînait-il. Les abominables sont des vampires, ne les regarde pas, Irene, ils veulent boire ton sang.”

Ensemble, ils avaient vu les petits-bourgeois lettrés et les abominables se multiplier dans le monde comme une possible solution finale à l'énigme de l'espèce.

Elle remonta dans la BMW, alluma les phares et s'aventura dans la tempête, s'engagea sur l'autoroute et se laissa porter par les panneaux qui indiquaient comment atteindre la frontière française.

Le souvenir des abominables l'avait mise de mauvaise humeur tout en lui insufflant de l'énergie et de la force, car à eux deux, ils avaient percé le mystère du monde, découvert le grand mensonge qui étaye les sociétés et justifie les hiérarchies : tu voyages en troisième classe, moi en jet privé. Ils avaient tout compris : tu vis en banlieue dans un appartement de merde, moi dans une villa. Ils avaient tout compris et vu le fond de l'âme des abominables. Oui, mais qui était-elle pour formuler ces jugements, elle qui avait toujours eu tout pour elle ? Vraiment ? Et la mort de Marce ? C'était avoir tout pour elle, peut-être ?

Selon Marce, les dirigeants dont le cœur débordait de la vanité de leurs propres existences étaient une abomination. La politique reposait sur la vanité.

"En amour, il n'y a aucune vanité", disait-il.

Le disait-il vraiment ou était-ce une invention d'Irene ?

La pluie cessa de tomber, le soleil se fraya un passage dans le ciel.

Il éclairait la route.

La chaleur était de retour.

Elle prit la direction d'Argelès-sur-Mer, elle avait besoin de voir la Méditerranée. Le soir tombait, elle s'était engagée sur une route nationale assez pénible sur laquelle la vitesse était limitée. Heureusement que j'ai la BMW, songea-t-elle. Son moteur et ses deux cent cinquante chevaux atténuent la laideur du monde.

Elle avait lu sur Internet que ce modèle avait une puissance de deux cent cinquante chevaux.

Elle les imagina tirer un carrosse qu'elle conduisait, assise sur le siège du cocher, tenant les rênes, comme Charlton Heston sur son char, dans *Ben-Hur*.

Seules les voitures sont réelles, tout le reste n'est que fiction. Une cathédrale, un gratte-ciel sont une fiction car ils ne bougent pas, de même que la chapelle Sixtine, la tour Eiffel, la Statue de la Liberté. Rien ne bouge excepté ma BMW.

Ceux qui ont construit ces automobiles n'étaient pas des êtres abominables mais des hommes généreux.

Des travailleurs de la terre, des ingénieurs et des monteurs, des concepteurs de roues, des fabricants de moteurs, de sièges en cuir, des êtres généreux, comme les meubles d'Irene et de Marce et les employés qui les assemblaient. *Âme, à qui tout un dieu a servi de prison*.

Elle roulait sans musique, sans doute désireuse d'entendre rugir les deux cent cinquante chevaux.

Tout à coup se dessina un arc-en-ciel très net dans le ciel. Elle quitta la route, s'arrêta sur le bas-côté.

Alors qu'elle prenait une photo de cette merveille de la nature avec son portable, elle découvrit les innombrables WhatsApp de ses trois hommes : Julio, Horacio et Sanfeliu.

Mes liturgies.

Je suis Irene.

Je m'appelle Irene.

Prononcer son nom, c'était observer l'abîme.

Une concession qu'elle faisait aux autres, à la société, la civilisation, car avec Marce ni elle ni lui n'avaient de prénom.

Ce n'était pas nécessaire.

C'est bizarre d'avoir un prénom.

Et un corps.

Quel labyrinthe, quelle alchimie, quelle magie des corps vivants aspirant à la résurrection d'un corps mort ! Quel était son pouvoir sur ces hommes ? Pourquoi s'étaient-ils prosternés devant elle ? Pour sa beauté, cette beauté qui vient à bout de la volonté d'un homme. Marce le lui avait dit quand ils avaient lu ensemble ce roman de Tolstoï, une œuvre terrifiante. Quel en était le titre, déjà ? Il faisait référence à une sonate de Beethoven. Tolstoï aimait lui aussi sa femme, mais les hommes s'éprenaient-ils d'elle comme d'Irene ? Ils lui disent qu'ils l'aiment, mais ce ne sont que des caprices.

Vous laisserez le corps, non le souci. Rien de mémorable n'était arrivé dans le monde depuis que Quevedo avait écrit ces quatorze vers qui étaient peut-être un code, un sésame, un *password* pour pénétrer dans le château où Marce se trouvait désormais.

Ses trois hommes disaient se sentir pleins d'amour, bouleversés, changés, et ils désiraient la voir, ils étaient prêts à la suivre là où elle voudrait les emmener, prêts à renoncer à leur vie actuelle.

Bande de menteurs.

Tous trois avaient besoin qu'elle leur dise oui, sans quoi ils n'iraient pas plus loin. Ce oui change selon les époques. Des hommes dans l'attente désespérée d'un oui, débitant toutes sortes de niaiseries pour obtenir cet accord, c'était un spectacle qui valait la peine d'être vu.

Et elle leur disait non.

Ce *non* triomphant.

Ce *non* qui fusait de ses lèvres comme une armée de terribles gladiateurs fougueux.

Le plus beau bataillon de pouvoir jamais vu au fil des siècles. Son non retentissait dans l'histoire, faisait revivre les empereurs d'Égypte et les chefs romains.

Elle s'était peu à peu éprise du magnifique *non* tonnant qu'elle opposait aux hommes, à tous les hommes.

À toutes les femmes aussi.

Les femmes abominables, ah, ces femmes pareilles aux hommes abominables ; au bout du compte, ils se mêlaient pour devenir une créature à deux têtes, bicéphale, faite de cupidité et de vanité.

Son *non* à tout l'exaltait, c'était un *non* légendaire à la vie.

Elle se réjouissait d'avoir jeté par la fenêtre les chaussures de Sanfeliu, mais c'était encore trop peu, il lui fallait davantage.

En consultant le GPS, elle s'aperçut qu'elle n'était pas loin de Collioure et décida de visiter cette ville où se trouvait la tombe du poète Antonio Machado.

Elle reprit la route et arriva peu avant 20 h 00.

Les jours rallongeaient, l'été réclamait son droit de séjour.

Elle chercha un hôtel.

Trouva le Casa Pairal.

Une femme tenait la réception.

On pouvait lui fournir une chambre, il y avait peu de clients à cette saison.

Sa Visa Gold fit le reste. La Visa Gold concentrait dans sa puce la dépouille du Christ, elle donnait accès au ventre du monde. C'était beau de pouvoir ouvrir le monde à l'aide d'un rectangle en plastique où étaient chiffrés trois mille ans de guerres, de morts et de dégoût profond auxquels elle et Marce avaient échappé grâce à une volonté secrète de la nature.

Le miracle.

"*Voiler pourra mes yeux l'ombre dernière qu'un jour m'apportera le matin blanc*", murmurait-elle.

On l'installa dans la suite junior.

Sitôt entrée, elle laissa sa valise à roulettes près de la table, s'allongea sur le lit et fondit en larmes.

Elle se cachait toujours une scène.

Enfouie au fond de son âme, elle tailladait sa chair, lui sectionnait les artères, brûlait ses poumons, empoisonnait ses connexions neuronales et la réduisait à n'être plus que de l'effroi.

De l'effroi et du désespoir.

Elle se déshabilla, prit une douche. L'eau chaude la rasséréna.

Elle mit une tenue élégante et descendit dîner.

Collioure était presque déserte. La petite ville lui parut charmante. Sur des affiches, elle lut qu'on s'apprêtait à rendre hommage au poète espagnol enterré là et se promit d'aller sur sa tombe dès le lendemain.

Machado croyait lui aussi en l'amour. Car il ne suffit pas de savoir qu'il existe, encore faut-il croire en lui. Bien des gens le considèrent avec scepticisme dans la mesure où il implique un risque de destruction. Il fait peur, il fait paniquer. Ceux qui ne croient pas en l'amour brouillent le monde, qui devient un espace triste et sans âme.

Machado avait perdu sa moitié. Comme moi, songe-t-elle. Elle cherche sur son portable les vers qu'il a dédiés à sa défunte femme, Leonor.

Seigneur, voici que tu m'as arraché ce que j'aimais le plus.
Écoute encor, mon Dieu, mon cœur hurler.
Ta volonté, Seigneur, se fit contre la mienne.
Seigneur, nous voici seuls mon cœur et la mer[01].

Après avoir déambulé dans les ruelles étroites, elle entra dans un restaurant dont les grandes baies vitrées donnaient sur la mer.

Elle commanda une salade de fromage de chèvre et but deux verres de vin.

La nuit tombait sur l'établissement avec une puissance angoissante, comme si soudain ce qui l'entourait perdait en visibilité, dissipé dans l'oxydation, l'inutilité et le vide.

01 — Antonio Machado, "Chemins", CXIX, *Poésies*, Gallimard, 1973, traduit de l'espagnol par Sylvie Léger et Bernard Sesé.

Elle se réfugia dans sa suite et, cédant à la tentation, alluma le téléviseur.

Elle zappa.

Elle ne voulait voir personne.

Elle continua de regarder la télévision, qui lui confirma ce qu'elle pensait déjà : les programmes télévisuels sont conçus pour dégrader la vie des individus, les transformer en masse informe d'esclaves, de quidams, de personnes sans désir. Elle contempla ce soir-là le plan universel d'anéantissement des passions individuelles et de l'énergie identitaire.

Elle fut prise de panique.

Elle entrevit l'ordre politique de la terre : des célébrités disant à des centaines de milliers d'êtres humains, des inconnus sans noms, comment ils devaient vivre.

Elle relut le poème d'Antonio Machado en hommage à Leonor, sa femme morte.

Elle vit Machado cheminer dans le monde en portant une morte dans ses bras. C'était beau.

Il traversait les déserts.

Il lui manquait de la musique.

Chopin, évidemment.

C'est toi, Marce ? Toi qui depuis la mort me fais ces révélations ? implora-t-elle.

Le lendemain, elle s'échapperait à la première heure de cet endroit et remettrait la visite de la tombe du poète à une autre vie, car au bout du compte elle avait peine à imaginer en quoi la souffrance déjà ancienne de Machado pouvait apaiser la sienne.

Ils avaient souffert tous les deux, certes, mais cela ne les aidait ni l'un ni l'autre. Ils avaient connu l'affliction à des époques différentes.

Leurs souffrances ne pouvaient se rejoindre.

Rien ne l'intéressait en dehors de son cœur et de ses passions.

Marce prenait soin d'elle. À présent elle n'avait plus personne.

Les attentions sont une énigme.

La beauté s'incarne en elles.

Elle se leva avant 7 h 00, enfila un pantalon, un T-shirt et un sweat et sortit se promener dans Collioure. Elle avait envie de voir le soleil apparaître peu à peu dans le ciel, à l'est, et commencer à illuminer la Méditerranée.

Elle s'approcha du rivage, s'assit sur un rocher et attendit l'arrivée de la lumière.

Elle ignorait si se soucier de sa survie était légitime, si nourrir encore des ambitions terrestres comme le droit à la joie, au plaisir et à l'avenir avait un sens.

La Méditerranée scintillait, les rayons du soleil tombaient sur le dos de cette bête millénaire qui n'a pas de vie, mais une existence.

Comme son amour pour Marce, qui était mort mais perdurait dans son cœur.

Le soleil entreprenait son ascension.

On aurait dit une prière.

Elle prit dans une poche de son pantalon un petit échantillon du parfum de Marce, le huma et renouvela l'opération. C'était une eau de Cologne de Guerlain. Marce était comme elle un explorateur de parfums, il voulait tous les connaître, découvrir les meilleures fragrances créées par l'intelligence humaine.

Elle se dévêtit et s'immergea.

L'eau était glacée.

L'été serait bientôt là, on le devinait déjà, cela faisait des milliers d'années qu'il réchauffait la planète, des milliers de milliers d'années. Elle nagea un peu jusqu'à ce que son corps ne supporte plus les aiguilles que cette eau enfonçait dans son corps. Elle sortit, se sécha avec son sweat-shirt et regarda les vagues.

Sa peau luisait, son sang courait dans son corps à la vitesse primitive de l'incertitude et de la perplexité, qui remontaient à l'âge des ténèbres.

Je dois retourner dans l'eau, songea-t-elle.

Ce qu'elle fit.

Elle avait envie que la mer la dévore, l'engloutisse.

Que la mer devienne à la fois amour et destruction, comme l'avait rêvé le poète Vicente Aleixandre, d'où le titre de son recueil *La Destruction ou l'amour*.

Les gens ne croient plus en la poésie, et les poètes sont sans doute les premiers à ne plus y croire, pensa-t-elle.

La Méditerranée sera notre manière de prier, de faire nos dévotions ensemble, imagina-t-elle. Cette mer ne parle pas au moyen de mots, comme Marce qui ne dit plus rien. Il n'a plus recours à des mots concrets.

Sans mots concrets les humains s'égarent.

Elle regagna le rivage.

La vie entière tournait autour de son corps comme les planètes dans l'univers, dans une danse aveugle et cependant heureuse.

Marce, son amour, son grand amour, s'était mué en silence. Le silence est la fin de la musique.

Le silence est le cadavre de la musique.

Elle voyait ses mains gratter, plongées dans le silence.

Je ne comprends pas le silence, mais ce n'est qu'une carence passagère, une méconnaissance due à l'ignorance d'un esprit incomplet comme le mien, un manque d'adresse. Un jour je saurai prendre la mesure du silence, en m'appliquant, en redoublant d'efforts. Dieu se révèle peut-être aux humains à travers le silence, qui ne peut pas être mauvais. Nous finirons tous environnés de silence. La mort échappe à l'entendement. Nous n'avions pas beaucoup d'amis hormis tes employés, de sorte que je n'ai pas eu à supporter toutes les imbécillités qui vulgarisent la mort, des propos tels que : "Quelle affreuse nouvelle" ; "Comme nous sommes tristes" ; "Il restera à jamais dans nos cœurs" ; "La vie est injuste" ; "Il aimait tellement la vie" ; "Ce sont les meilleurs qui partent en premier" ; que sais-je encore, un concentré de merde et de banalités alors que la mort, ta mort, a été une plongée dans le mystère, l'épicentre du mystère.

Le problème, c'est qu'elle ne savait plus trop quand Marce était mort.

Elle contempla de nouveau la Méditerranée, puis remonta en voiture et envisagea plusieurs destinations. Elle finit par choisir Sète car il y avait dans cette ville un cimetière marin.

15

UNE CONVERSATION

“Tu n’as même pas lorgné les petites jeunes qui se baignaient à moitié nues sur la plage”, lui lance Irene d’un ton ironique, voire malicieux.

C’est un soir du début du mois d’août 2016.

Ils sont sur la terrasse de leur chambre, à l’hôtel Doña Paquita, au bord de la mer, dans le petit village de San José (province d’Almería).

— Je les regarde comme on regarde un enfant, une grand-mère, un parasol ou un bateau qui passe, répond Marcelo.

— Une grand-mère ou un parasol ! s’esclaffe-t-elle.

— Ce que je veux, c’est que tu te déshabilles sur cette terrasse.

— Et si on nous voit ?

— Tant mieux ! Nous sommes mariés depuis seize ans, je peux montrer notre livret de famille à tous ceux qui nous observent, avec nos photos, nos noms, notre numéro d’identification, et ils n’en croiront pas leurs yeux.

— C’est vrai. Ils ne comprendront pas comment un couple aussi respectable peut se vautrer dans la luxure la plus abjecte.

— On l’a fait dès qu’on s’est rencontrés, rappelle-toi.

— C’est ce merveilleux soleil qui m’inspire.

— Et en plus il fait nuit !

Elle retire son haut de bikini, se lève. Sa chevelure couvre ses épaules et descend jusqu’à sa poitrine. Sous l’effet du soleil estival et des journées de vacances qu’ils ont passées sur la plage, elle n’est plus blonde mais dorée avec des reflets platine.

Marce enlève son bermuda, il est en caleçon. Calvin Klein. Noir.

Il se trouve attirant.

“Tu es bronzé et mince ! Tous les hommes de ton âge ont vingt kilos de plus que toi ! s’exclame-t-elle, admirative.

— Tu sais pourquoi ?

— Non, dis-moi, répond-elle en tendant une main vers son sexe.

— Parce qu’ils ne font pas l’amour tous les jours.

— Rien que pour ça ?

— Non, pour des tas d’autres choses. Moi j’ai besoin de te séduire au quotidien. Le matin, je me lève en pensant qu’à chaque minute qui passe je dois te conquérir.

— Ce n’est pas épuisant ? Tu n’aimerais pas mieux être sûr que je serai ta femme, ta compagne, ton amie, ta maîtresse aujourd’hui, demain et après-demain, quoi qu’il arrive ?

— Ce n’est pas une corvée, ça fait partie de ma vie, comme respirer ou regarder. Et toi, tu en penses quoi ?

— Moi je te vois et je me sens bien, joyeuse, heureuse, pleine d’illusions. J’ai besoin de t’embrasser tout le temps, voilà ce qui m’arrive, et j’ai envie de te toucher, de discuter avec toi. Je n’ai aucun doute là-dessus. Nous, les femmes, on prend des décisions radicales quand on est amoureuses, et nos actes sont nobles, qu’on soit amoureuses ou pas. Les femmes sont toujours plus nobles que les hommes. Toi, tu as la noblesse de toutes les femmes du monde, c’est pour ça que je t’ai choisi. Parce que je t’ai choisi. C’est toujours nous qui décidons, depuis des milliers d’années. Et ça continuera. C’est une réalité silencieuse, invisible, difficile à déceler tant elle passe inaperçue, au point qu’on la croit inexistante, et pourtant elle existe. Je t’ai choisi parce que les femmes choisissent. Le pouvoir des femmes est discret, hésitant, presque fantomatique. Nous l'avons caché pour que les hommes ne nous en privent pas, d'une génération à l'autre, en silence, pendant des millénaires.

— Et toi, tu ne t'intéresses pas aux jeunes barbus de vingt ans qui sont sur la plage, robustes, grands, hâlés, avec des tatouages érotiques ?

— Je les regarde comme si c'étaient des palmiers, des bars, des buvettes, des cannettes de Coca-Cola.

Ils s'embrassent de plus belle, pas normalement mais avec concupiscence, leurs langues esquissent une danse, se touchent pour s'éloigner ensuite et mieux se rapprocher. Cependant il ne se passerait rien si ces baisers ne s'assortissaient pas d'une grande soif de l'un pour l'âme de l'autre.

— Cet automne, je t'aiderai à choisir tes vêtements, dit Marce quand ils s'allongent sur le lit.

— Des vêtements d'automne ?

— Des vêtements pour quand il fera froid.

— Moi je t'offrirai un manteau en peau d'ours.

— Je crève de chaud, que veux-tu que je fasse d'une peau d'ours ?

— Tu prendras soin de moi, tu me protégeras avec la force d'un ours.

Ils se caressent encore, c'est du moins les souvenirs qui lui reviennent.

Leurs corps nus transpirent et gémissent comme au premier jour.

— Cette chambre est une étuve, dit Marce.

— Une moiteur insupportable, mais je ne veux pas qu'on mette l'air climatisé.

— Ah non !

Les dimensions de la vie sont en processus d'expansion, de même que l'univers.

— Tu as toujours les nerfs en pelote ?

— Ça fait dix-sept ans, et toi ?

— Pareil. Tu sais qu'avant de te connaître, je pensais que les héros des boléros étaient des entités irréelles, des abstractions, enfin… pas des gens en chair et en os. Maintenant j'ai l'impression que tous ces héros écrits et chantés, c'est nous.
— Deux anges sexuels.
— C'est ça.
— Le seul problème du monde, c'est que les gens ne font pas l'amour tous les jours. Les anges aiment le sexe, or le pape et tous les artistes qui les ont peints nous l'ont caché. Ils nous ont menti. Les anges sont des anges parce qu'ils ont des sexes démesurés. La beauté des anges s'appelle la fornication, raison pour laquelle ils ont besoin de bons meubles. De bons lits, de bonnes tables, de bonnes chaises capables de supporter leur poids pendant l'amour.
— Exactement.
— Dis-le en anglais, ça m'excite.
— *Exactly* ! s'écrie-t-elle en éclatant de rire, incroyablement gaie.
C'était en 2016, pense-t-elle.
Oui. Une année merveilleuse.
Cette année-là.
Toutes ces années.

16

MESSAGES URGENTS

23 avril 2000

Chère Ire,

Tous les êtres humains ont en eux une forme de vérité qu'ils ne verront jamais. Ils la possèdent mais ne peuvent pas la voir. Leurs vies s'écoulent ainsi, puis un jour ils s'en vont et la vérité part avec eux, masquant encore la vue.

Mais nous, nous nous aimons.

Je t'adore.

Marce

3 janvier 2001

Ma Ne adorée,

Tu es allée m'acheter un cadeau, tu l'as fait en cachette, mais tu ne peux rien faire en cachette car l'amour occupe un seul esprit et non deux. Je t'attends assis sur le lit où nous avons fait l'amour il y a une demi-heure. Je respire l'oreiller qui est encore imprégné de ton odeur. Tu marches dans les rues à la recherche de mon cadeau. Tu marches dans les rues et je vois avant toi tout ce que tu vois.

Que vas-tu m'offrir cette fois ?

Moi j'ai déjà ton cadeau mais j'ai envie d'aller t'en acheter un autre, seulement il faut que je prépare le déjeuner. Pour toi.

Je me lève, vais à la cuisine, contemple la langouste galicienne qui est au frigo et me recouche aussitôt pour humer ton oreiller.

Je suis incapable de dire adieu à un oreiller.

J'attends que tu reviennes.

Le mystère de l'odeur de ton corps fait des ravages dans la chambre ; malgré tes orifices tu deviens un ange aspirant à l'hermétisme et à la rondeur, car tu es également abstraite.

Je t'aime comme un ogre, un vampire, un prêtre, un pape de Rome ou une couleuvre qui prend le soleil au printemps.

Je t'aime comme Jésus-Christ aimait Marie-Madeleine.

Je t'aime comme Proust aimait la madeleine.

Je t'aime comme Chopin aimait son piano.

Je t'aime comme le piano de Chopin aimait les doigts de la main de Chopin.

Je t'aime comme Staline aimait Hitler.

Je t'aime comme Hitler aimait Lénine.

Je t'aime comme Lénine aimait Jésus-Christ.

Je t'aime comme Jésus-Christ aimait… X.

X est…

Irene

Je t'aime,

Marce

Oui, il l'appelait très souvent Ire ou Ne dans les mots d'amour qu'il écrivait et appelait les "messages urgents", rédigés sur de petites feuilles qu'il laissait dans l'appartement pour qu'elle les trouve, scotchées avec soin sur une porte ou sur un mur.

21 mars 2001

Irene,

Le sexe me fait mal. Cette année, nous avons accueilli le printemps comme d'habitude, toujours pleins d'amour.

Irene

La cafetière que nous avons achetée hier est très amusante, l'écran digital te demande si tu veux un café fort ou normal.

Nous devrions faire l'acquisition d'autres appareils électroménagers, qui comme les meubles favorisent l'amour. Il faudrait aussi qu'on change de frigo. Nous devons partager le meilleur frigo du monde. Et un lave-vaisselle qui chante, une machine à laver qui ressemble à un ovni, un sèche-linge dans lequel nos vêtements brûleront avec passion.

Ton Marce, qui gémit dans ton âme.

C'étaient de vieux mots d'amour.
Aucun n'avait été écrit récemment.
Pourquoi ?

17

L'AMOUREUSE DU VENT, VI

À Sète, elle trouva une suite avec vue sur la mer dans un quatre étoiles. Elle ouvrit sa valise, en sortit son bikini, mit ses tongs et se rendit sur la plage qu'on lui avait conseillée à la réception, à dix minutes de là en voiture.

C'était toujours la Méditerranée qui s'étendait devant elle.

Était-ce bien la même qu'à Malaga, où elle avait commencé son voyage ?

Pour une raison mystérieuse, la mer calmait son désespoir.

Mais elle est trompeuse, elle n'est pas toujours pareille, elle change, et l'eau qui baigne les côtes grecques n'est pas celle de Malaga, de Turquie ou d'Égypte.

Cette mer nous ment, imitant en cela la vie et le temps.

Elle n'est jamais pareille mais symbolise toujours le même excès d'existence. La Méditerranée qu'on voit à Malaga est différente de celle d'Athènes, qui n'est pas celle de Tel Aviv.

Un "excès d'existence", avait dit Julio en employant des mots dictés par Marce.

Je ne connaîtrai jamais la mer si elle est en constante métamorphose, conclut-elle. Comme si elle se fichait de moi, comme si elle me disait : "Oui, c'est bien moi", pour cesser d'exister et devenir une autre trois cents kilomètres plus au nord ou plus au sud.

Obsédée par la Méditerranée, elle envoya pour la première fois un WhatsApp à un de ses amants, son expert en paradis. "Tu as raison, la Méditerranée représente le plaisir et pour ça elle mérite d'être connue."

Julio répondit aussitôt, pensant peut-être qu'une porte s'ouvrait, qu'il y avait encore de l'espoir, car il se croyait amoureux, mais en réalité Irene était simplement surprise par la manière labyrinthique dont le légendaire corps d'eau salée nommé Méditerranée s'étendait sous les yeux des humains.

La complexité de cette mer s'assimilait sans doute à la complexité de la vie humaine. Elle n'était qu'un reflet.

Qui es-tu donc, Méditerranée ? se demanda-t-elle.

La plage était immense, le sable d'une blancheur éclatante présentait diverses tonalités. Tous les sables sont différents et là, elle avait affaire à du vrai sable. On met souvent du temps à identifier les choses authentiques, mais elles finissent toujours par se révéler à nous. Cette pensée lui sembla menaçante.

Le corps de Marce était devenu son propre ennemi. Ça, je l'ai vu. Ses bras, ses os, son sang et sa santé avaient déserté son âme.

Elle entendait ses pensées. La flamboyance : ce corps stupide, mais que fait-il ? Il ignore qu'il doit accomplir une mission de la plus haute importance.

Elle aurait pu aller plus loin dans sa réflexion, mais elle s'en abstint.

Elle se baigna, nagea.

Puis elle sortit lentement de l'eau pour tout apprécier en essayant de savoir en quoi consistait ce "tout", comme si elle cherchait à nier la confusion entre l'amour et le plaisir qui régnait au fond de son esprit.

La lumière de la Méditerranée est vraiment belle en France ! Julio et sa quête d'enclaves touristiques se rappelèrent à elle.

Selon lui, grâce à Homère et Virgile, la Méditerranée surpassait toutes les autres mers.

Deux belles crapules qu'Homère et Virgile. Pire encore, deux superstitions, songea-t-elle en riant.

Son rire était toujours une façon de pulvériser tout ce qui avait existé et existerait.

Si Marcelo n'était plus de ce monde, elle avait tous les droits, en particulier celui de témoigner un mépris ludique à la réalité. Mépriser l'histoire, l'art et la science était le minimum qu'elle puisse faire en son absence.

Les îles grecques étaient peut-être le plus beau plaisir sans amour de la planète, car tout s'y résumait à un caprice aquatique. Avec Marce, elle avait séjourné à Leucade, elle le revoit encore sur cette île et se demande à quand cela remonte. À quand ? La mer y était d'un bleu profond qui différait de celui qu'elle avait à Malaga.

Quel rôle exerce-t-elle sur nous, cette mer ? s'interrogea-t-elle.

Elle accepte qu'on la connaisse, se répond-elle. Elle nous laisse la pénétrer, ce que je viens de faire à l'instant, et je suis encore en elle, de l'eau jusqu'à la poitrine tandis que je regagne le rivage, mais j'y suis encore, c'est ce qu'on adore de cette mer où on peut rester longtemps, car sous l'effet du soleil estival, elle atteint par miracle une température idéale qui nous procure du plaisir, un immense plaisir.

Irene poursuivit sa méditation : d'autres mers nous rejettent, comme les océans. Ils ne nous laissent pas entrer en eux, et là réside tout le secret de la Méditerranée, la mer entre toutes les mers, qui finit par devenir une religion érotique. On y éprouve en permanence un plaisir infini, cent jours, cent ans, cent siècles d'affilée. Le plaisir.

Elle finit par sortir de l'eau et retourner à l'endroit où elle avait étalé sa serviette.

Elle consulta son portable sans s'essuyer les mains. De l'eau, du sel et du sable en contact avec la technologie.

Elle regarda ses messages.

Il y avait de nombreux WhatsApp de Julio, qui disparaîtraient peu à peu et qu'elle cesserait bientôt de recevoir. Ah, l'instant où on oublie la personne qu'on croyait être l'amour de sa vie ! L'instant où le temps a raison de la volonté !

Elle se baigna de nouveau, s'immergea dans ce plaisir inconcevable.

Elle nagea.

Elle plongea.

Elle alla loin, là où elle n'avait plus pied.

En essayant de toucher le sol, elle s'aperçut que la température de l'eau changeait : tiède en surface, froide au fond, de plus en plus fraîche d'un centimètre à l'autre, ou de plus en plus chaude selon qu'elle montait ou descendait.

Elle ressortit.

Elle se rendit compte qu'émerger de la Méditerranée était une liturgie, d'où sa lenteur. Elle caressait la surface, le profil des vagues, contemplait en prenant tout son temps chaque pas qui l'éloignait petit à petit de la mer.

C'étaient de longs adieux, puis ses pieds foulèrent la rive.

Elle était affamée, la faim se manifestant toujours après un bain de mer.

Elle vit un restaurant sur la plage, très sophistiqué, qui s'étendait sur deux niveaux. Elle entra et monta au premier étage, demanda la table la plus proche de la mer.

Un vent fort s'engouffrait à l'intérieur. Elle s'en réjouit, il la faisait trembler de désir et elle en ressentit une fois de plus du plaisir.

Les vagues, le poulpe à la braise et le vin blanc qu'elle commanda la détournèrent de sa personne. Elle recevait toujours les nombreux WhatsApp des trois hommes qu'elle avait rencontrés et qui l'avaient aidée à entrevoir Marce.

Après avoir terminé son plat, elle continua de boire du blanc jusqu'à ce que la pensée qu'elle ne voulait pas aborder se rappelle à elle.

Les maux de tête de Marce, signes de la progression du cancer, les douleurs osseuses qui trahissaient la propagation de la maladie, d'insupportables souffrances dans la colonne vertébrale étaient devenus les principaux acteurs de sa vie, et le rôle essentiel qu'occupait son amour pour elle ne pouvait pas freiner la dégénérescence de son corps.

Sa foi vacilla, mais elle tint bon. Ce n'était pas la mort, dont l'approche affaiblissait cependant ses sentiments pour Irene, c'est-à-dire moi. C'était pire que tout. Un jour, plus aucun être humain n'aurait à subir cela, m'avait-il dit. Le jour où l'amour se matérialiserait, aurait une visibilité et un centre de gravité.

C'est peut-être déjà le cas, car que deviendrait l'univers sans matière, sans gravitation ni visibilité ?

Les douleurs aiguës l'éloignaient de son devoir qui consistait à m'adorer, de ses obligations sexuelles et de son travail au quotidien. Ce que je ne supportais pas n'était ni la souffrance ni la mort, mais l'affaiblissement de son amour, sur lequel il avait édifié son existence.

La maladie l'incita à penser que la magie de notre amour n'avait été qu'une illusion partie en fumée à cause de la douleur physique. Son corps réclamait toute son attention, il s'imposait sans lui laisser aucun répit. La douleur était plus importante que moi et lui donnait envie de mourir, le poussant à désirer la fin, à envisager le suicide. Sa foi dans l'amour s'en trouvait ébranlée et son idéalisme pulvérisé.

Il me faut un homme ce soir, un homme qui me conduise vers lui, vers son sourire, songea-t-elle en vidant son verre. Il y avait encore quelques clients, mais tous étaient en couple.

Aucun homme seul pour m'emmener au pied de l'escalier en haut duquel se tient Marce.

Ils sont tous accompagnés.

Il n'y a que des serveuses. Après tout, quelle importance que ce soit un homme ou une femme ?

Elle observa alors la serveuse, une blonde aux épaules arrondies qui avait l'air heureuse, adroite et vive. Grande, elle avait une trentaine d'années et des lèvres fines, des yeux bleutés, une chevelure qui tombait sur ses épaules.

Elle s'adressa à elle en français, mais quand elle entendit son accent, la jeune femme lui répondit à sa grande surprise en espagnol.

"Je suis argentine."

Elles se sourirent, puis Irene engagea une conversation banale, lui demandant si elle était en France depuis longtemps, et la jeune femme voulut savoir si elle était en vacances et si elle s'était baignée. Leurs regards ne cessaient de se croiser et Irene eut envie de prolonger leur discussion en commandant un whisky. La jeune femme s'appelait María Florencia, un prénom pittoresque qui les fit rire toutes les deux. Irene voulut savoir si elle avait un diminutif et l'Argentine lui dit que non, que ce prénom "peu pratique" était son unique exubérance, que certaines personnes le raccourcissaient en María, d'autres en Florencia, mais qu'elle préférait qu'on l'utilise en entier, ce long prénom étant le seul luxe dispendieux qu'elle pouvait se permettre d'exiger d'autrui.

Tu as entendu, Marce ? Elle a parlé de luxe en se référant à son interminable prénom. Ça vient de toi, c'est évident, c'est toi qui m'envoies cette femme.

Irene l'invita à prendre un verre, María Florencia accepta, mais ailleurs qu'au restaurant. Elle ne travaillait pas le soir.

Irene prit son sac et se leva de table.

"Je suis au Grand Hôtel, chambre 218", lui dit-elle avant de quitter les lieux si précipitamment que María Florencia n'eut pas le temps de lui présenter la note pour son verre de whisky.

Je pourrais finir volée et assassinée, songea-t-elle en s'installant dans la BMW.

Mais si une des personnes que je rencontre me tue et part avec mes affaires, imagina-t-elle en s'engageant sur le parking de l'hôtel, ma seule crainte est que mon meurtrier soit malhabile, incapable de m'infliger une mort indolore sans que j'en aie conscience, aussi rapide que la pensée. Si c'était le cas, s'il était un expert en la matière, s'il avait cette dextérité, ce serait merveilleux.

L'amour est un dialogue dépourvu d'ennui, il ne connaît pas une seconde de morosité, pas de temps morts, pensa-t-elle en descendant de voiture.

Parler, parler est suffisant si la teneur de la conversation en vaut la peine.

Une conversation non pas amusante et détendue, mais pleine de défi, libidineuse, bruyante, car à quoi bon discuter quand on n'a rien à dire une fois que tout a été dit ? Ça ne leur est jamais arrivé parce qu'ils étaient environnés de magie, plongés dans l'éblouissement.

Ils n'ont connu ni faiblesses ni chagrins, pas même lorsque Marce était perclus de douleur, son corps empoisonné.

Elle se remémora les vers de Jorge Manrique, un poète espagnol du XVe siècle :

Et, quoique perdant la vie,
Il laisse, à nous consoler,
Sa mémoire[01].

Marce a perdu la santé mais pas le désir d'être en moi.

Il entamait sa dissolution, il se mourait et voulait encore faire l'amour, désespérément.

Tel était mon mari.

Mon compagnon et mon avenir quand j'aurais moi aussi quitté ce monde.

Il illumine encore ma vie de sa lucidité, il illumine le monde, même si ce foutu monde n'en a pas idée.

01 — Jorge Manrique, *Stances sur la mort de son père*, éd. Champ Libre, 1980, seconde édition par Le temps qu'il fait, 1996, traduit de l'espagnol par Guy Debord.

Je ne sais pas si je me souviens de lui ou de ce que j'ai vécu avec lui, estima-t-elle en essayant de dissocier son époux de leur existence en commun, pour conclure qu'ils étaient inséparables, une fusion qu'elle considérait comme une anomalie de la vie, une de plus dans un univers peuplé d'illusions, d'erreurs et de martyres.

Elle avait l'impression d'avoir des visions du passé et non des réminiscences.

Erreurs et martyres, dit-elle à voix haute, une chose qu'on peut se permettre de faire lorsqu'on est seul.

Souvenir de son sexe.

Il se mourait et il voulait me pénétrer.

María Florencia frappa à la porte de la chambre 218 à 23 h 00. Irene lui ouvrit.

— Je n'ai pas pu venir avant, dit l'Argentine.

— Je suis ravie que tu sois là.

Elles allèrent contempler la mer sur la terrasse.

— Tu as une vue magnifique.

Irene étudia ses lèvres, qui n'étaient vraiment pas celles d'un homme, et fut subjuguée par ses yeux, très féminins. Elle hésita, n'ayant fait l'amour que deux fois avec une femme, il y avait déjà près de trente ans de cela, quand elle était jeune et voulait tout essayer. Elle n'avait guère été séduite et s'était peu intéressée à la chose, mais elle n'en gardait pas un mauvais souvenir, plutôt des images floues, des instants de folie avant l'irruption de Gustavo dans sa vie.

Maudit sois-tu, Gustavo. Pourquoi reviens-tu me hanter ?

Elle le chassa de ses pensées et se concentra de nouveau sur l'Argentine.

Pourquoi maintenant ? Elle ignorait si Marce était susceptible de lui apparaître en haut des marches si elle couchait avec une femme.

Il n'y avait pas d'hommes dans le restaurant. Elle se fichait que ce soit un homme ou une femme, quelle importance ? Cela n'en avait aucune. Hommes et femmes, comme si ça comptait aux yeux de la vie, l'arcane biologique qui nous a introduits dans la nature !

María Florencia se jeta sur la bouche d'Irene et l'embrassa en y glissant sa langue, dans un mélange d'excitation et tendresse qui les rasséréna toutes les deux. Elle avait de longues mains aux ongles vernis de rouge. Comme elles étaient de même stature, leurs baisers portaient leur harmonie anatomique au zénith.

Il était difficile de discerner si elles s'enlaçaient ou luttaient sans violence, lancées dans un combat dicté par leur seul désir.

Entre un baiser et une étreinte, María Florencia lui demanda comment elle avait su. Irene lui répondit qu'elle ne savait rien et avait agi sur une impulsion. La jeune serveuse la porta aux nues, lui dit que sa façon de lui parler au restaurant et ce whisky qu'elle avait bu avant de partir sans le payer l'avaient rendu folle d'excitation, si fascinée qu'elle aurait pu mourir sur le lit, vers lequel elle pointa l'index avant d'y entraîner Irene en la prenant par la main.

Irene se laissa dévêtir.

María Florencia se laissa dévêtir également.

Elles rirent en voyant leurs sexes épilés au laser.

L'Argentine baisa le corps d'Irene, puis posa ses lèvres et ses doigts dans la zone où commençait le chemin, l'ascension qui menait à Marce, et Irene attendit que l'escalier apparaisse, elle était excitée au plus haut point, María Florencia avait une habileté quasi surnaturelle, elle contemplait son corps splendide, ses seins doux, léger et fermes, sa bouche et ce qu'elle faisait avec, sa langue qui dessinait des cercles de tendresse et d'abandon, et à un moment donné, oui, les marches se matérialisèrent sous ses yeux. Elle gémit plus fort en gravissant les premières, il était là, esquissait en souriant un petit salut de la main et remuait les lèvres. Elle voulut le toucher, se précipiter vers lui, mais elle s'immobilisa sur le dernier degré. Entouré de nuages en flammes, il souriait toujours jusqu'à ce que les langues de feu montent davantage et dissimulent son image, son visage brûlant, consumé, et soudain l'escalier disparut pour faire reparaître les traits de María Florencia, qui avait l'air heureuse et apaisée parce qu'elles avaient joui en même temps.

"C'est bizarre, j'ai l'impression d'avoir un coup de foudre pour toi", dit-elle.

Irene l'autorisa à dormir à ses côtés.

Elles restèrent les mains enlacées, dans une position inconfortable qui conduisit Irene à penser qu'elle ne fermerait pas l'œil tant que l'Argentine n'aurait pas lâché sa main, ce qu'elle ne fit pas. Avant de plonger dans le sommeil, elle adressa une prière à la vie, se prosterna devant elle et remercia les étoiles, les planètes, le vide général du cosmos de lui avoir permis de revoir son mari par-delà la mort, environné de feu et se consumant, même si elle désirait que l'origine de ce feu demeure enfouie. Plus tard, songea-t-elle, je le découvrirai plus tard, va-t'en connaître la raison de sa présence. Dans quelques jours, quelques jours de plus, tous ces rêves se seront dissipés.

Elle se rappela une phrase de Fernando Pessoa : "Un sourire pour exister et non pour nous parler[01]."

Inexplicablement, quand elle se réveilla le lendemain matin, elle ne ressentit pas le besoin de se presser, de fuir comme les autres fois.

01 — Fernando Pessoa, *Notes en souvenir de mon maître Caeiro*, éd. Fischbacher, 1996, traduit du portugais par Dominique Lecomte.

Elle caressa la joue de María Florencia, qui ouvrit les yeux en souriant.

Irene appela la réception pour qu'on leur monte le petit déjeuner.

Elle regardait le corps nu de l'Argentine, ses proportions harmonieuses, sa jeunesse, car elle n'avait que vingt-sept ans.

Elle pourrait être ma fille, la fille que nous n'avons pas eue.

Si elle était sa fille, si elle pouvait se fondre avec elle dans un amour interminable, si elle était son sang et si elle l'adoptait, si...

Elle était émue par la beauté absolue et radieuse de cette si jeune femme, mais elle préférait qu'elle se taise pour éviter de rompre le charme, et María Florencia, comme si elle avait lu dans les pensées d'Irene, garda le silence.

Irene mordait les tétons de l'Argentine, qui gémissait.

Elles burent leurs jus d'orange sans échanger un mot.

Par pitié, faites qu'elle ne parle pas, implora Irene.

Pour la beauté, songea-t-elle.

— Pourquoi n'as-tu pas de montre ? lui demanda-t-elle.

— Je n'en ai pas besoin, quand je veux savoir quelle heure il est, je regarde sur mon portable.

— Je dois m'en aller. Je vais prendre une douche et j'y vais, dit Irene.

María Florencia se leva et l'embrassa, lui prit une main qu'elle porta à sa bouche.

— Tu es la plus belle femme que j'aie jamais vue. J'espère que tu trouveras ce que tu cherches, mais sache que je t'attendrai toujours, peu importent les années qui s'écouleront, où que je sois je t'attendrai toujours, je le jure. Tu comprends ce que je te dis là ? Je t'épouse. Si ce n'est pas maintenant, ce sera quand tu l'auras choisi.

Irene quitta la chambre en se demandant si tout cela était

vrai. Pour finir, elle l'oublierait. C'étaient de belles paroles, qu'elle les ait prononcées lui suffisait. Tous disaient l'aimer. Elle savait que les auteurs de ces propos n'étaient pas ses nombreux amants mais Marce, qui occupait leurs corps et parlait par leurs bouches. C'était le pouvoir de Marce qui transformait des aventures d'un soir en déclarations d'amour enfiévrées.

Comment une femme de cinquante ans aurait-elle rendu amoureuses tant de personnes avec une telle fougue s'il n'était pas derrière, s'il n'était pas intervenu de manière écrasante et envahissante ? Il agissait ainsi pour qu'elle se sente bien, qu'elle n'ait pas l'impression d'aller de lit en lit comme une folle, un être désespéré qui a perdu tout respect de soi et se comporte comme une traînée, comme Bess, l'héroïne de *Breaking the Waves*, qu'ils avaient vu au cinéma Renoir, place d'Espagne.

Elle est comme Bess.

Elles sont pareilles.

Tu devras faire comme elle, lui avait-il dit.

De nouveau dans la BMW, elle consulte le GPS sans savoir où aller. Elle pense qu'elle aurait dû offrir une montre à María Florencia, ce n'est pas bien de consulter l'heure sur un portable, le temps mérite mieux que ça.

En attendant de se décider, elle constate que, de même que les fois précédentes, elle n'a pas pu entendre Marce, mais elle a vu le même escalier, l'apparition, le sourire, la main levée, les flammes qui dévoraient son corps, puis l'image s'est estompée.

Elle se l'était dit sur le moment : les flammes dévoraient son corps.

Comment parvenir à ce qu'il lui parle, lui dise où il est, s'il va bien, ce qu'il fait et ce qu'elle doit faire, qu'il la conseille dans sa survie, dans son immense solitude et le désespoir qui l'habite ?

Et, surtout : elle voudrait qu'il la touche, qu'il la contemple, qu'il l'embrasse, lui et non les autres, qu'il se repaisse de sa chair et qu'elle se repaisse de la sienne, qu'il reprenne sa place dans ce mariage parfait. Qu'ils sont tristes, ces mariages imparfaits dont l'absence de sexe est une insulte à Dieu, une offense à Dieu le Père et au pape de Rome, songe-t-elle avant d'éclater de rire, se gaussant de ses hyperboles, de ses idées insensées, le regard perdu sur le GPS.

Elle rit parce qu'ils étaient athées.

Au point de ne même pas en avoir conscience.

Le jour où il était tombé dans le coma, il pleuvait à Madrid et il lui avait enjoint de ne contacter personne. Elle devait lui prendre la main, c'est tout.

Tu appelleras le médecin quand ce sera fini.

Il ne lui avait pas dit : "Dans quelque temps tu m'auras oublié." Comment dire cela ? Mais il l'avait pensé, évidemment. Elle espérait que cette hypothèse était plausible, vraiment. Mais si elle l'effaçait de sa mémoire, qu'en serait-il de la splendeur et du miracle dont ils avaient été témoins ?

Mon amour, je t'ai revu pour la quatrième fois, tu étais là, béni entre tous les hommes et entre tout ce qui a été créé pour mourir. Ta langue aimée, tes fesses aimées, ta silhouette aimée. Seulement tu ne me parles pas, tu me laisses seule. "Un sourire pour exister et non pour nous parler." La phrase de Pessoa.

C'est la solitude : personne ne me regarde, personne ne reconnaît en moi le centre de sa vie. Tu as voulu être moi, c'est ça, l'amour, en plus d'autres choses. Tu as bu mon obscurité, mes chutes, mes séjours à l'hôpital, mes cures de sommeil, ma dépression lorsqu'elle devenait insupportable. "Prends possession de mon âme", m'as-tu dit le jour où j'ai voulu me tuer parce que mon cerveau s'était éteint.

Par amour, les êtres humains sauvent leur prochain, il en est ainsi depuis des milliers d'années, et ce miracle se multiplie, pensa-t-elle.

Ça arrive constamment : un humain en sauve un autre.

"Constamment", dit-elle.

Elle dut couper le moteur parce qu'on avait glissé un dépliant publicitaire sous ses essuie-glaces, descendit l'enlever et le lut malgré elle : "Sète et son cimetière marin."

Le poète et penseur Paul Valéry y était enterré.

Elle tapa l'adresse sur le GPS et s'y rendit.

Après avoir garé la voiture sur le parking, elle se dirigea vers la porte principale. La tombe de Valéry était indiquée sur une carte.

Il était midi, un soleil éclatant illuminait les lieux. Elle se mit à transpirer, elle avait soif mais ne voulait pas partir sans avoir vu cette tombe. Les rayons se projetaient sur les morts, les centaines de morts français qui reposaient là.

Ils reposaient.

Non, c'est impossible, songea-t-elle. Marce, lui, ne pouvait ni ne devait reposer.

Elle trouva la tombe de Valéry très jolie. Elle occupait un espace privilégié et n'avait rien de lugubre, au contraire : elle était solaire et le bleu se mêlait au blanc de la dalle dans une harmonie qui donnait à penser que l'harmonie peut prendre l'apparence d'une sorte de Nautilus.

Elle ne renvoyait aucune idée de mort, Irene la considérait davantage comme une célébration de l'eau marine et de la lumière du soleil. Alors elle comprit le mystère de la Méditerranée, qui est avant tout l'égalisation de la mort et de la vie dans une suspension liquide dorée.

La suspension de l'énigme entre la vie et la mort. On ignore si la Méditerranée appartient aux hommes ou à la nature ou, plus inquiétant encore, si elle n'est que suspension, doute, humidité, répétition éternelle des vagues.

Marce revint la hanter et elle se dit qu'elle vivait le présent comme l'absence de son mari, et s'aperçut que l'absence est aussi une présence, similaire à celle de l'antimatière dans l'univers.

Elle s'esclaffa de nouveau en songeant au mot "antimatière".

Ils lisaient parfois des ouvrages de vulgarisation scientifique, et Marce disait que l'antimatière est semblable au démon des religions, une autre superstition.

Tout est superstition, ajoutait-il. Sauf toi et moi car nous avons un corps.

Elle caressa la pierre tombale de Paul Valéry, vit des mouettes s'élever dans le ciel et se perdre dans le bleu de la mer, et crut se rappeler pourquoi leur amour n'avait jamais eu besoin des autres ni d'être admiré, observé. Pourquoi au juste ? Était-ce du fait de leur liberté ou pour une raison plus terrifiante, liée au temps, parce qu'ils n'avaient pas eu le temps de se présenter en société ?

Non, rien de tout cela. Ils n'avaient tout bonnement pas ressenti l'envie d'avoir des amis, un cercle d'amis, sans compter que les gens se détournaient d'eux, comme scandalisés par certains détails sans pour autant en ressentir de la gêne. Tout amour doit se rendre public pour exister, tout amour est social. Le leur ne l'avait jamais été. Il était, tout simplement.

Elle interrogea Valéry.

Toi qui gis dans un cimetière marin, demanda-t-elle après un moment de réflexion, dis-moi pourquoi nous étions ainsi, pourquoi nous nous sommes si follement aimés que nous n'avions pas cinq minutes à consacrer aux autres.

"*Temple du Temps*[01]", écrivait Valéry en imaginant que la mer avait cette apparence. C'est également sous cette forme qu'Irene concevait leur amour, leur "Nous". Un temple du temps où le temps n'avait plus cours et qui faisait office de simple temple, comme ceux dédiés à Dieu, de simples murs dont Dieu est absent.

Elle quitta le cimetière.

Ils n'avaient peut-être pas passé vingt ans ensemble, voilà pourquoi leur amour n'avait pas été contemplé par autrui. Parce qu'ils avaient manqué de temps.

Elle entra "Nice" dans le GPS.

Elle y trouverait un hôtel, le meilleur, oui, pour eux deux, l'âme de Marce et elle.

Nice se trouvait à 355 kilomètres, à trois heures et demie de trajet, indiquait le navigateur.

Elle fit la route d'une traite.

Ne s'arrêta qu'à une station-service.

Elle détestait les pompes automatiques.

On lui dit qu'elle devait se servir elle-même.

Elle répondit en français qu'elle était blessée à la main.

La pompiste ne la crut pas mais elle lui fit le plein.

Latino-Américaine, elle lui parla en espagnol.

— J'ai très mal à la main, insista Irene. Comment vous appelez-vous ?

— María.

— Et d'où venez-vous ?

— De Bogota.

— Nous n'y sommes jamais allés.

— Qui donc ?

— Vous ne le voyez pas ? Il est à côté de moi.

01 — En français dans le texte.

18

L'HÔTEL NEGRESCO, L'ARGENT ET UNE AUMÔNE À JACQUES DUVAL

À Nice, elle choisit pour des raisons évidentes de descendre au Negresco, où parce que c'était la basse saison elle put profiter d'une chambre *de luxe*[01] avec vue sur la mer à six cents euros la nuitée. Elle s'attrista à l'idée de dépenser cet argent sans Marce.

Je vais me débrouiller pour que tu viennes, pensa-t-elle en inspectant la chambre. Elle s'étendit sur le lit, qui lui rappela que six ans auparavant ils avaient séjourné dans une chaîne d'hôtels dont la literie était une qualité exceptionnelle. La direction en avait conscience au point de la proposer à la vente.

Ils s'étaient entichés de ce matelas.

C'était lors d'un voyage aux États-Unis. À Miami.

Ils y firent l'amour avec une telle passion qu'ils décidèrent de s'en offrir un. Marce disait que ce lit était un pays, un territoire, une nation, raison pour laquelle il était si confortable, et qu'ils étaient les rois de cette contrée.

— C'est plutôt un château alors, corrigea Irene.

— Un vaisseau spatial, suggéra-t-il.

— Il faut qu'on s'en offre un.

— Mais nous sommes à Miami, comment veux-tu qu'ils nous l'envoient en Espagne ?

— Je suis sûr que c'est possible.

Et il avait raison.

01 — En français dans le texte.

Il demanda des précisions sur les matériaux qui constituaient ce matelas, Irene se le rappelle à présent. Se tenant tous les deux par la main, ils étaient entrés dans le bureau où travaillait Harry, le vendeur, un homme grand, blond, en costume bleu avec une cravate rouge. Très affable.

Elle se lève du lit et l'image du matelas se dissipe. Elle va sur la terrasse et observe la mer au loin. Pourquoi n'y a-t-il pas d'arbres sur la mer ? Pourquoi ne poussent-ils pas sur l'eau ?

Des arbres sur l'eau dessinant un chemin.

Elle retourne à l'intérieur.

S'allonge de nouveau sur le lit. Harry avait dit à Marce qu'on remarquait tout de suite qu'il était un expert. “Bien sûr, je dirige un magasin de meubles.” Ils parlèrent de la fermeté du matelas, de son tissu et des autres matériaux qui le composaient.

Irene ressort sur la terrasse.

La mer avec en son centre le chaos, le désespoir, la solitude, Marce et une ribambelle de faits décousus qui forment un passé dont elle ne se souvient pas vraiment, mais qu'elle contemple.

Elle contemple.

Elle voit.

Le matelas coûtait 4 900 euros.

“Il n'y a aucun problème si vous vivez en Espagne, nous vous l'expédierons de Londres, où nous les fabriquons pour l'Europe”, l'informa Harry.

Marce se réjouissait de cet achat.

“C'est le meilleur matelas du monde, et tu sais que je m'y connais. Il a été conçu par un fabricant américain qui a imaginé une ligne unique pour cette chaîne d'hôtels. C'est presque un prototype.”

Ils rirent, mais c'était vrai, ils venaient d'acquérir le meilleur matelas du monde. Une série limitée. L'entreprise n'en produisait que trois mille, avec un certificat de garantie et un numéro. Ils avaient reçu le n° 2 389.

Le jour de sa réception fut festif.

La garantie, les documents tamponnés certifiant qu'il avait passé des tests de qualité et d'autres certificats de toutes les couleurs.

Plusieurs couches d'emballage.

Ils avaient joué du cutter.

Puis l'avaient installé dans leur chambre.

Et enfin étrenné pendant une bonne heure pour s'assurer de mille façons différentes que c'était bien le même que celui sur lequel ils avaient dormi en Floride, soudain assaillis de doutes, craignant qu'il soit différent.

“Il est forcément identique.”

Et il en était ainsi.

On aurait été déçus si ça n'avait pas été le cas, mais je ne garde en mémoire aucune trace de déception, songe-t-elle dans un fondu entre le présent et le passé. Aucune déception, c'était le même matelas, ils avaient besoin d'y croire. Le matelas qui avait été le théâtre de leurs ébats à Miami, au dix-huitième étage d'un célèbre hôtel de la ville.

Elle se trouvait maintenant dans un autre hôtel célèbre et on venait de frapper à sa porte.

Une groom. Une jeune fille blonde qui lui apportait une brassée de roses assortie d'une carte. Quelqu'un lui envoyait des fleurs. Des mèches de cheveux s'échappaient sur les côtés de son calot dont la courroie lui comprimait le menton. Elle était belle. Le calot portait l'initiale dorée de l'hôtel, la jugulaire était rouge. On aurait dit une gravure du XIXe siècle.

Irene lui donna un pourboire de cinq euros.

La carte était signée Jacques Duval et écrite en espagnol.

J'ai été impressionné par votre présence en vous voyant entrer dans l'hôtel. Je vous prie d'accepter ces fleurs en témoignage de mon admiration.

Elle regarda le bouquet dans le soleil couchant. L'été n'allait pas tarder. Juin était leur mois préféré, à Marce et à elle, il annonçait l'arrivée de la chaleur alors que rien ne le laissait supposer pendant les deux premières semaines, le 7 juin par exemple, qui était la date du jour.

Elle mit une robe rouge et des talons hauts avant de descendre dîner. Elle demanda une table devant les immenses baies vitrées qui donnaient sur la mer et attendit Jacques Duval, qui ne tarderait pas à apparaître, elle le savait. Cet homme coucherait avec elle et payerait l'addiction, il convenait donc d'espérer qu'il viendrait.

En patientant, elle revit l'expression déçue de la groom lorsqu'elle lui avait tendu son pourboire. Elle aurait voulu davantage, c'était certain. Combien aurait souhaité cette jeune fille au menton délicat comprimé par la courroie de son calot ? Vingt euros, peut-être cinquante.

Cinquante euros, évidemment.

L'argent, oui, ils en parlaient parfois car elle voulait savoir ce que gagnait Marce et pourquoi le magasin marchait si bien. Elle lui demandait s'il pensait qu'ils se seraient aimés autant s'ils avaient été pauvres, ou si leur commerce avait été moins florissant. Ils n'étaient pas vraiment riches, simplement tout allait bien pour eux et ils pouvaient célébrer leur amour en l'émaillant de certains luxes, et quand elle posait cette question à Marce, il lui répondait qu'il consacrait son argent à leur amour.

Leur fortune leur permettait de visiter de belles villes et de s'ébattre dans des chambres d'hôtel lumineuses avec vue sur des paysages valant la peine d'être contemplés, et quand ce n'était pas le cas, ils s'en fichaient tout autant. Ils s'étaient adonnés au sexe de façon itinérante. Comme les apôtres de Jésus, qui avaient ressenti le besoin de partir sur les chemins afin de prêcher la bonne nouvelle à tous les peuples de la terre, ils avaient voyagé pour vivre leur amour dans différentes villes, le répandre dans l'espace, qu'il occupait comme de la matière, elle seule étant susceptible de peupler l'univers.

Et à présent, dépenser cet argent la mettait dans une position inconfortable, voire coupable. La groom cupide convoitait l'argent de Marce, et cette pensée lui avait rappelé le prix des choses en la plongeant dans la mélancolie. Parce qu'ils avaient lutté pour que leur amour n'ait pas de prix, mais sans argent, ils n'auraient pas pu se déplacer pour clamer leur amour : il fallait financer les billets d'avion, les courses en taxi, les hôtels et les restaurants.

“La Visa chauffe !” s'exclamait Marce en riant.

Ils la regardaient fumer au milieu de leur fête amoureuse et sexuelle.

Contrairement à des millions d'humains, ils avaient de l'argent, qui favorisait l'exaltation de leur amour, et c'était peut-être la raison pour laquelle la groom n'avait pas eu assez de cinq euros. Elle voulait rendre hommage à l'amour avec son compagnon ou sa compagne et aspirait à davantage d'argent, Irene ne voyant pas quel autre usage on pouvait lui réserver.

Cinq tristes petits euros, un pourboire misérable. Elle aurait pu monter jusqu'à dix, un billet qui fait déjà meilleur effet.

Les billets que Marce avait dans son portefeuille étaient charmants et semblaient être bien plus que de l'argent.

Marce gagnait de grosses sommes pour chanter ses louanges, la placer au centre du monde, là où le soleil, les planètes et les galaxies inertes qui tournoyaient dans l'univers n'existaient que pour elle, estimait-il.

Et maintenant elle voyageait et dilapidait l'héritage de son mari pour continuer à l'aimer à travers son corps en mouvement, en souvenir des journées qu'ils avaient passées à sillonner le monde dès lors qu'il avait décidé de proclamer leur amour.

Elle se souvient de leur séjour à Stockholm. Ils étaient descendus au Grand Hôtel, l'établissement imposant qui accueillait les prix Nobel ; leur visite du musée Vasa l'avait particulièrement marquée. Ils y avaient vu le navire de guerre qui avait donné son nom au musée, un galion du XVIIe siècle resté sous l'eau pendant trois cent trente-trois ans. Tous deux avaient admiré ce prodige, ce rêve. Le bateau avait coulé peu après avoir quitté le port, le 10 août 1628, en fin d'après-midi. Dans les années 1960, on avait réussi à le renflouer, quasiment intact, comme par miracle. Marce et Irene eurent l'impression de toucher le passé en contemplant ce galion noir, une momie de jais.

Voir le *Vasa* leur communiqua une joie sauvage.

Pourquoi ?

Ce navire les rendit euphoriques car il était un survivant du temps.

Il avait sombré en 1628.

Cent ans plus tard, en 1728, il sommeillait encore dans les profondeurs.

De même qu'en 1778, cinquante ans plus tard.

Et qu'en 1878.

Désormais, le galion *Vasa* était de toute évidence Marce.

Le temps était une superstition.

À l'époque, Marce lui avait dit qu'il aurait adoré faire l'amour à bord du *Vasa*. Ils avaient du reste cherché à s'y introduire en empruntant une des passerelles construites autour du navire afin que les visiteurs puissent l'apprécier de tous côtés.

Mais ils n'avaient pas pu y pénétrer.

Ils auraient dû persévérer, insister, songe Irene en attendant Jacques Duval.

Forniquer, pénétrer, baiser, presser des seins et des fesses dans un lieu saint, car le *Vasa* était une cathédrale, mais le bois n'aurait peut-être pas supporté leurs corps, de même qu'en 1628 il n'avait pas supporté le poids des canons qui l'avaient entraîné vers le fond. Trop lourd. Ainsi que l'indiquaient les dépliants et les audio-guides, on ne connaissait pas les calculs pour évaluer la stabilité des navires. Les canons pesants qu'on montrait dans le musée avaient été la cause de ce malheur. Si le bateau avait transporté des fleurs et non de l'artillerie, il n'aurait pas coulé.

Mais dans ce cas il n'aurait pas été commémoré comme on le fait aujourd'hui ; Marce avait lui aussi dans son corps des canons et non des fleurs, car prendre possession d'un autre corps et faire l'amour est un acte violent et l'a toujours été. On ne peut oublier des siècles et des siècles d'actes violents, de femmes battues et d'hommes empoisonnés par eux-mêmes.

N'as-tu pas déjà à ton actif quatre rencontres amoureuses violentes ? se demande Irene. Trois hommes et une femme, et ton portable est saturé de leurs messages.

Marce refusait la violence dans l'acte amoureux, mais quand il en était dépourvu, nous étions tous deux vides ou tristes. Il nous fallait les canons du *Vasa*, les canons qui l'ont fait chavirer.

Un assaut, une guerre et un déversement de sang, tel est l'amour lorsqu'il se manifeste dans toute sa sauvagerie sexuelle.

Un baiser qui devient une morsure.

Une façon agressive de palper l'autre, l'obscure violence qui débouche sur le plaisir, sur l'abîme.

C'est le désir, évidemment, songe Irene. Une force aveugle

et par conséquent violente, qui apporte son lot de malheur, d'angoisse et de souffrance, et dont on n'est jamais rassasié.

Marce réprouvait la violence.

Pourtant nous nous démenions. Nous disions ne pas vouloir de violence tout en agissant comme ces leaders mondiaux qui au nom de la paix envoient des millions d'hommes et de femmes à la mort.

Irene, sois franche : en vérité c'est moi qui le frappais, je ne pouvais pas m'en empêcher, et j'exigeais ensuite qu'il fasse de même.

Le coït ne se nourrit que de présent et il est violent. Les coups nous aidaient. Nous ne saignions pas, mais il y avait des gifles, de bonnes grosses claques, et j'avais envie de lui casser des objets sur la tête. Marce s'en fichait, j'aurais pu le blesser réellement pour sonder sa douleur, son angoisse, ses lamentations.

Afin d'aimer la douleur que j'avais provoquée.

Et à présent tu ne m'enlaces plus, tu ne me frappes plus, Marce. Tes étreintes et tes poings étaient la dignité et la douleur. Ma vie se changeait en terreur quand tu me serrais contre toi, or tout ça c'est fini. Nous avions l'habitude de frotter nos pieds l'un contre l'autre, mais les coups, les gifles et les griffures, nous les cachions et évitions d'en parler. Les gens ne nous comprenaient pas, n'est-ce pas mon amour ? Nous étions une plante grimpante à quatre pieds : deux grands, les tiens, et deux parfaits, vernis d'un rouge intense, les miens. C'est ce que tu disais.

Nous regardions ce film, *Portier de nuit*.

Tandis que la vision de leurs pieds disparaissait de son esprit, Jacques Duval se présenta devant elle, vêtu d'une chemise rose et d'une veste en lin blanc. Il avait des cheveux poivre et sel et affichait un grand sourire. Son visage était agréable et son expression résolue fit sur-le-champ oublier son angoisse à Irene.

Il la salua en français et poursuivit en espagnol, qu'il dominait parce que ses grands-parents s'étaient exilés en France pendant la guerre civile, expliqua-t-il, et que son grand-père avait tenu à lui apprendre sa langue.

Irene pensa aussitôt à Tory.

Bon sang ! Ce salaud de Franco a chassé la moitié de l'Espagne du pays. Où qu'on aille, on croise des descendants d'exilés, comme si c'était une tactique visant à peupler le monde d'Espagnols mélancoliques, se dit-elle. Le père de Marce avait un but : faire grandir un fils dans le ventre de la Sicilienne Valeria. Car Marce était un miracle de sang madrilène mêlé de sang italien, le fils d'un terrible malheur, le fils d'une guerre. Irene imagina des milliers d'exilés espagnols apprenant leur langue à leurs enfants et leurs petits-enfants dans la moitié du monde. France, Italie, États-Unis, Russie, Suisse, Belgique, Allemagne.

Jacques Duval lui demanda l'autorisation de s'asseoir, elle la lui accorda. Comme elle ne touchait mot des fleurs qu'il lui avait envoyées, il lui posa la question, gêné. Irene savoura son triomphe.

Elle se mit à minauder de façon inédite, s'étonnant elle-même de commander un dîner exubérant et luxueux composé de langouste, de caviar russe et de Dom Pérignon. Ce qu'il y avait de plus cher sur la carte. Un dîner qui coûtait plus d'un millier d'euros.

Jacques Duval la regarda manger la langouste, contempla ses lèvres humides sur la chair blanche. Il lui parla de ses voyages pour l'impressionner. Irene s'était aperçue que sa cinquième proie différait des quatre précédentes, car il était manifestement un homme riche. Il avait divorcé deux fois, achetait et revendait des immeubles en France et en Espagne, mettant à profit l'apprentissage de la langue de son grand-père. Il avait réalisé quelques ventes mémorables, raconta-t-il avant de se rendre compte que sa vanité le conduisait sur une pente dangereuse. Il se tut brusquement et sortit de l'abîme en adressant des compliments à Irene. Elle voulut des précisions, il répondit qu'il réalisait des ventes prestigieuses d'appartements de luxe situés dans des capitales européennes. Son métier consistait à exaucer les désirs de clients très exigeants qui recherchaient des biens particuliers dans des endroits particuliers.

— Les gens qui ont de l'argent développent une façon sophistiquée de considérer le monde, dit-il. Ils savent profiter de la vie et ont envie de tout : de belles vues, des finitions impeccables, d'immenses salons, des terrasses couvertes de vélums fabriqués à la main, des chambres insonorisées par des ingénieurs allemands, des pièces baignées de lumière, des salles de bains couvertes de marbre de Carrare, des murs lambrissés de bois exotique, des œuvres d'art, du design. Ils veulent que tout soit parfait, la moindre imperfection entraînant une rupture de contrat. Ils payent des fortunes et exigent d'en avoir pour leur argent. Ils veulent la perfection absolue.

— La perfection est une forme d'amour, commenta Irene.

Jacques Duval lui dit qu'il comprenait ses clients, qui finissaient d'ailleurs par devenir ses amis car le luxe symbolise avant tout le désir d'une vie plus intense, ce qui lui semblait légitime.

À la fin du dîner, Irene fit mine d'appeler le serveur, mais Jacques Duval la prit de vitesse et fit mettre la note sur sa chambre. Irene observa son visage et décela un déséquilibre, un tremblement, comme si son esprit transpirait et que sa peur décuplait. Son assurance se morcelait. Elle vit la main de la solitude gifler cet homme et en éprouva une compassion mêlée de dégoût.

Elle commença à le regarder différemment.

Devina qu'il était seul, qu'il s'était présenté à elle auréolé d'un succès aussi illusoire que sa réflexion sur le luxe, sortie tout droit d'un roman. Elle découvrit un homme à la dérive, dans une situation que ni elle ni Marce n'avaient jamais connue, eux qui n'avaient eu besoin de personne, surtout pas de réussite en dehors de celle de leur amour, ils se suffisaient.

Ils prirent un verre au bar.

Elle commanda le whisky le plus cher de la carte, un Lagavulin douze ans d'âge, Jacques Duval un discret gin tonic. Il poursuivit le récit de ses voyages en France et en Espagne en l'émaillant de précisions sur sa vie personnelle ; sous l'effet de l'alcool, Irene le trouva moins angoissé.

Il prit également en charge la note du bar, qui s'élevait à deux cent cinquante euros, un montant qui altéra son visage, mais ce fut moins visible qu'auparavant ; le gin l'avait apaisé. Boire davantage n'avait pas de sens : entre le champagne du dîner et les deux verres qu'ils venaient de consommer, ils avaient atteint l'un et l'autre le stade où l'alcool fait disparaître la férocité du monde.

Irene devança Jacques Duval et l'embrassa la première, déclenchant un ouragan d'illusions dans le cœur de l'homme en veste de lin qui célébra sa beauté en lui prenant les mains.

Que le miracle s'accomplisse, que ses mains soient remplacées par les tiennes, qui ont enfreint les règles du musée en touchant le bois de noyer du *Vasa*, construit en 1628, car tu t'étais faufilé par une porte de service pour gagner l'entresol et, de là, tu avais enjambé la chaîne protégeant le navire pour toucher ce bois, je te suivais et l'ai touché moi aussi, personne ne nous a vus et tu as dit que le monde était plein de failles favorisant la désobéissance et l'impunité, les failles cachées du système que remarquent les amoureux et dans lesquelles ils se glissent.

Il y a également des failles dans la nature et dans les lois de la physique, et ce soir-là, Irene espérait bien toucher Marce en s'insinuant dans l'une d'elles.

Ce Jacques Duval, songe-t-elle, a pour couronner le tout une chambre sans vue sur la mer, il vient de me l'avouer devant l'ascenseur du Negresco. Ça l'amuse et réveille les désirs sadiques profondément enfouis en elle.

Il m'a menti en me disant que l'hôtel étant complet, on lui a donné une chambre sur rue, à l'arrière. "Je n'ai pas eu de chance." C'est faux, il n'y a pas d'autre mot. Il y a quelques heures j'ai pu avoir une belle suite et choisir son orientation et l'étage.

Il lui donne l'impression de vouloir lui faire des confidences.

"Allons dans la mienne. Sans la mer, la vie ne vaut pas d'être vécue."

Je veux te voir, Marce, te voir dans une chambre digne de ce nom, ça ne va pas tarder parce que tu es là, de l'autre côté, et tu attends que je m'approche. Que mes amants occasionnels m'attirent vers toi est le seul plaisir qui me reste. Tu m'as laissé dans une solitude infinie.

Tu ne m'as jamais posé de questions, pourtant tu l'as toujours su. Et tu l'as accepté. Je n'ai pas appelé l'ambulance immédiatement. J'ai laissé passer un long moment avant de m'y résoudre. Quand j'ai constaté qu'il ne bougeait plus, j'ai téléphoné aux secours, puis à la police. Je l'ai vu mourir là, allongé sur le sol de la cuisine. Pourquoi ai-je agi ainsi ? Parce que je ne suis pas quelqu'un de bon, voilà tout. Le voir mourir m'a émue. Le voir mourir dans la fleur de l'âge était un déferlement de beauté dont j'étais l'unique destinataire. Mais tu t'es épris de ma méchanceté, tu l'as dégustée comme un mets de choix, un autre mystère de la vie. Et tu aimais mes faiblesses, la méchanceté en est une. Tu l'as métamorphosée en amour et tu as soigné mes démons.

La méchanceté est une faiblesse, tu as bu la mienne.

Cet homme m'embrasse, son haleine sent le gin et la mienne le whisky. J'ouvre la porte de la terrasse et les fenêtres pour profiter du spectacle de la nuit et faire entrer la mer.

Te faire entrer.

Pour que tu t'appropries son corps et que je te voie environné de bleu, dans l'espace que nous avons souhaité atteindre, au-delà du plaisir biologique, nous inventant une république de beauté et de plénitude.

"Un lieu où nous n'aurons rien de plus à désirer", disais-tu.

Donc un royaume d'abondance.

La blancheur.

L'ombre dernière qu'un jour m'apportera le matin blanc.

Jacques Duval interrompt ses baisers, s'écarte brusquement du corps d'Irene alors qu'ils sont tous deux nus sur le lit. Il garde une seconde de silence avant de fondre en larmes.

"Je suis ruiné. Je n'ai plus un sou ; je t'ai invitée au restaurant et au bar sur le compte de ma société immobilière. J'ai quitté Paris ce matin pour prendre la fuite, j'ai roulé comme un fou à 180 kilomètres à l'heure et je me suis réfugié ici, dans cet hôtel où je comptais mettre fin à mes jours. J'ai au moins eu la décence de laisser l'empreinte de ma propre carte de crédit comme garantie à la réception, c'est pour ça que j'ai pris une chambre qui donne sur la rue, un détail qui ne t'a pas échappé. J'étais assis dans le hall quand je t'ai vue passer et je t'ai envoyé ces fleurs que j'ai payées avec la carte de l'entreprise, parce que j'ai vu en toi ma planche de salut, et maintenant je suis à côté de toi et je suis heureux, figure-toi. Je peux même dire que si ma faillite m'a conduit à toi, alors tout a un sens. Je pleure pour cette raison : non parce que je suis ruiné mais parce qu'en embrassant ton corps nu, en le voyant, en touchant tes mains et tes cheveux, j'ai compris que la fortune avait croisé mon chemin."

Tu entends ça, Marce ? La fortune...

— Pourquoi ne portes-tu pas de montre ? lui demanda-t-elle.

— Rien ne t'échappe. J'avais une Rolex en or mais je l'ai mise au clou le mois dernier.

— J'ai toujours trouvé les Rolex très prétentieuses, trop tape-à-l'œil même si elles ont du charme, bien entendu. Je n'ai pas eu de relations stables avec elles. Certains jours elles me plaisent, d'autres pas du tout.

— Et toi ?

— J'en ai plusieurs. Aujourd'hui j'ai choisi la Patek Philippe de ma mère.

— Elle est belle, dit-il en lui saisissant le poignet pour admirer l'objet.

Elle l'embrassa et lui caressa les mains, ils se rapprochèrent, se donnèrent de longs baisers et l'escalier apparut à Irene, précédé d'une brume dans laquelle le sexe de Jacques Duval la pénétrait. Les marches étaient modestes, le bois fendillé, usé, et le cœur d'Irene s'embrasa de nouveau tandis que peu à peu surgissait dans les hauteurs le visage de Marce et l'ébauche de son sourire sans mots. Il leva une main et lui adressa un geste plein d'amour, après quoi le feu brûla une fois encore ses traits.

Il disparut en même temps que son orgasme, tous deux ne faisant plus qu'un, lui laissant un sentiment de plénitude auquel Irene était accro, une dépendance susceptible de la conduire à la folie, elle le savait.

"Je ne peux pas t'aider financièrement", murmura-t-elle, car elle avait conscience que cet argent était le leur, à Marce et à elle, qu'elle n'en était pas la seule détentrice.

Prêter l'argent de Marce aurait été une trahison, mais par

ailleurs Jacques Duval lui inspirait de la pitié. Le rapport entre l'argent et l'amour est terrifiant, mon Dieu ! Toutes ces injures à l'amour, qui ne redoute qu'une seule épreuve, celle de l'argent.

— Jamais je ne te demanderais quoi que ce soit. Je voulais simplement t'expliquer que t'aimer ce soir m'a redonné confiance dans la vie. Je vais retourner à Paris, lutter, aller en prison s'il le faut, ou bien je vivrai avec deux cents euros par mois, mais je vivrai parce que tu m'as enseigné quelque chose.

— Ah oui ? Quoi ?

— La beauté.

— C'est tout ?

— Et l'espoir, car la beauté c'est l'espoir.

— C'est vrai.

Sur ce, elle lui assena une gifle retentissante que Jacques Duval encaissa.

Elle le renvoya dans sa chambre qui donnait sur la rue et il obtempéra.

Elle passa la nuit seule.

Le lendemain matin, la première chose qu'elle fit fut de l'appeler.

"Donne-moi ton numéro de compte bancaire."

Il refusa.

"Arrête, tu m'énerves. Donne-le-moi, c'est un ordre ! Envoie-le moi par WhatsApp !" cria-t-elle.

Elle se doucha, prit son petit déjeuner et régla sa note avant de s'installer au volant de sa BMW en direction de la Sardaigne, où il s'était passé quelque chose.

Elle cherchait l'hôtel où elle avait séjourné quelques années auparavant avec Marce, or son incapacité à se rappeler à quand cela remontait la mettait mal à l'aise.

Mais elle se souvenait de son nom, le San Marco, un quatre étoiles vieillot, très vieillot et démodé.

Ce type d'établissement avait eu un certain standing à une autre époque et n'était plus du tout prisé, mais elle ressentait le besoin de revoir l'endroit. "Comme les meubles, les hôtels ont leur importance, avait souvent dit Marce. Ils gardent la trace de nombreuses joies, passions et drames."

Ce sont des boîtes où le temps reste prisonnier.

Là, Marce l'avait embrassée partout, en commençant par les pieds.

Chaque baiser s'éternisait, c'était la première fois qu'il avait eu l'idée de laisser ses lèvres posées sur sa peau pendant des minutes entières. Ils avaient découvert cette façon de faire l'amour au San Marco.

Ce n'était pas un grand hôtel, mais c'est là que leur avait été révélée l'irréalité des vies humaines sur terre, raison pour laquelle son mari avait décidé de l'embrasser ainsi.

Irene devait boucler la boucle.

Jugeant les trajets en ferry trop longs, elle préféra réserver un vol direct de Marseille à la ville sarde d'Alghero. Elle conduisit de Nice à Marseille, ne pouvant se rendre jusque-là en avion.

Elle en avait pour deux heures de route.

Tout était réglé.

Elle réserva une chambre au San Marco.

Et laissa la BMW sur le parking de l'aéroport de Marseille. Elle voyagerait en première classe sur Alitalia.

Elle reçut le message de Jacques Duval lui indiquant son numéro de compte qu'elle nota sur un papier. Elle appela le directeur de sa banque à Madrid et lui demanda d'effectuer un virement de cinquante mille euros. Le banquier lui répondit que ce n'était pas possible par téléphone. Il lui fallait plus de renseignements et sa signature. Elle s'énerva, furieuse de ces obstacles incontournables. C'était quand même son argent.

Elle se fit enregistrer et n'eut pas à faire la queue car elle bénéficiait de l'accès prioritaire, ce qui la mit de bonne humeur. Pendant que sa valise passait le scanner du contrôle de sécurité, elle pensa à Jacques Duval. Plus calme, elle rappela sa banque, dont le directeur lui expliqua comment faire un virement depuis son compte Internet.

Elle trouva cela amusant, car une petite valise portant le symbole du dollar apparut, dotée de deux minuscules ailes d'ange pour survoler le monde dès qu'elle eut accepté la transaction.

Reviens à la vie, Jacques Duval, reviens. Les cinquante mille euros que je t'envoie dans une mallette ailée te permettront te tenir une bonne année. Elle l'imagina perplexe, reconnaissant, amoureux. Il pourrait aussi récupérer sa Rolex.

Cette somme destinée à un homme désespéré aurait des répercussions dans les vastes territoires de la mort, et celle-ci, pour lui rendre justice, offrirait cinquante mille résurrections à Marce sur cinquante mille escaliers au cours de cinquante mille nuits d'amour d'Irene en compagnie de parfaits inconnus.

Un grand investissement, songea-t-elle.

Une grande humiliation.

Humilier cet homme, oui.

Humilier est une façon de rester en vie, de savoir que je ne suis pas morte.

J'adorerais lui flanquer une autre gifle bien plus forte que la première, lui perforer les tympans et le laisser à jamais sourd, c'est tout ce qu'il mérite.

19

CONTRE TOUT

Assise dans la salle VIP d'Alitalia, elle trouva l'endroit ridicule, offensif, un symbole de la détérioration de la vie. Seuls les chefs de gouvernement, les ministres et les directeurs des grandes entreprises voyageaient en grande pompe, entourés de magnificence, ils n'occupaient leurs fonctions que pour cela, le reste étant inexistant.

Certaines personnes se figurent que les rois et les présidents aiment leur peuple, songea-t-elle. C'est à mourir de rire, et heureusement que nous nous sommes giflés et griffés, Marce. Je dois raconter tout ce que nous faisions pour nous sentir meilleurs que ceux qui avaient foi dans les êtres abominables.

En face d'elle, deux hommes d'affaires qui discutaient en anglais d'investissements importants se détournèrent de leurs ordinateurs pour aller se servir de la salade au saumon au buffet.

Un saumon rabougri.

Cette pauvre bête n'a jamais vécu en liberté, se dit-elle.

Ce n'était peut-être même pas du saumon, mais un aggloméré de pommes de terre et de colorants aromatisés au saumon.

Bien entendu, on était loin de la nouvelle créature issue de lotte et de turbot évoquée par Julio, qu'il aurait pu qualifier de léviathan.

Elle doutait que ces bandes orangées et gélatineuses aient un jour séjourné dans l'eau.

Elle s'empara des deux ordinateurs portables, les ferma et les emporta dans les toilettes pour femmes, les ouvrit avant de les passer sous le robinet. Elle vit les touches inondées, l'hydrogène et l'oxygène envahissaient la technologie. Quel merveilleux spectacle que ces appareils arrosés puissamment ! Puis elle les jeta dans une poubelle où s'accumulaient des serviettes en papier et autres détritus. Elle imagina les ravages de l'eau faire exploser les connexions et les micropuces, s'insinuer dans le disque dur et tremper Microsoft Office. On ne peut pas lutter contre l'eau.

Elle rit.

Elle rit comme une déesse, du moins c'est ainsi qu'elle se voyait.

Quand elle quitta les toilettes, elle retrouva les deux types au bord de la crise de nerfs, qui cherchaient leurs ordinateurs.

Elle intervint et leur signala en français qu'elle avait vu un Maghrébin sauter par une fenêtre avec deux portables.

— Il n'y a pas de fenêtres ici, précisa en anglais le responsable de la salle VIP d'Alitalia.

— Comment est-ce possible ? C'est étouffant ! s'indigna-t-elle en français.

Les deux hommes sanglotaient.

Ils avaient perdu leurs ordinateurs.

Deux cochonneries de moins sur terre, pensa-t-elle.

Elle se promit de faire cela plus souvent.

Elle embarqua.

Les sièges étaient atrocement laids.

Les hôtesses jolies, mais atrocement vides.

Les autres passagers, atrocement en apesanteur.

Elle se leva pour aller aux toilettes.

Vit le portable d'une hôtesse occupée à pousser son chariot.

Elle le prit, cracha dessus, le plongea dans un verre de vin et le alla le jeter dans la poubelle des W-C.

Détruire le monde de ces gens la transportait de joie !

On lui proposa un peu de fromage, du *prosciutto* et une petite bouteille de vin blanc toscan frais.

Elle ne mangea rien mais but tout son vin.

Elle écrasa le fromage et le jambon en une bouillie informe qu'elle enveloppa dans une serviette, ouvrit la fermeture Éclair d'une valise qui, bien évidemment, n'était pas la sienne, palpa les vêtements qu'elle contenait et, de l'autre main, étendit le mélange pâteux sur les affaires de cette personne inconnue.

De nos jours l'enthousiasme est sombre, se dit-elle.

Affolée et paniquée, l'hôtesse pensait qu'on lui avait volé son téléphone et appela la police, qui se présenta après l'atterrissage, mais les agents se gardèrent d'importuner les passagers de première classe.

“Je ne peux pas téléphoner à mon fils !” gémissait l'hôtesse.

Elle ne connaissait pas son numéro par cœur. Les gens n'ont plus de mémoire, songea Irene. Quand on n'est pas capable de se rappeler un numéro, comment se remémorer son passé ?

Le désespoir de cette femme la laissa de glace. Il atténuait le sien, ne serait-ce que pendant quelques minutes. Elle n'avait aucune pitié pour elle, mais son désarroi la rendait vulnérable, plus érotique. Elle eut envie de l'embrasser, au lieu de quoi elle la rassura.

“Ne vous inquiétez pas, vous allez le retrouver dans un endroit inattendu, vous verrez.”

Après avoir prononcé ces mots en espagnol, peu soucieuse de se faire comprendre, car l'espagnol n'est pas une langue internationale, elle s'estima en droit de lui prendre la main.

L'hôtesse lui sut gré de ce geste et serra la main d'Irene, qui si elle avait pu l'aurait embrassée sur-le-champ en posant ses doigts sur son clitoris.

En sortant de l'aéroport, elle refusa de monter dans le premier taxi disponible parce qu'elle n'aimait pas cette voiture, ce qui déclencha un début d'agitation hostile autour de cette femme dont la beauté induisit les témoins à se dire qu'il s'agissait d'un simple caprice.

Elle choisit une belle Alfa Romeo qui s'arrêta devant elle, prolongeant son attente de cinq minutes. Elle voulait arriver à l'hôtel dans cette automobile. Le chauffeur comprit ce qui se passait et apaisa ses collègues agacés, qui conduisaient l'un une Toyota hybride et l'autre une Skoda Octavia, des véhicules qu'Irene abhorrait.

En s'installant dans l'habitacle, elle constata que les sièges étaient en cuir blanc et se sentit enfin tranquille, car le luxe est une forme de protection contre la stupidité de la société, le vide des technologies de l'Histoire. Il n'est que plaisir manifeste et visible. Le chauffeur renchérit en lui disant en italien que la beauté est importante, qu'elle avait eu raison de faire un esclandre dans la file d'attente, qu'au fond elle s'était rebellée contre l'ordre établi, qui inclut le sens pratique et par conséquent politique. Elle avait introduit le désordre en pensant que *no le piaceva la macchina* que le hasard lui avait assignée. Devant tout le monde, elle avait tiré de son sommeil le fantôme de la volonté de ceux qui aspirent à autre chose. Sa vie avec Marce n'avait-elle pas consisté également à sortir de la queue pour imposer ses choix, préférer le cuir blanc au skaï noir parce qu'on ne vit qu'une fois ?

Préférer une Cartier à une Casio.

Préférer un bel homme à un homme laid.

Préférer un homme grand et mince à un homme petit et gros.

Préférer un homme sensible et intelligent à un homme vulgaire et bête.

Alors que des millions d'hommes idiots déambulaient

sur la planète, elle avait choisi le plus séduisant et le plus doux : Marce.

“Il ne suffit pas de se rendre dans certains endroits, il faut voyager en étant entouré de beauté”, lui dit le chauffeur, et elle se demanda s’il n’était pas un ange envoyé par son défunt mari.

Elle le pria de lui laisser sa carte pour qu’il l’emmène à l’aéroport à la fin de son séjour, prévu trois jours plus tard. Elle n’avait pas l’intention de rester davantage à Alghero.

La réception de l’hôtel était aussi laide et délabrée que lorsqu’elle était venue avec Marce. À l’époque, elle lui avait semblé élégante, vintage. Désormais elle la trouvait peu accueillante pour la simple et bonne raison qu’elle était seule, sans lui.

Agence le monde, bon Dieu, agence-le, tu ne vois pas que je suis démunie ? Marce, je t’ordonne de le faire !

— Madame Irene Márquez, en effet. Vous avez une réservation pour trois nuitées, lui dit le réceptionniste.

— Ça, c’est mon nom de jeune fille. Mon nom de femme mariée est Irene Winter, j’ai épousé un homme d’origine américaine, corrigea-t-elle.

Elle avait menti pour le plaisir de mentir, parce qu’elle aimait le mot *winter* et qu’elle voulait ajouter du froid au corps embrasé de Marce qu’elle voyait pendant ses orgasmes avec d’autres hommes.

“Très bien”, dit le réceptionniste.

Il lui remit la clé de la chambre 390.

Elle se souvint de la fin de septembre 2012, le jour où Marce avait découvert sa peau, car il célébrait chaque année une partie différente de son corps. Il avait consacré l’année 2011 à ses pieds, 2010 à ses mains. En 2012, il s’était intéressé à quelque chose de plus singulier, sa peau, selon lui un territoire original.

Centimètre par centimètre.

Certains détails font triompher la vie de l'instabilité du temps et de ce que nous appelons la réalité, pensait Irene ou pensaient-ils tous les deux, des réflexions qui l'attendaient dans la chambre 390 de l'hôtel San Marco, à Alghero.

Chaque année était consacrée à une partie de son corps.

Et toutes à encenser son âme.

Fais que mon âme s'étende dans l'univers, avait-elle dit à Marce. Qu'elle marche comme si elle était la vérité apparaissant sous la forme d'un corps féminin, comme si mon corps donnait un sens à l'existence de toute l'humanité passée, présente et à venir.

C'était là, dans cette chambre, songea-t-elle en ouvrant la porte et en découvrant que la pièce était restée identique, rigoureusement identique.

Une chambre spacieuse, un appartement avec une petite cuisine, un réfrigérateur et deux plaques de cuisson complètement rouillées, les mêmes qu'en 2012.

Mon Dieu, mais pourquoi ressentait-elle le besoin de savoir que ces deux vieux ronds noirs sur lesquels personne ne ferait chauffer une casserole remplie d'eau étaient les mêmes ?

La chambre se trouvait à gauche de la porte d'entrée, une pièce à l'écart, mais sans porte ni cloisons. La grande baie donnait sur la piscine déserte.

C'était en juin, évidemment, comme toujours en juin, inévitablement.

Juin et septembre ont quelques traits communs minimes. Cela tient peut-être au vent qui contient un souffle mélancolique d'air froid, au soleil doux, à la tiédeur.

Irene pensa que l'eau de la piscine était probablement fraîche. Dans toute leur vulgarité, les touristes ne croient qu'aux mois de juillet et d'août.

Elle sortit sur le balcon, monta le store, faisant apparaître la mer et la lumière, qui pénétra dans l'appartement et donna une forme aux objets, car telle est sa caractéristique. Elle définit le contour des choses plongées dans l'obscurité, comme Marce avec elle.

Ils avaient dormi ensemble dans ce lit. Comment savoir si c'était le même matelas ? Ils l'avaient taché de sang au cours de la célébration de sa peau, en s'égratignant avec le rasoir en plein orgasme, une lame qui avait appartenu à Tory.

Oui.

Elle avait besoin que les objets lui disent que ces scènes avaient eu lieu en 2012. Elle tenait à ce que l'existence du passé lui soit confirmée au travers des objets.

Elle voulait revoir leur sang sur le matelas.

Elle appela la réception et posa la question plusieurs fois de suite car l'employé ne la comprenait pas : quand, comment et à qui avaient-ils acheté les nouveaux matelas ? Car ce n'était pas le même qu'en 2012, dans sa chambre. Mais il l'ignorait. Elle hurla, pleura, devint hystérique.

Elle pleura parce que son monde intérieur échappait à l'entendement de tous, qui prenaient ses désirs, ses obsessions et sa tendresse pour de l'hystérie pure. Mais là où ils voyaient une folle pénible, elle percevait une femme amoureuse en quête d'une vérité.

À la réception, l'employé dut penser qu'il avait affaire à une cinglée. Il arrive que des timbrés surgissent et se fassent remarquer, aient des exigences absurdes, réclament ce que ni la vie ni les hôtels ne veulent leur accorder, mais le personnel est obligé de leur prêter une oreille attentive.

Irene insista tant que le directeur consulta l'historique des factures de leurs commandes de fournitures et constata en effet qu'ils avaient changé les matelas quatre ans plus tôt.

Elle lui expliqua qu'elle avait séjourné dans son établissement avec son mari en 2012, au cours d'un voyage très spécial.

“Oh, mon amour, aide-moi ! Où est passé le plaisir que

tu m'as donné ?" demanda-t-elle après avoir raccroché le combiné.

Elle avait enfin trouvé le mot : "plaisir". C'était le mot adéquat, elle l'avait toujours su. Elle réentendit Julio le prononcer en parlant de la Méditerranée. Un mot ancien, éculé, qu'elle ne comprenait que maintenant. C'est monnaie courante : les humains entendent des mots, les disent et les utilisent sans avoir idée du mystère qu'ils abritent, jusqu'au jour où ils se rendent compte que certains termes conduisent à des vérités ataviques presque maudites.

Elle se sentit profondément ridicule d'avoir harcelé à ce point le directeur. La passion, la passion me lamine, songea-t-elle en se dirigeant vers le balcon, qui lui parut plus exigu qu'autrefois. Mais la mer était là, les ongles aussi, ça oui, avait dit Marce dix ans auparavant, qui ne font pas partie de la peau, et pourtant il aimait les siens comme s'ils étaient un prolongement de son épiderme. Dix ans auparavant. Il approchait le rasoir de Tory de ses ongles rouges et caressait son sexe tout en faisant de petites entailles quasiment invisibles sur ses orteils, et le sang jaillissait, après quoi elle s'emparait à son tour de la lame et la promenait sur les pieds nus de Marce.

"Sentir ta peau pourrait me prendre une heure si jamais je m'arrêtais, et si dans ces courtes haltes j'égratignais les endroits les plus beaux", avait dit Marce dix ans plus tôt.

Elle ouvrit sa valise, en sortit ses vêtements et sa trousse de toilette, dégagea deux anxiolytiques de la plaquette et alla ouvrir le réfrigérateur pour découvrir qu'il était vide, sans même une pauvre bouteille à l'intérieur.

Elle rappela la réception.

Oui, ils lui monteraient de l'eau. Plate ou *frizzante* ? *Frizzante*, répondit-elle.

Elle s'attacha enfin à contempler la mer sarde, la même qu'autrefois, il y avait dix ans de cela.

L'addiction était de retour, sexe et douleur, terreur. Sans lui elle avait l'impression d'être malade. La maladie, les troubles. Mais l'appartement était demeuré identique. Pourquoi était-elle retournée dans cet endroit ? Reprendre sa thérapie, voilà ce qu'elle devait faire. Revoir son médecin et se faire soigner par des professionnels.

Son père sa sœur, eux deux.

Qu'ils reviennent.

Mais elle avait découvert un mot.

“Plaisir”, ne l'oublie pas maintenant que tu l'as trouvé.

À cet instant on frappa à la porte. Un serveur lui apportait des fleurs de la part du directeur.

Elle ne passerait pas la soirée avec ce dernier mais téléphonerait au chauffeur de taxi, qui ne viendrait peut-être pas, et elle jugerait cela merveilleux.

Elle chercha sa carte et lui envoya un de ses messages typiques sur WhatsApp : son numéro de chambre. Un message dépourvu de mots. Prise de panique, elle consulta ses SMS, qui ne se composaient que de numéros de chambre. Elle les nota sur le petit bloc mis à la disposition des clients de l'hôtel, assise dans le canapé, le regard tourné vers la mer, pour leur trouver un sens. Mais elle ne parvint pas à se concentrer sur ces chiffres qui l'irritaient.

Elle avala un autre anxiolytique.

Se calma.

Guido, le chauffeur de l'Alfa Romeo, frappa à sa porte avec une boîte de chocolats suisses.

Il s'adressa à elle en italien.

Comme Marce lorsqu'elle lui demandait de s'exprimer dans cette langue.

Quelques minutes plus tard, ils s'embrassaient.

Ses lèvres ne laissèrent aucune partie de son corps inexplorée. C'était un homme tendre qui attendit avant de la pénétrer.

Marce, es-tu en train de prendre possession de Guido pour me posséder ?

L'italien de Guido, l'italien de Marce.

Les sons subtils et élégants de la langue italienne. Elle le lui avait dit, elle avait dit à Marce qu'elle souhaitait apprendre l'italien et il le lui avait enseigné, mais pourquoi avait-elle retenu si peu de choses ? Comme s'ils n'avaient pas eu le temps, comme si elle avait eu besoin de davantage d'années pour le maîtriser, pourtant ils avaient vécu ensemble pendant deux décennies. Pourquoi ne comprenait-elle pas tout quand Guido lui parlait ? Cette question la rendait ombrageuse.

Elle se sentit réconfortée et pleine d'espoir en le voyant en haut de l'escalier, dans la lumière du soleil.

Marce était là.

Il sourit, remua les lèvres et fut de nouveau dévoré par le feu avant de disparaître.

Puis elle vit un étranger se doucher dans la salle de bains de sa chambre, après quoi il enfila son Levi's bleu et mit la montre qu'il avait posée sur sa table de chevet.

C'était une Duward noire de ligne sportive, avec un bracelet rigide en plastique qui se revendiquait comme tel et renvoyait une impression d'originalité et de solidité. Le cadran était entouré de vis dorées, les chiffres romains fluorescents. Ce n'était pas une Cartier mais elle lui plut.

Une montre à quatre-vingts euros, peut-être cent, mais belle.

Elle ignorait que cette marque existait encore. Le jour de sa première communion, on lui avait offert une Duward en or. Un cadeau de sa mère. Mais elle avait disparu. Où pouvait-elle bien être ?

Guido l'embrassa encore.

Elle lui mordit les lèvres jusqu'au sang, et bizarrement il se laissa faire, inondant le lit de rouge.

Elle quitta Alghero dans la matinée.

Le taxi qu'on lui avait commandé à la réception était une Dacia dont la vulgarité l'humilia.

Le fondement de la vulgarité est l'humiliation, songea-t-elle.

Les WhatsApp de Guido s'accumulaient sur son portable.

C'était son cinquième homme.

Julio, Horacio, Sanfeliu, Duval et Guido.

Et la sixième était une femme.

Elle tâchait de remettre la chronologie en ordre.

Elle retint par cœur le nom de ses six amants, cinq hommes et une femme.

Ils n'avaient été à ses yeux que des corps choisis par Marce pour revenir à la vie. Elle y croyait.

Elle ne se souvenait pas de leurs attributs sexuels. De ces six personnes, aucune n'avait de consistance ou de visibilité. Elle croyait en cela aussi.

Au même instant, Guido se rappelait sa peau, soignait sa morsure et envisageait de se séparer de sa femme, enceinte de six mois.

Les humains ne voient passer qu'une seule fois dans leur vie le train fou du bonheur absolu.

Nul ne pense à l'autre quand le bonheur est en jeu.

Il l'oublierait, peut-être pas aujourd'hui, peut-être pas demain mais sans doute après-demain.

Quand son enfant naîtrait, il ne se souviendrait plus d'Irene ni de sa lèvre mordue par cette folle.

Il consulta l'heure sur sa Duward noire. La trotteuse s'était arrêtée.

Il devrait acheter une pile neuve.

Il l'avait changée il y avait à peine quelques mois.

20

HÔTEL EDEN ROC ASCONA

Les deux premiers jours à l'Eden Roc

Je suis retournée à l'Ascona, mon amour, pour contempler le lac Majeur et me remémorer notre séjour ici. La suite que nous avions occupée en 2017 n'était pas libre. C'était la 362, au mois de novembre, la basse saison, et nous sommes à présent à la mi-juin, il y a plus de monde et la 362 est occupée.

Elle est occupée, c'est ce qu'on m'a dit.

On m'a donné la 014 parce que l'hôtel est plein, que les familles du nord de l'Europe viennent admirer le lac, y naviguer à bord de leurs jolis bateaux et y nager, bien que le soleil de midi ne réchauffe guère les corps.

Je me suis postée devant la porte de la 362 pour te voir ou nous voir au travers de mes souvenirs ou de mes rêves, mais je n'ai rien entendu. Imagine un peu une veuve regarder la porte d'une suite qui n'est pas la sienne, mais faisant comme si au cas où elle croiserait des femmes de chambre dans le couloir.

Nous sortions du lit vers 8 h 00 et allions nager dans la piscine chauffée, puis tu me défiais de piquer une tête dans le lac, mais je refusais parce que l'eau était glaciale en novembre. Tu insistais et nous finissions par nous immerger dans l'eau gelée, enfin moi je n'y mettais que les pieds et sentais d'innombrables aiguilles me perforer la peau, mais toi tu plongeais, tu le faisais.

Nous jouions à être deux inconnus.

Je te précédais dans le spa, puis tu me rejoignais.

J'allais au sauna.

Je retirais ma serviette et restais nue.

Alors tu ouvrais la porte.

“Madame, votre grande beauté physique devrait s'accompagner d'une petite touche de discrétion et de décence. Cessez donc de faire la pute et couvrez-vous”, disais-tu.

Et nous éclations de rire

Puis nous inversions les rôles.

“Monsieur, il vaudrait mieux vous cacher et calmer ce membre altier et spongieux sous votre indispensable caleçon Calvin Klein.”

Dans ma suite, je m'amuse à écrire cette lettre.

J'ai demandé des feuilles de papier à l'en-tête de ce prestigieux palace cinq étoiles, un établissement supérieur.

Tout doit être supérieur de nos jours pour valoir la peine.

Ils sont très aimables.

Je n'ai pas osé leur demander s'ils se souvenaient de nous.

Tu sais qu'il va être temps de poser la question.

Comme d'habitude.

Comme tant d'autres fois.

L'heure est venue de les interroger.

J'ai toujours peur quand vient ce moment.

Tu te rappelles l'une des réceptionnistes de l'hôtel ?

Une blonde aux yeux bleus d'une trentaine d'années, qui parlait un anglais précis et élégant, comme une marquise, c'est la raison pour laquelle elle me revient en mémoire, parce qu'elle avait le parler d'une reine et non d'une employée. Tout ce qui compte est forcément doré. On se souvient de la majesté, de la morgue, de l'orgueil, c'est génétique. Nous avions fait des commentaires sur elle en concluant que la dignité, la beauté, grands palais de la vie, peuvent surgir à tout instant dans n'importe quel endroit.

Je ne l'ai pas vue.

Je me rends à la réception sous un prétexte quelconque.

Travaille-t-elle encore ici ?

Je peux vendre l'appartement que je possède à Madrid et m'acheter avec une maison ici, dans la forêt, au bord du lac, et disparaître à jamais.

Tu aimerais que je le fasse, Marce, tu aimerais ?

Ne plus voir personne hormis les arbres et le lac. Si je tombe malade, je n'irai pas chez le médecin. Je n'appellerai ni mon père ni ma sœur, qui m'aiment pourtant. Je n'essaierai pas de parler à ta sœur, qui n'est pas venue à ton enterrement. Je tâcherai d'oublier Alicia, la vieille qui t'a dit que j'étais méchante. Quand je l'évoque, je revois sa coiffure perverse. Dans quel salon se faisait-elle coiffer quand elle en avait besoin ? Parce qu'une coiffeuse a besoin qu'une autre coiffeuse s'occupe de ses cheveux. Tu l'y emmenais ? Un jour, elle m'a proposé de me faire une coupe, m'a suggéré une coiffure, voulait mettre ses sales doigts dans mes cheveux ; tu ne me parlais pas d'Alicia parce qu'elle me détestait, et dire que tu as pleuré à ses obsèques, je t'ai vu. Ses lunettes jaunes, tu te rappelles ? Celles que tu ne retrouvais pas après sa mort, eh bien je l'ai ai jetées par la fenêtre, comme la médaille en or de ta grand-mère, que j'ai balancée dans un conteneur. Et maintenant rappelons-nous ma mère. Que vais-je faire du sonnet de Quevedo ? Où est-elle partie si ce n'est là où je finirai ? Mon père a dit un jour que la passion lui avait tourné la tête, mais c'était une femme seule et les femmes seules commettent des actes insensés, elles s'impatientent, enfin plus aujourd'hui, ça a changé, mais la vieille Alicia ne supportait pas d'être vieille et que je sois jeune.

Tu aimerais que je m'évapore, que je devienne un nuage noir ?

Jusqu'à ce que je me volatilise au point de ne plus exister dans l'air, les objets et la lumière ?

T'écrire une lettre et un poème au quotidien, te faire un dessin.

Je ne ferai rien d'autre.

Aujourd'hui j'ai découvert qui occupe la suite 362.

Deux riches octogénaires qui parlent allemand.

Je les ai vus se promener main dans la main.

Je les ai vus au petit déjeuner. Ils discutent encore entre eux, contrairement à ces vieux qui se contentent de manger sans échanger un mot.

Les nôtres, les occupants de la 362, bavardent et se sourient. Ils sont minces, enfin… normaux, encore que de nos jours il est anormal d'être mince, le monde étant peuplé d'une infinité de gens en surpoids, d'une infinité de gros et de grosses. Les gros sont plus nombreux que les grosses car les femmes résistent et défendent davantage la beauté que les hommes.

Feignant de vouloir obtenir des précisions sur l'origine d'une marmelade, j'ai interrogé la petite grand-mère en anglais. Elle a été très sympathique et, tout naturellement, nous avons bavardé. Ils vivent à Zurich mais adorent la Suisse italienne. Ils vont rester deux semaines.

Tu as entendu, Marce ? Deux semaines.

Notre séjour a nous n'a duré que sept jours.

Le leur quinze.

Tu sais quoi ? Je crois que mon corps va renoncer à t'apercevoir en haut de l'escalier. Parce que les hommes et les femmes avec qui je couche sont des êtres humains, comme nous, et ne méritent pas d'être traités ainsi. Ils ont frappé à ma porte en toute innocence, ils éprouvent aussi du désir, c'est certain. “Luxure” serait le mot approprié, mais ce n'est pas leur faute, à présent je m'en rends compte en relisant leurs dizaines de WhatsApp. C'est une révélation. Qu'une révélation s'accomplisse au travers d'un SMS est ironique, mais en vérité ces messages téléphoniques sont comparables à des lettres et peuvent s'apparenter aux relations épistolaires des amoureux du XVe siècle, le style en moins. L'amour est un langage, peu importe où il se manifeste, que ce soit sur un parchemin, sur un papier ou l'écran d'un portable, peu importe sur quel continent, ça n'a jamais été l'essentiel.

Quant à la belle réceptionniste d'autrefois, que je ne renonce pas à voir, tu avais eu à son sujet une jolie phrase mélancolique, comme quoi parmi les hommes et femmes au physique magnifique ayant vécu sur cette planète, rares ont été ceux dont on a fait le portrait en les peignant ou en les photographiant.

Je pense que c'est toujours d'actualité.

Ces hommes et ces femmes font souvent don de leur beauté au silence.

Tu as dit que la peinture, la photographie et le cinéma ont été inventés dans le seul dessein de sauver les visages de la mort.

Le cinéma plus que les autres arts, c'est évident.

Les grandes beautés d'Hollywood représentent des milliers de beautés anonymes. Il y a sur terre des gens à la plastique merveilleuse dont nul ne saura jamais rien.

Notre réceptionniste, par exemple.

Nous deux également.

Je sais maintenant pourquoi j'ai quitté Madrid : j'aspire à voyager en permanence, ce qui diffère d'être en voyage. Moi je suis en rotation, j'ai parfaitement intégré cela. Je n'ai pas de maison, pas de foyer, pas de famille car c'était toi qui symbolisais tout cela.

Et si je suis en rotation, le passé se liquéfie.

Il se transforme en désir.

Changer le passé en désir, voilà ce que je fais.

Je suis retournée devant la porte de la 362 à l'instant où

la femme de chambre y entrait pour faire le ménage chez les octogénaires, qui étaient allés se promener dans Ascona et prendre le soleil.

J'y ai pénétré comme si j'étais l'occupante des lieux et j'ai dit en anglais à l'employée de l'hôtel que j'avais oublié quelque chose et qu'elle revienne cinq minutes plus tard.

Elle m'a obéi, elle est partie.

Je sais que je n'ai pas veillé sur toi les derniers jours, je le sais.

D'où cette liturgie.

J'ai appelé une entreprise de services à la personne et engagé deux infirmières grâce à qui j'ai pu respirer. Je n'aurais pas dû t'abandonner à elles. Tu étais presque inconscient, ou non, et si tu ne l'étais pas j'imagine que tu as dû être blessé, déçu, car nous nous éloignions du miracle.

Je ne pouvais pas voir tous ces tubes.

Je ne pouvais pas supporter tes excréments.

Je n'en pouvais plus.

Je déambule dans la chambre 362 en songeant qu'il est possible que ces deux octogénaires fassent l'expérience du cancer.

Elle a de la lingerie sexy, c'est incroyable !

Des bijoux.

Ça ne sent pas le vieux.

Une montre est posée sur la table de chevet de l'homme, il a dû l'oublier ou décidé de ne pas la porter aujourd'hui. Une Panerai en or qui coûte dans les vingt-cinq mille euros. Panerai et Cartier ont rivalisé dans mon cœur il y a des années. Cartier a gagné, mais je pense à présent que j'aurais dû t'offrir aussi une Panerai, car nous sommes le temps. Je devrais voler la Panerai et l'emporter avec moi.

Temps et terre, autrement dit montres et chaussures.

Tu crois qu'ils seraient capables de se couper comme nous l'avons fait ? De voir leur sang respectif ?

J'aimais lécher tes plaies, goûter cette saveur métallique et malsaine, boire ton sang quand je faisais des entailles dans la pulpe de tes doigts, d'où il jaillissait comme une source. Toi tu adorais, ça t'excitait comme un dingue.

J'examine leurs peignoirs, leurs lotions, leurs crèmes, leurs vêtements, leurs souliers, m'étends sur le lit pour voir si c'est le même que le mien et je dirais que oui, mais en réalité je m'en fiche. Je vais sur leur terrasse et regarde le lac comme nous le faisions six ans auparavant, il n'y a pas si longtemps.

Sur le lit je découvre une goutte du sperme du vieil homme. Je sais que c'est du sperme et non de l'eau parce que je l'ai senti. C'est miraculeux et énigmatique, mais au lieu d'être dégoûtée j'ai envie que le sperme de cet étranger devienne le tien, je veux usurper les corps de ces deux personnes, prendre possession de leur âme, adopter leur identité. Je sors en courant de la chambre et me heurte à l'employée de service dont le regard m'indique qu'elle se doute qu'il se passe quelque chose d'anormal, mais elle ne me pose aucune question.

Ça ne me dérangerait pas de les assassiner, tuer ne me dérange pas. Ça ne t'a pas dérangé non plus que j'aie été la cause de la mort de Gustavo et que j'aie éprouvé du plaisir en le voyant mourir sous mes yeux.

Nous craignons d'être punis si nous tuons notre prochain, mais si on ne nous infligeait aucun châtiment, si le meurtre n'avait pas de valeur morale, il serait un acte comme des millions d'autres. C'est la raison pour laquelle j'ai aimé le voir mourir. Mon âme s'enrichissait, de même que mes connaissances et mon désir de contempler les abîmes, comme ça a été le cas avec toi. Je me moquerais donc que ces deux vieux meurent de mes mains. Tout ce qui est susceptible d'atténuer ma solitude avec un peu de délicatesse me suffirait. Un peu d'intérêt, une nouveauté, un soupçon d'adrénaline.

Tous les jours, dès que j'ouvre les yeux, je suis confrontée à ton absence et à mon appétit de vie. Comment l'expliquer sans employer le mot “angoisse” ?

Or rien ne peut soigner mon angoisse.

Je t'ai poursuivi car l'assiduité suppose d'avoir un destin, mais je flanche. L'angoisse et le désespoir sont plus forts que la beauté de te voir au travers d'autres corps que tu occupes ou non au gré de ma maudite fantaisie, disons-le tout net.

Je regagne ma chambre baignée de soleil.

Mets mon maillot de bain, le peignoir de l'hôtel, et en me dirigeant vers la piscine je passe dans le hall et aperçois notre réceptionniste blonde.

C'est elle, Marce.

Elle travaille toujours dans cet hôtel.

Je la salue, elle se souvient de moi, nous discutons en espagnol car elle le parle, elle l'apprend depuis deux ans, me dit-elle, et passe ses examens à l'institut Cervantes de Milan.

Elle me regarde, s'attarde pour m'étudier davantage.

Je la regarde moi aussi en attendant qu'elle m'interroge à ton sujet, mais elle ne le fait pas. Elle est d'une beauté fracassante, et ses mains… Elle me serre la main parce qu'elle se souvient de moi.

“Je perfectionne mon espagnol, c'est la langue qui me manquait.”

Elle me pose des questions banales, me demande si je suis bien installée, si tout est OK, ce genre de choses. Je discute avec elle, c'est tout ce qui m'importe, elle ne m'a pas oubliée. Nous décelons parfois dans certains détails un signe de l'existence de Dieu ou quelque chose d'approchant, qui est solide et universel, une pierre pensante ou n'importe quoi d'autre, un nuage avec des yeux, une montagne dentée, un trou noir en habit de fête.

Tu me regardais quand les infirmières arrivaient, puis je sortais de notre chambre et j'allais me perdre dans Madrid.

J'étais incapable de mourir avec toi, là était la frontière.

Tu voulais encore me couper avec le rasoir, j'étais tailladée de partout, couverte de sparadraps : dans le dos, sur les pieds et les mains. Moi je ne pouvais plus te couper car tu n'étais plus qu'une dépouille immonde.

Tes mains osseuses, ta peau qui jaunissait, tes mots sans syllabes et ta respiration qui résonnait contre les murs.

“Ne vous inquiétez pas, madame, vous n'avez pas à culpabiliser”, disaient les infirmières.

Les yeux des humains se plissent lentement. Ceux des bébés sont comme d'immenses soleils. Ceux des enfants également, alors que les yeux des adolescents sont déjà plus petits et se ferment au fil des années. Au début c'est imperceptible, seule la photo révèle cette dimension non officielle de la sénescence et de l'approche de la fin.

Tous les humains n'ont pas un beau sourire comme le tien, avais-tu affirmé, Marce, une des premières fois où nous nous sommes vus en dehors du magasin, peut-être la troisième, quand tu as osé me faire des compliments.

Non.

Attends.

C'était la quatrième fois.

Attends.

À quarante ans nos yeux ne sont plus des sphères.

Ils deviennent peu à peu des amandes.

Ils se ferment lentement, et à cinquante ans nous avons tous un regard oriental, l'amande de la décrépitude.

Voilà pourquoi j'ai dit à Mariella, la jolie réceptionniste, que j'adorerais la voir seule, à la fin de sa journée de travail, et nous nous sommes donné rendez-vous à 19 h 00 sur une terrasse au bord du lac.

Les décennies passent trop vite, on n'a rien le temps de faire en un demi-siècle, l'oxydation de notre corps est injuste et nous confondons l'usure avec l'expérience, une pensée qui sert sans doute à ne pas nous faire sombrer dans la folie. Nous croyons accumuler des connaissances en nous détériorant, mais c'est là encore une chimère, une autre convention sociale.

Nous avons discuté sous couvert pour elle de pratiquer l'espagnol. Elle ne veut pas aller à l'hôtel, elle n'ose pas.

"Je travaille là, c'est impossible, allons chez moi."

Je monte dans sa voiture.

Une Golf neuve. Elle doit avoir un bon salaire ici, je m'en réjouis. Les sièges ne sont pas en cuir mais c'est une Golf toute neuve, elle me l'a dit. Les sièges sont en tissu. Je m'assois à côté d'elle et nous nous embrassons avec fougue.

Je lui ai légèrement mordu la lèvre, elle a gémi et je me suis arrêtée. J'aurais pu réduire sa bouche en lambeaux et avaler son sang tant je la désirais, car c'était du désir et du désespoir.

Elle a de belles mains mais je n'ose pas lui poser la question qui me trotte dans la tête, je ne sais pas comment m'y prendre.

Car je suis venue ici pour en finir.

En finir avec cette histoire.

Et la fin tient en une seule question.

Je glisse mes mains sous sa jupe et touche ses poils pubiens, soyeux. J'adore la caresser, elle est très excitée, là, sur le parking, elle halète, elle me demande de patienter.

"Attends, s'il te plaît. Pas ici."

C'est pour toi qu'elle s'émoustille, en vertu de la grande œuvre de la vie, il n'y a rien d'autre au monde que sa façon de bouger sa langue dans ma bouche, et nous nous élevons au-dessus de toutes les existences en apesanteur qui se sont déroulées sur cette planète, je mords sa lèvre, puis de nouveau sa langue, mais elle m'arrête. Je pourrais lui arracher la langue, la voir souffrir et crier sans me soucier des répercussions possibles.

Je suis déjà rentrée à l'hôtel.

Les morts ignorent qu'ils sont morts.

Tu n'es pas venu aujourd'hui, tu ne viendras plus jamais, je ne le désire plus car pendant que Mariella me caressait et me fêtait, j'ai compris que je n'avais plus besoin de toi pour satisfaire mon appétit de vie. Si tu l'apprenais, tu serais profondément heureux, ou peut-être pas, tu serais peut-être irrité contre moi, je ne le sais pas, nous ne le saurons jamais. Je revois ma culotte blanche dans la bouche de Mariella. Je ne pense pas être amoureuse d'elle, mais elle est probablement amoureuse de moi.

Je n'ose pas lui demander si elle se souvient de toi.

Troisième et quatrième jours

Faire l'amour avec Mariella me calme les nerfs, j'ignore pour combien de temps. J'ai réussi à la faire venir dans ma chambre, mais elle est prise de panique. Elle ne s'y est risquée qu'une seule fois.

Elle me laisse lui donner la fessée, comme tu le faisais avec moi, à la différence près que je ne la fais pas saigner.

Elle adore une chanson de Joan Baez qu'elle écoute tout le temps sur son portable pendant que nous nous dévorons la bouche, et qui s'intitule "Farewell, Angelina". Elle est belle. Il se peut que la voix de Joan Baez soit celle de l'amour.

"Tu es folle, je travaille dans cet hôtel, tu voudrais qu'on me renvoie ? Ne me frappe pas aussi fort, j'ai des marques sur les fesses. Doucement, mon amour, doucement", dit-elle dans son espagnol balbutiant.

Mon cœur meurtri, mon cœur est meurtri, Marce, et cette femme m'aide. En la voyant je suis folle de joie et j'ai l'impression d'avoir un but.

Elle insiste pour que nous allions chez elle. Elle occupe un appartement de la partie haute de la ville dans une maison rénovée, un agréable deux-pièces avec une cuisine et une salle de bains. Elle a trente-huit ans.

J'aime beaucoup sa façon de gesticuler et d'exprimer ce qu'elle pense. Elle a un regard languide mais des idées qui reflètent de l'assurance. Sa montre est une Tissot, un modèle récent qui n'est pas mal du tout et doit coûter dans les trois cents euros, avec un bracelet métallique. Elle lui va bien. C'est une montre à quartz et heureusement, parce que pour ce prix, une montre mécanique ne vaudrait pas tripette.

Peu lui importe que notre histoire échappe à toute logique.

J'ai fini par lui poser la question.

Pour mettre un terme à ce rituel.

Je tremblais et rentrais les épaules au point de ressembler à une femme sans tête, et lui ai demandé si elle se souvient de toi, si elle se rappelle que la première fois que je suis venue, je n'étais pas seule mais avec mon mari.

Elle m'a regardée d'un air perplexe.

"Tu plaisantes ou quoi ?"

Elle dit que si c'est un jeu, ça peut être drôle, mais que si ça n'en est pas un c'est absurde. Elle me prend pour une timbrée et aimerait bien savoir à quoi ça rime.

— Tu as oublié ? J'étais avec Marcelo, mon mari.

— Non, tu étais seule, Irene, et d'ailleurs ça m'a étonnée et c'est pour cette raison que je me suis intéressée à toi, parce que je trouvais étrange qu'une femme seule prenne une suite de trois immenses pièces avec deux salles de bains. Je t'imaginais en train de t'y promener, le soir, toute seule. Et je ne t'ai pas oubliée.

Je suis partie de chez elle.

Sans même lui dire au revoir.

Maintenant elle m'envoie des SMS comme ceux de mes amants.

Comment peut-elle nier ton existence ? Par jalousie, c'est

sûr. Elle est amoureuse de moi et ne supporte pas que je le sois de toi.

Et cette femme en plein apprentissage de l'espagnol me dit que j'invente des gens qui n'existent pas, elle exige que mes fessées soient moins violentes, refuse que je la griffe. Comment la considérer autrement que précipitée dans l'abîme de la rage et du mal, qui est plus fréquent que la bonté ? J'ai envie d'exister, d'occuper la terre, la mer, le ciel. Et même s'il est minuscule et microscopique, le mal m'aide.

Cinquième jour

Je suis allée me baigner dans le lac.

Je viens de prendre ma douche.

On m'appelle de la réception pour m'annoncer que mon père et ma sœur m'attendent dans le hall.

Ils sont venus me chercher.

Comme toujours, ils sont là pour nier ta présence, me dire que tu n'existes pas.

Ils veulent que je parte avec eux, et une fois de plus je les suivrai.

Mariella dit que mon clitoris a une merveilleuse couleur rose.

Moi j'aimerais déchirer le sien, en arracher un morceau et le rapporter dans ma bouche comme un chien de chasse une perdrix, le déposer à tes pieds comme le font les limiers.

Cinquième jour, en fin d'après-midi

— Alors Mariella, j'étais seule ? Aucun homme ne m'accompagnait ?

— Non Irene. Tu étais seule, je te trouvais très attirante, si solitaire, si particulière, si belle, si délicate, mais tu étais une cliente, qui plus est une cliente VIP.

Ils se liguent tous contre moi, ils se mettent tous d'accord pour que je renonce à toi. C'est une vraie conspiration, mais je me fiche de toutes les conspirations de la terre.

Mon père m'embrasse et me sourit.

"Irene, nous sommes là, nous t'aimons."

Je monte dans la Mercedes qu'il conduit. Ma sœur Clara me demande de m'installer à l'avant.

— Et ma BMW ? demandé-je à ma sœur.

— Ne t'inquiète pas, Irene chérie, j'ai eu l'agence, quelqu'un passera la récupérer.

— Comment ne pas m'inquiéter pour une voiture dans laquelle j'ai parcouru des kilomètres ? Je veux que vous alliez voir Mariella, je n'ose pas lui dire adieu.

— Non, c'est à toi de lui parler, tu le feras le moment venu, me conseille ma sœur.

J'observe ses cheveux châtains, ses yeux verts. Elle a deux ans de moins que moi et je la trouve jolie. Elle a une fille, ma nièce, qui vient d'avoir six ans.

C'est moi qui ai choisi son prénom, Victoria.

C'était ma seule prérogative, choisir son prénom, parce que par la suite je ne l'ai pas souvent vue, tout s'est compliqué.

Ils m'aiment, ils se taisent, mon père est au volant et ma sœur, assise derrière moi, me caresse les cheveux comme quand nous étions petites et que notre mère nous récitait le poème de Francisco de Quevedo de sa voix suave : "*Voiler pourra mes yeux l'ombre dernière...*"

Je ne crois pas que ma mère se soit imaginé qu'avec ce sonnet elle me léguait un rêve empreint de solitude, car l'amour au-delà de la mort n'existe pas. Ma mère, ma mère adorée. Qui était-elle vraiment ? Ma mère perdure en moi, elle a transmis son angoisse à sa fille, qui n'ayant pas de fille marque la fin de tout, aucun autre sang n'héritera de la solitude et du désir, à moins qu'ils ne reviennent à Victoria.

21

STATION THERMALE INTERNATIONALE

Chambre 412

La chambre est agréable, spacieuse, ensoleillée. Elle est au rez-de-chaussée et sa terrasse donne sur un jardin fleuri. La pièce comprend une table et deux chaises, un canapé, des étagères et un lampadaire, des reproductions de tableaux de Picasso et Juan Gris. L'encadrement des fenêtres est en bois exotique, un des meilleurs du monde.

Irene observe leur vernis discret, son regard s'attarde sur ce bois de bonne qualité.

Elle est assise dans le canapé enveloppant et lit un roman de Virginia Woolf, ou fait semblant de le lire alors qu'elle se contente de le feuilleter.

Elle se détourne du livre.

Le rouvre. Il s'intitule *Les Vagues*, met en scène des hommes et des femmes qui parlent continuellement sans trop savoir ce qu'il disent, même si c'est beau. Ils disent voir des choses. Comme ces personnages, elle aussi voit des choses ayant trait à la vie que nous menons sans en avoir conscience.

Si seulement je saisissais le sens de leurs propos ! Je n'y comprends rien, que leur arrive-t-il ? se demande-t-elle. Ils sont sûrement désaxés, ils devraient être avec moi dans cette station thermale. Ils y sont peut-être, car en vérité un roman est une ville d'eau où rien de réel ne survient. Les stations thermales sont des planètes sans vie, des lieux où on se remémore la vie. Ça ne m'étonne pas que cette femme, cette Virginia, se soit suicidée. Qu'elle n'ait pas supporté de vivre m'émeut, c'est pour moi une consolation de découvrir qu'il y a eu d'autres personnes qui n'en pouvaient plus, des gens illustres, ce que je ne suis pas. Marcelo et moi n'avons rien réclamé à personne, contrairement à cette femme qui cherchait à être reconnue en tant qu'écrivaine, aspirait au prestige, à la célébrité, au pouvoir social, et a fini par se suicider. Elle est au même endroit que Marce, mais ce dernier vient me voir parce que nous avons préparé, tracé un chemin.

Toute sa vie est contenue dans le titre de ce roman. Irene a maintenant l'impression que les vagues vont et viennent dans une éternité sans but, une absence d'objectif qui lui paraît la seule forme possible de beauté.

Tout objectif est l'ennemi de la beauté.

Elle pose le livre sur la table.

Ouvre la baie vitrée et caresse le bois, va dans le jardin. Il fait chaud mais un vent doux souffle, les fleurs lui souhaitent la bienvenue, elle voit des roses, des œillets et des géraniums, elle entend le murmure d'une fontaine non loin de là. Elle est entourée de pins, de saules et de chênes verts. Il y a également un bananier et un arbre dont elle ignore le nom et qu'elle étudie en attendant qu'une inspiration divine le lui révèle.

“Dis-moi ton nom”, susurre-t-elle.

Plus loin, elle voit un jardin en pleine expansion. Fin juin, l'été éclaire puissamment la vie.

Si je disparaissais, songe-t-elle, toute cette magnificence de fleurs, d'arbres, d'oiseaux et de brise se poursuivrait sans moi, c'est ce qu'a dit ce poète que Marce et moi n'aimions vraiment pas car il était très laid et que son nom l'était encore plus. S'appeler Juan Ramón Jiménez, il faut le faire. Comment peut-on avoir la prétention d'être poète avec un nom pareil ? Et dire qu'on lui a décerné le prix

Nobel en 1956, alors qu'il n'était qu'un veuf désespéré car sa femme était morte, comme toi Marce. Un veuf meurtri qui voulait avant tout mourir. Il ne croyait pas en Quevedo et méprisait le sonnet que ma mère nous récitait et que m'a rappelé ce policier monstrueux, il y a des années. Sûr qu'ils ne se tabassaient pas, sa femme et lui. Et ils ne devaient pas baiser non plus. Ils se récitaient probablement de jolis vers toute la journée. "Et je m'en irai. Et les oiseaux qui chantent resteront", ce vers de Jiménez est beau et il en est ainsi : nous mourons, mais les oiseaux continuent de chanter et ils ne chantent même pas notre disparition. "Où chantent les oiseaux chantants ?" dit un autre vers de ce poète. Comment un homme si laid avec une barbe si laide et une calvitie si laide pouvait-il en savoir aussi long sur moi ?

Elle retourne dans la chambre, s'allonge sur le lit. Le matelas est somptueux.

On frappe à la porte.

C'est Isabel, son infirmière, une grande femme de son âge. Dans le monde d'Irene, tous sont grands, comme dans un tableau du Greco.

— Comment allez-vous, Irene ? Ça fait plaisir de vous voir, je suis contente que vous soyez de nouveau parmi nous. Le docteur López Santaliestra souhaiterait vous voir aujourd'hui, à l'heure qui conviendra.

— Je suis ici contre mon gré ?

— Quelle question ironique ! Non, évidemment, vous pouvez partir quand vous voulez. Votre père et votre sœur vous aiment, vous êtes la personne qui compte le plus pour eux. Vous le savez, n'est-ce pas ?

— Oui.

— Vous savez que votre père vous adore, n'est-ce pas ?

— Oui.

— Vous aimez votre chambre ? Elle est bien, non ?

— Oui.

Cabinet du docteur López Santaliestra

Elle entre dans le cabinet de consultation du docteur López Santaliestra, qui a également de grandes fenêtres s'ouvrant sur le jardin, mais à la différence de celles de sa chambre, l'encadrement est en aluminium et non en bois exotique. Des stylos-plumes Montblanc de formats divers sont étalés sur le bureau.

Il lui fait deux bises et l'invite à s'asseoir. Il se réjouit de son retour. C'est un homme grand qui s'exprime d'une voix lente et posée. Il dégage une forte impression de sérénité. Il perd ses cheveux qui sont clairsemés mais ne déparent en rien son aspect sérieux et élégant.

Irene se rappelle tout à coup les heures qu'elle a passées dans cette pièce.

“Alors, Irene, comment allez-vous ? Vous avez l'air très en forme, ma petite”, dit-il.

Il lui prend les mains, les examine de près ainsi que ses bras, qu'il essaie d'inspecter, à la recherche de traces de petite coupures et de griffures.

— C'est encore arrivé, c'est ce que vous attendiez que je vous dise, je suppose. J'ai revu Marce.

— J'imagine, et ça n'aurait rien de grave si vous le viviez comme un souvenir, un désir ou une partie importante de votre vie. C'est ce que font la plupart des gens, mais vous, vous croyez que vous l'avez vraiment vécu, et c'est ce qui est nocif. C'est votre manière de lutter contre la vulgarité, dans laquelle on finit tous par tomber. S'il ne se passe rien d'extraordinaire dans votre vie, vous dépérissez, vous tombez malade, vous devenez une bombe à retardement. Vous êtes une petite affabulatrice bavarde !

— J'admets avoir tout inventé quand je reviens ici et que je parle avec vous, que je vois mon père et ma sœur.

Lorsque vous êtes là tous les trois, bien ancrés dans la réalité, parce que vous êtes très réels. Je vous aime, vous un peu moins que les autres parce que vous n'êtes pas de ma famille.

Le docteur lui adresse un sourire étudié, elle l'imite par réflexe. Dans le calme ambiant, leur conversation est sans heurts, sans précipitation, à croire qu'ils la reprennent là où elle s'est interrompue quelque temps auparavant.

— Je sais qu'à vos yeux, nous sommes ceux qui connaissent votre véritable histoire. Venir ici de temps en temps est ce qui vous maintient en vie. Si vous ne reveniez pas dans la réalité, votre imagination vous détruirait. Je vous rappelle que c'est Leticia Salinas qui vous a adressée à moi quand elle a pris sa retraite. Vous n'étiez pas une des mes patientes, et elle était persuadée que vous deviez être suivie par une femme. Mais curieusement elle a fini par changer d'avis. Elle s'est peut-être rendu compte que vous êtes bien plus qu'une femme. Ce sont les paradoxes de la psychiatrie sociale. La psychiatrie ne devrait pas être sociale, mais ça, c'est un autre sujet.

— Oui, je sais. Leticia pensait que seule une autre femme était capable de m'analyser, et elle n'avait pas tort, mais au bout du compte ça n'a pas changé grand-chose que vous interveniez, parce qu'elle n'était pas très féminine. C'était une femme froide, grande et mince, impassible. Je ne croise que des grandes femmes. Elle avait les ongles vernis de bleu, c'était à la mode à l'époque, et une mèche rousse. Elle m'appréciait. Aujourd'hui je l'imagine se consacrer à des activités de retraitée. Elle était célibataire, lesbienne. Parfois je pensais l'attirer, un jour elle a essayé de m'embrasser, mais je n'ai pas voulu. Elle fumait et avait mauvaise haleine.

— Laissez-moi vous rassurer en vous disant que ce genre de grossièreté ne me viendrait jamais à l'esprit, ma chère petite Irene, même si vous avez un corps superbe et une intelligence hors du commun, autant vous l'avouer. L'amitié sans le moindre érotisme est importante et possible. C'est une bonne chose. Je vous rappelle que vous pouvez canaliser votre imagination, vous y êtes d'ailleurs parvenue avec Leticia.

— Parfois, je me dis que cette imagination, que Leticia décrivait comme un amour de l'amour, est avant tout un mode de vie.

— Vous savez ce que nous allons faire, à présent, Irene, incorrigible romantique, don Quichotte féminin. Car vous êtes comme don Quichotte, ma courageuse petite patiente.

— Oui. Vous allez sortir les photos et nous les regarderons ensemble.

Un autre rituel qu'elle connaît et attend, nerveuse.

Le docteur López Santaliestra se lève lentement, comme s'il célébrait un culte, ouvre un meuble de classement placé contre un mur et cherche un dossier. Il traîne, à croire que pour lui le temps n'existe pas.

Il ouvre enfin le dossier devant Irene.

— Là, c'est la photo de votre mariage. Vous étiez très beaux tous les deux. Vous vous êtes mariée en blanc et Marce portait un costume gris. Et voilà Antonio, votre père, en costume bleu marine, et Clara, votre sœur. Et cette dame âgée, c'est la tante de Marce. Comment s'appelait-elle, Irene ? J'aimerais vous entendre prononcer son prénom.

— Alicia.

— Là, ce sont les photos que vous avez prises pendant votre lune de miel : Stockholm, Nice, la Sardaigne et la Suisse. Il y en a tout un tas d'images de chambres d'hôtel avec différentes variations de lumière. Vous voyez bien, ma petite Irene, que ces clichés ne sont pas récents. Ce sont des photos sur papier glacé, elles n'ont rien de virtuel et ne proviennent pas d'un ordinateur. Elles ont été prises il y a vingt et un ans, une époque où on apportait encore ses pellicules dans un studio pour les faire révéler, et où il n'y avait pas d'appareils photo sur les téléphones portables. Ça semble incroyable, n'est-ce pas ? Presque irréel. Ces photos ne datent pas d'il y a cinq ou six ans, ma courageuse petite Irene. Elles sont vieilles de plus de deux longues décennies, même si les choses n'ont pas tant changé en vingt ans, nous qui avons déjà un certain âge, nous le savons bien. Regardez celles de votre séjour à Miami, pour votre premier anniversaire de mariage, il y a vingt ans. Ensuite il n'y a plus de photos, mais il n'y a pas eu de maladie, contrairement à ce que vous croyez.

— Je sais.

— Racontez-moi ce qui s'est passé ces vingt dernières années, ma chère Irene.

— Rien, il ne s'est rien passé.

— Et qu'est-il arrivé à Marce ?

— Que voulez-vous dire ? Vous le savez parfaitement...

— Que lui est-il arrivé ?

— Il m'a abandonnée. Il m'a laissée seule avec vous, mon père et ma sœur. Mais surtout avec vous, docteur Crâne d'Œuf !

Ils éclatent de rire.

— Il a osé vous quitter ? insiste-t-il.

— Il est mort, vous savez bien qu'il est mort.

— Comment, Irene ?

— Il...

Elle a un trou de mémoire et l'impression que deux mains, peut-être celles de Marcelo, pressent fortement son cerveau pour empêcher ses souvenirs de s'enfuir.

— Comment est-il mort ? s'obstine le médecin d'une voix douce mais ferme.

— Il a eu un cancer.

— Vous en êtes sûre ?

Elle l'observe, la tête penchée sur le côté. Elle ne comprend pas. Les deux mains sont inopérantes, de fins sparadraps inaptes à contenir une intarissable hémorragie.

“Marce est mort dans un crash aérien, pas du cancer. C'était il y a vingt ans, quatre lustres, si vous préférez, et non un an. Voici les documents et les faire-part des obsèques. Il n'y a pas eu d'enterrement car il n'y avait pas de corps à inhumer. Le certificat de décès est là, vous le savez, lisez-le s'il vous plaît.”

Elle le lui prend des mains et obéit.

— Marcelo Mora Brioschi, né à Rome, décédé dans un accident d'avion… J'arrête, ça n'est pas nécessaire, dit-elle en lui rendant le papier, les yeux baignés de larmes.

— Vous avez passé six mois ici après ce drame.

— Je sais.

— Mais il y a autre chose. Vous vous rappelez ?

— Oui, vous voulez que je vous parle de Gustavo, c'est ça ?

— Exactement.

— Je n'ai pas oublié.

— La blessure est toujours ouverte ?

— Je ressens encore de la culpabilité, mais mon amour pour Marcelo m'a apaisée.

— Vous concevez les faits à votre manière, petite Irene, mais j'aimerais que vous admettiez que vous inventez, parce que Gustavo n'est pas mort comme vous le pensez. C'était un amour de jeunesse que vous avez magnifié, sublimé. Il est mort, c'est vrai, mais pas comme vous le croyez. Vous ne l'avez pas tué. Il était à moto, il était allé chercher une pizza et des bières pour ses amis et vous. Vous vous apprêtiez à voir chez vous un match du Real Madrid et il a heurté un camion de plein fouet. Vous l'avez vu, vous l'attendiez devant la porte. Vous l'avez vu entrer en collision avec le poids lourd et vous êtes arrivée quand il agonisait. Vous n'avez pas réagi, vous étiez paralysée, vous n'avez pas appelé les secours. C'était un autre accident, comme pour Marcelo, et votre esprit refuse d'admettre que le hasard vous a privée d'amour. Le hasard, le manque de volonté a meurtri votre âme. Malheureuse petite romantique ! Beaucoup de gens se résignent à la perte d'un être cher suite à un accident, ils acceptent le destin. Ce n'est pas votre cas. Si vous assumiez les faits, votre vie serait plus terne. Je vous ai bien étudiée, je vous connais. La mort accidentelle nous prouve que la vie n'a aucun sens. Il ne peut pas y avoir de grandeur dans l'existence si quelqu'un décède après avoir reçu un pot de fleurs sur la tête en passant sous un balcon, s'il a été renversé par un autobus, s'il s'est étouffé en mangeant de la viande, s'il s'est brisé la nuque en glissant sous la douche, s'il a été foudroyé en se promenant à la campagne, si une branche l'a écrasé alors qu'il était assis sur un banc au parc du Retiro, s'il est monté dans les montagnes russes, qu'une vis a cédé et que son wagonnet a été projeté dans les airs. Ceux qui ne voient que la beauté de la vie ne peuvent pas admettre les morts par accident, elles sont humiliantes. C'est pour ça que vous inventez d'autres versions, que vous transformez l'existence en imaginant des choses incroyables que vous qualifiez d'amour et de passé. Vous les métamorphosez en passé réel. Vous êtes accro à l'intensité. Dans l'Antiquité, on qualifiait les gens de votre espèce de voyants capables de tout mettre à nu. Les romantiques étaient des adorateurs du sublime, et ces penchants n'ont pas disparu du monde actuel, chère petite Irene.

— Je n'ai pas peur du passé, j'ai toujours été amoureuse, n'est-ce pas ? Mais il est vrai que je suis restée pétrifiée devant le corps de Gustavo sur le bitume. Le pauvre gamin. J'étais moi aussi une gamine à l'époque. Je m'étais peut-être rendu compte qu'il n'était pas l'homme de ma vie, alors il valait mieux qu'il meure tôt. Pourquoi appeler une ambulance si un autre homme, Marcelo, m'était destiné des années plus tard ?
— C'était cruel de votre part, et vous devez avoir conscience de cette cruauté, Irene.
— Tout ce que je sais, c'est que Marcelo m'attendait. Fichez-moi la paix, Crâne d'Œuf, fichez-moi la paix. Quant à cette théorie sur l'Antiquité, vous l'avez déjà mentionnée. Je l'ai vu agoniser, c'est vrai, et la façon dont il quittait ce monde m'a semblé belle, je n'avais aucune pitié, aucune compassion. Je savais qu'il était en train de mourir pour une raison incontournable, parce que Marcelo allait apparaître et qu'il ne fallait pas que Gustavo soit en vie à ce moment-là. Il était préférable qu'il meure, c'est ce que je pensais et je trouve que c'est parfait. Je ne l'ai pas tué, c'est la faute de ce camion. Je n'ai fait que le voir pousser son dernier soupir et si j'y ai pris du plaisir, ça me regarde. Personne ne peut me juger moralement. Je n'y ai pris aucun plaisir, ça non ! Comment aurais-je pu ? J'étais terrorisée, tout simplement, et dans cet effroi certaines dimensions de la vie m'ont été révélées et m'ont poussée vers l'intensité.
— Moi, tout ce que j'aimerais, c'est que vous vous protégiez de vous-même. N'ayez pas peur du passé, Irene. Que vous ayez mis du temps à réagir n'est pas important, vous étiez en état de choc. Et je sais très bien que vous êtes amoureuse des élucubrations de la vie, vaillante petite Irene. Je pense que vous aimez le fait d'être amoureuse, comme l'a dit le philosophe Augustin d'Hippone.

— L'amour de l'amour, qui est en réalité l'amour qu'on éprouve pour soi-même au travers de ses rêves. Je sais, je sais aussi qu'on peut tout considérer de cette façon sans forcément être saint Augustin. Que voulez-vous que je fasse maintenant ? Je suppose que je vais rester une quinzaine de jours ici et qu'ensuite je retournerai dans mon appartement de Madrid pour prendre des cours de peinture, aller à des ateliers littéraires, rendre visite à ma sœur et à son mari l'après-midi ou aller dîner au restaurant avec mon père.

— Vous repartirez, vous prenez régulièrement la fuite, c'est une forme de plaisir, une sorte de religion personnelle. La dernière fois, vous avez dit à tous ceux que vous croisiez que Marce avait succombé à une crise cardiaque, et quelque temps plus tôt qu'il s'était noyé. Vous l'avez également déjà fait mourir d'un AVC, et là c'était le cancer. Je me demande ce que vous allez concocter d'ici trois ou quatre ans. Je suis intrigué. Vous avez tué Gustavo de toutes les façons possibles, et la dernière était impressionnante, petite Irene.

— Mais... ces morts, je les vois, et je parle à Gustavo et à Marce ! se récrie-t-elle.

— Je sais bien. C'est pour ça que vous êtes ici.

— Pourtant je ne suis pas folle.

— Absolument pas. Vous êtes même la personne la plus intelligente que je connaisse. Une femme unique, philosophe et courageuse. Vous détestez la normalité, elle vous met hors de vous, c'est un drôle de paradoxe, que pour ne pas sombrer dans la démence vous ayez besoin de faire la folle. Je le dis pour plaisanter, avec tendresse, parce que ce n'est pas très orthodoxe, mais je suis votre ami. Il faut bien qu'une part de la psychiatrie ne soit pas dépourvue d'humour, qui est un antidote aux drames et aux obsessions. Un philosophe médiéval a parlé de

l'amour de l'amour, et c'est ce qui vous arrive. Freud pense que cet amour-là est celui qu'on ressent pour sa propre personne, qui contient le monde tout entier.
— Ça sonne bien, ça me rappelle certaines chansons de Tom Waits, mais vous vous répétez, Crâne d'Œuf, parce que vous m'avez déjà parlé de saint Augustin. Allez donc savoir ce qu'il a vraiment dit et s'il a existé. J'ai parfois l'impression que le passé est une vue de l'esprit des historiens, or je préfère l'amour à l'Histoire.
— Pour parler franc, depuis que je vous suis, je crois à l'amour, avoua-t-il en haussant légèrement les épaules. C'est pathétique et ridicule qu'un psychiatre s'exprime comme je le fais, ma petite Irene, mais vous m'avez apporté cette foi, qui me manquait auparavant. Nous, les médecins de l'âme, nous ne croyons pas à l'amour, nous sommes tenus de respecter les règles de notre science. L'amour est une superstition de l'*homo sapiens*. La science est la seule certitude de ce monde. Nous pouvons parler longuement d'émotions, mais pas d'amour. Nous pouvons aider nos patients, mais sans leur dire que l'amour existe.
— Si je ne suis pas folle, si je ne suis pas un cas désespéré, qu'est-ce que je suis ?
— Une artiste, une créatrice de vous-même, Irene. C'est tout ce qui me vient à l'esprit. Vous n'avez pas été en mesure de prendre congé de Marcelo, alors votre esprit invente à longueur de temps d'éventuels adieux et ça, c'est de l'art. Mais les derniers que vous avez imaginés sont particuliers. Les autres morts de Marce présentaient un lien avec la vraie : elles étaient subites. Vous voyiez un corps inerte et vous ne pouviez pas faire votre deuil, il n'y avait aucune conversation entre vous. Là, il s'agissait d'une longue maladie qui vous permettait de vous dire adieu. Oh, Irene, vous avez élaboré une discussion sur la mort de Marcelo, voilà ce qui s'est passé. Vous aviez

besoin de dialoguer avec votre mari car pour vous, la conversation, c'est l'amour. Vous vouliez parler, parler avec lui. Mais au bout du compte la parole est plus forte que l'amour. Ceux qui n'ont pas pu dire au revoir à leurs êtres chers ne reposent pas en paix. Ils ont besoin d'une cérémonie d'adieu. Vous, vous en avez inventé de somptueuses et grandioses, vous n'avez fait de mal à personne. Mais si vous cherchez à savoir si quelqu'un peut vous comprendre, la réponse est non. Personne ne vous comprendra jamais. Je suis capable de décrire vos différents comportements, votre famille me paye pour ça, et j'ai beaucoup d'estime pour vous car vous êtes noble et différente, mais sachez que votre conduite échappe à l'entendement de tous. Je dirais même que nul ne peut comprendre la vie d'autrui. Nous passons les uns à côté des autres, rien de plus. Nous pouvons aimer notre prochain sans le comprendre. Nombreux sont les couples qui s'aiment vraiment mais ne se comprennent pas. Comprendre la vie d'autrui est impossible, ma petite Irene.

— Être une artiste de moi-même. J'adore ce concept.

— Pour vous c'était facile.

— Comment ça ?

— Tout a toujours été simple, vous aviez de l'argent, un père fortuné. L'argent a son importance, il vous a permis de mener une existence agréable, oisive, et donc de faire de votre personne votre propre création. D'autres individus ayant vos problèmes passent leur temps à dilapider leur argent et sont d'une vulgarité épouvantable.

— Je n'ai pas tant d'argent que ça.

— C'est vrai. Évaluer l'argent n'est pas évident.

— Disons que je n'ai jamais été dans le besoin, mais je n'ai jamais pu m'acheter un château, une île ou un jet privé !

Ils rient.

Santaliestra se lève de son siège pour aller chercher un gros livre sur les rayonnages. Un catalogue d'œuvres de René Magritte. Il l'ouvre à la page où figure le tableau intitulé *Les Amants* et le montre à Irene.

— Regardez. Deux amants aux visages couverts d'un drap. Ce sont des amants mais ils ne connaissent pas leurs traits, ils ignorent qui ils sont. C'est un tableau célèbre, les gens pensent qu'il est surréaliste. L'identité de l'homme et de la femme est gommée et malgré tout ils s'embrassent. C'est une œuvre savante, mais pas irrationnelle. Comme si Magritte avait songé à vous en la concevant. Il nous dit qu'on s'embrasse et qu'on s'aime sans rien savoir les uns des autres. Pour Magritte, l'amour, c'est la cécité. Une fantaisie, comme tous ces stylos à plume Montblanc sur mon bureau, que j'adore sans trop savoir pourquoi.

— Tous ces amants, tous mes amants, ils n'avaient donc pas de visage ?

— Ça, vous êtes bien placée pour le savoir, Irene. Ça se déroule toujours de la même manière : vos amants sont là, puis Marce apparaît.

— Oui, c'est toujours pareil, toujours, souffle-t-elle d'une voix mélancolique.

— Depuis que vous êtes ma patiente, je n'ai jamais compris pourquoi vous aimiez tellement cet homme. Qu'avait-il donc de si spécial ?

— Rien. Il était comme tout le monde, comme personne, répond-elle, un sourire énigmatique empreint de beauté aux lèvres. C'était un homme ordinaire, comme des milliers d'hommes dans son genre, un de ceux qu'on pourrait croiser dans le métro, dans un bar ou un magasin, ou encore devant un feu de circulation. Un passant qui marche dans la rue et disparaît. Un individu banal qui ne

se promène même pas sous la pluie, parce qu'à Madrid il ne pleut presque pas.
— Au moins il était italien.
— Moitié italien, moitié espagnol. Moitié italien comme des milliers d'autres, mais il est certain que c'était sa particularité la plus originale.
Elle esquisse à présent un sourire amer.

Chambre 412

Après sa conversation avec le docteur López Santaliestra, Irene regagne sa chambre, une liasse de photocopies sous le bras. Elle s'allonge sur le lit et regarde les photos, comme à chaque fois qu'elle revient ici, après ses fuites, ses voyages.

Elle commence toujours par une brève découpée dans le quotidien *El País* :

> *Pietro Lunardi, le ministre italien des Transports, a déclaré que l'accident survenu hier à l'aéroport milanais de Linate, la pire catastrophe aérienne répertoriée sur le territoire italien depuis ces trente dernières années, était dû à une "erreur humaine".*

Puis elle observe les photos de l'avion endommagé.

Puis elle examine les documents officiels en italien, les cachets, les déclarations, les attestations... le montant versé par l'assurance de la compagnie aérienne et les lettres de condoléances écrites par son président. Elle se rappelle à présent le commentaire de Crâne d'Œuf à propos de l'argent et de la difficulté à l'évaluer, songe que posséder un jet privé prouve qu'on est à la tête d'une grosse fortune. Mais Marce voyageait en classe touriste sur ce vol, contrairement au président de la compagnie et à ses directeurs.

Quand elle a voulu récupérer la montre Cartier qu'elle avait offerte à Marce le jour de leur mariage, elle avait disparu. Elle n'était pas dans l'avion car son mari ne la portait pas le jour où il était monté à bord. Il l'avait mise au clou à Madrid quelques mois auparavant et l'avait substituée par une imitation. Il s'était arrangé pour qu'Irene ne remarque pas cette bonne contrefaçon chinoise qui avait fondu lors de l'accident. Quant à la vraie montre, elle était restée chez le prêteur sur gage. Elle avait utilisé l'argent de l'assurance pour payer les salaires des employés de Meubles Pour Tous, une affaire qui marchait mal. Pour la tranquillité de sa fille, son père les aidait financièrement. Marcelo avait refusé dans un premier temps, puis il avait accepté ces rentrées régulières qu'il considérait comme des emprunts. Les deux hommes n'avaient jamais rien dit à Irene, refusant qu'elle sache que le magasin n'était pas florissant. Que tous les amoureux puissent avoir chez eux des meubles de qualité était une idée charmante et poétique, mais dans les faits c'était un désastre, car les gens qui s'aiment se moquent d'avoir un beau mobilier et finissent par acquérir le leur chez IKEA.

Antonio riait intérieurement de cette idée de son gendre, mais il savait que sa fille la trouvait géniale et digne d'y consacrer sa vie ; sa foi était comparable à celle, instable, pour ne pas dire démente, de sa mère. Cette dernière s'était enfuie avec un voyageur de commerce qui vendait de la fumée, celle du tuyau d'échappement d'une Mercedes des années 1970 avec un million de kilomètres au compteur. Mais c'était une Mercedes, aucun doute là-dessus. Pourtant même les Mercedes peuvent devenir des tas de tôle, des poubelles. Irene tenait de sa mère, et son gendre du VRP en Mercedes. Mais Antonio avait des devoirs, sans compter qu'Irene avait un côté sombre et hypnotique. Elle avait le caractère de sa mère et le physique de son père, ce qui incitait ce dernier à la sortir de toutes les impasses dans lesquelles elle s'engouffrait. Elle occupait toutes ses pensées, cela frisait l'adoration. À travers son visage il voyait le sien, les traits d'une femme qui était sa fille, et il voyait se dérouler sa propre vie, son enfance et sa jeunesse. Il éprouvait beaucoup de tendresse pour elle depuis son plus jeune âge.

Que les indemnités de l'assurance correspondent à une somme aussi importante n'était pas exempt d'ironie.

Irene se rappelle que Marcelo était parti à Milan pour son travail. Il voulait acheter des meubles anciens, une table napolitaine du XVIIIe siècle, un chiffonnier français et une commode russe du XIXe siècle. Elle ne l'avait pas accompagné pour rester auprès d'Antonio, qui avait dû entrer à l'hôpital après s'être fracturé la cheville. Sa sœur ne se trouvait pas à Madrid à ce moment-là. Elle veilla donc sur lui, qui lui en fut reconnaissant mais ne le montra guère. C'était un homme de la vieille école dont les sentiments se manifestaient uniquement par les yeux, un regard qui était par ailleurs une arme tangible.

Des années plus tard, elle songe aux mains de Marce caressant ces meubles, cette commode russe, comme s'il promenait ses doigts sur sa peau ou la griffait jusqu'au sang.

Il était ravi d'avoir découvert cette table, ce chiffonnier et cette commode en parfait état. À l'époque, il se passionnait pour les antiquités. Il avait fait l'acquisition à Madrid d'une table baroque du XVIIe siècle qui le fascinait. Les meubles anciens permettaient de se connecter à des humains d'un autre temps. Le bois sculpté par la main de l'homme demeure.

Il était heureux, bien entendu. Sardonique, Antonio lui disait que des meubles aussi aristocratiqes risquaient de transformer les Meubles Pour Tous en Meubles Pour Quelques Élus.

Marce n'appréciait pas du tout ce genre de réflexion.

Il en était arrivé à penser que, faute de beaux meubles, il n'y avait pas d'amour dans le monde. L'amour avait besoin d'être assis sur une chaise ouvragée en bois massif et dorée à la feuille, tapissée avec soin et comportant des pieds qu'un artisan avait délicatement et artistement tournés. Quand l'amour s'asseyait sur une chaise IKEA, il se sentait humilié, blessé et quittait ce monde.

Irene se lève du lit et met “Dance Me to the End of Love”, de Leonard Cohen, sur Spotify, puis active la fonction “Lecture en continu”.

Elle reprend l'examen des coupures de presse et des photos.

Elle tombe sur un cliché qui s'est égaré parmi les autres, de Tory avec Federico Fellini, un matin de mars 1964, devant la porte de l'appartement du Testaccio, au 16 de la Via Rubattino.

Je devrais donner cette photo aux héritiers de Fellini, mais ça équivaudrait à exposer Tory, à en faire une personnalité aux yeux du monde et à lui attribuer une responsabilité dans la grande escroquerie de notre civilisation blessée à mort.

Elle ne l'était pas quand Tory et Fellini riaient et discutaient ensemble.

Elle remarque une photo de sa mère à vingt ans.

Elle était d'une beauté à couper le souffle.

Ma mère, c'est ma mère. Elle est partie avec un homme dont elle était tombée amoureuse, préférant l'amour à ses deux filles, elle a choisi l'amour comme je l'aurais fait, comme je l'ai fait et le fais encore, sachant qu'en vérité c'est nous que nous choisissons dans le miroir d'un homme qui devient un prétexte.

Sa mère, qui aimait le poème de Quevedo.

Qui s'est aimée.

Et qui a vu partout des actes désespérés.

Douce Irene qui a vu des femmes et des hommes aspirant plus que tout à la vie, désirant que la vie soit importante. Ils étaient accros à l'intensité, ces absurdes junkies de la beauté, ces Narcisses inaptes à la vie sociale et à la sagesse.

Elle a vu Emma Bovary – comment aurait-elle pu l'éviter –, cette femme qui représente tout son désespoir. Si elle vivait à notre époque, elle serait héroïnomane, cocaïnomane, alcoolique, que sais-je encore ? Clocharde ou terroriste. Qui serait-elle aujourd'hui ? Une folle enfermée dans ma chambre, à côté de moi.

Elle se relève et monte le volume.

Retourne s'étendre sur le lit.

Et pleure.

Puis elle se déshabille.

Elle se regarde, nue devant le miroir, et se trouve vraiment jolie.

L'instant d'après, elle a la capacité de se voir telle qu'il la voyait et telle que l'ont vue les hommes et les femmes qu'elle a rencontrés.

Elle va se doucher.

L'eau chaude touche son corps, elle se caresse, meurt de plaisir sous l'eau dans une agitation où se mêlent présent, passé et futur.

Elle sort de la salle de bains toute dégoulinante et, sur son portable, met “She”, d'Elvis Costello.

Ce jour-là Marce était aux anges, il l'avait appelée de Milan. L'homme qui lui avait vendu la table et la commode lui avait dit qu'un antiquaire de Copenhague avait des meubles espagnols du XIXe siècle.

Il comptait passer deux jours au Danemark, pas plus.

Ils n'avaient jamais été séparés aussi longtemps, cela faisait déjà trois jours, et il s'apprêtait à en passer encore deux ou trois à Copenhague.

Il avait trouvé un vol au départ de Milan.

“S’il voyait cette table et cette commode, mon père serait content”, dit-il à Irene le 7 octobre 2001.

Elle se rappelle la manière dont elle l’a décrit à Crâne d’Œuf : il n’avait rien de spécial, il était comme tout le monde, comme personne.

Il l’avait rappelée de l’aéroport.

“L’avion décolle dans deux heures, mon amour.”

Et elle ne l’avait plus jamais revu, son corps avait été consumé par les flammes, il n’y avait pas de corps. Ses os s’étaient pulvérisés. Il s’était enregistré avec son passeport italien et ne fut donc pas comptabilisé parmi les victimes espagnoles. Le 8 octobre 2001, 118 personnes moururent dans ce crash aérien.

Quand on lui annonça la catastrophe, Irene fut en état de choc, elle fit une crise de panique. Elle ne respirait plus, ne voyait plus, ne parlait plus. Elle ne voulait que se bourrer de somnifères.

Pour dormir vingt-quatre heures par jour.

Se nourrir d’anxiolytiques.

Ne plus manger.

Ne plus vivre.

Dormir. Quand elle se réveillait, elle avait quelques secondes de confusion pendant lesquelles le crash n’existait pas dans ses pensées, tout était normal. Cinq ou six secondes.

Elle souffrit du vide comme aucun être humain ne pourrait le concevoir. Elle ne pouvait pas se tuer, Marce ne le lui aurait pas pardonné.

Elle avait envie d’asperger d’acide le visage des techniciens et des directeurs de cette maudite compagnie aérienne, de toutes les compagnies aériennes.

Elle erra de par le monde.

Lui inventa d’autres morts.

La vraie était absurde, causée par la civilisation, les pouvoirs terrestres, les hommes, la technique, les avions, les aéroports, la science, le néant, l'immense néant, la politique, la souillure, les cloaques, le vide.

Elle lui inventa une vie auprès d'elle.

Elle découvrit qu'il lui apparaissait lorsqu'elle avait des orgasmes avec d'autres hommes et d'autres femmes, toujours en haut d'un escalier en flammes, toujours souriant, toujours muet.

Elle se condamna.

Le maintint à ses côtés au moyen de liturgies, de prières, de psalmodies, de rêves, de messes, d'oraisons semblables à celles du christianisme ou du satanisme, c'est du pareil au même.

Les chrétiens ne procèdent-ils pas comme elle le fait ?

Elle le maintint à ses côtés au moyen d'orgasmes.

Et finit par s'inventer un mode de vie.

López Santaliestra ne s'y opposa pas au motif qu'elle ne nuisait à personne hormis à elle-même. C'était un moindre mal dans la mesure où il lui permettait de rester vivante.

Elle obtint donc l'aval de son psychiatre : elle est vivante, elle voyage, elle aime et se souvient.

Qu'il en soit ainsi.

López Santaliestra l'a sauvée de l'abîme.

Ou bien c'est elle qui s'est sauvée toute seule.

Fin

Nous sommes nus tous les deux, et sur l'ordinateur j'ai mis “Je te veux”, chanson d'Erik Satie.

Ton visage était au niveau de mon duvet pubien, cette chanson s'élevait et je distinguais la chute du temps, son abolition, l'ivresse débordante de l'amour. Je voyais cela.

Le temps était mort, pas toi.

Le temps est toujours là, c'est toi qui es mort.

Deux êtres atterrés par le miracle d'avoir réussi à ne faire qu'un.

La joie que j'éprouvais quand tu glissais ta langue là.

Je ne pensais pas que tu allais mourir, que les heures de mon bonheur étaient comptées. Et cette chanson que nous aimions tant, sur laquelle nous dansions nus et que j'écoute à présent comme une folle.

Tu sais quoi, mon amour ? Nous n'avons fait de mal à personne.

À personne.

"Je te veux". Maudite chanson. Je te vois. Je t'aime. Je te vois encore.

Je veux te remémorer plein de passion, illuminé comme un soleil, déchaîné comme une tempête au milieu de l'Atlantique Nord, parce que c'est l'impression que j'avais lorsque tu m'étreignais et que tout s'écroulait autour de nous, sauf toi et moi.

Quand on a vu cela de son vivant, on ne souhaite plus rien voir d'autre.

Si l'oiseau gris-de-plomb n'est pas tous les jours dans ma bouche, alors je n'ai rien, et si au lieu d'un oiseau c'était un poisson, un poisson avec la tête d'un dieu, et si tu n'as pas cette grotte emplie d'odeurs intenses, ce ragoût de viande mitonnée dans de l'huile, de l'eau, du sang, ce pot-au-feu palpitant et nauséabond, cette poule sanglante, si nous n'avons pas tous deux ces odeurs terrifiantes, c'est que nous n'avons rien et que tout l'or du monde ne saurait nous satisfaire. Si je n'ai pas dans la bouche l'espadon à tête d'éléphant fraîchement sorti des profondeurs de l'Atlantique Nord, c'est que je n'ai rien.

Si tu ne me transperces pas comme une méchante blatte, c'est que nous n'avons rien.

Nous avons aussi été méchants, car sans être mauvais ni causer de ravages, deux humains ne peuvent continuer à se désirer et à copuler après avoir passé vingt ans ensemble.

22

MURMURES, BRUITS DE PAS, MOTS DE MARCELO DEPUIS LE ROYAUME DES MORTS

Irene entend quelqu'un marcher, parler, elle l'entend toujours au fil du temps et continue de percevoir les bribes d'un rêve.

Le désir qui ne s'atténue jamais. Il serait idiot de croire qu'il prend fin avec la mort, et il faudrait être d'une naïveté sans nom pour penser qu'il s'éteint quand le corps disparaît. L'envie d'être au plus près de toutes les beautés qui existent sous le soleil et sur terre, comme disposé à les embrasser, c'est ce que j'ai vécu et que je vis encore sans que ma convoitise diminue. J'ai eu la chance que toutes les belles choses éparses soient concentrées en un seul être. Car la dispersion rend les humains fous.

Je veille à ce que le rasoir de mon père soit mis sous clé, c'est ce que je voulais dire.

J'ai eu le bonheur de la rencontrer, de la voir, de m'éprendre d'elle.

Ensemble nous recherchions la lumière du soleil, mais ça n'a pas duré longtemps.

Nous avons ensuite fait usage de la lame.

Sur la pulpe de nos doigts. Tout était sang et sexe.

Le besoin de rire est indissociable de la condition humaine. On veut donner un sens à sa vie au travers du rire, des égratignures, des coups de pied, des gifles.

J'aimerais dénombrer les occasions où j'ai ri avec Irene.

Il probable que les gens ne rient pas lorsqu'ils font

l'amour. Ils rient après ou avant, mais au moment du plaisir on ne peut pas rire, le plaisir étant dissocié de l'intelligence, or c'est l'entendement qui conduit au rire.

Nous ne nous racontions pas de blagues ni rien d'amusant, l'acte amoureux étant sans doute une souffrance jouissive, la compréhension des abîmes. Je ne sais pas. Peut-être aurions-nous dû rire davantage.

Peut-être est-ce le signe d'une imperfection.

Les gens rient. Rire est humain.

Il m'est peut-être arrivé de regarder une autre femme et elle un autre homme, notre histoire a peut-être été un mensonge issu de la volonté d'un humain caché qui s'est raconté à travers nous, un humain plongé dans la douleur avec un gros appétit de vie. Tout ça, ce sont des sottises.

Le désir de pénétrer un autre corps se manifeste chaque jour à l'aube, tu te couches en voulant copuler et tu te réveilles en éprouvant la même envie que lorsque tu es allé au lit, qui finit par devenir une souffrance issue de la peur de ne pas vivre sa vie. Ce besoin est dicté par une nature terrifiante.

Nous n'avons guère évolué.

Mais Irene est pleine d'énergie.

Elle maniait la lame de mon père comme une bouchère. Je n'avais pas mal, elle me coupait en m'embrassant et à la fin du baiser nous étions ensanglantés, mais tout allait bien, c'est résolument merveilleux de voir la quantité de sang que nous avons en trop. La coupure est un peu douloureuse, mais c'est une douleur mentale. Le sang effraie, mais c'est une frayeur mentale. Au lieu de donner notre sang comme le commun des mortels, nous le répandions sur nos corps.

Notre énergie est faite de sexe.

Moi, Marcelo, je propose de réformer toute la civilisation, qui est édifiée sur l'erreur, d'où la destruction.

L'histoire s'est érigée sur l'erreur.

Irene et moi avons traversé la Méditerranée main dans la main avec Iberia. Mais ça ne nous suffisait pas. Nous n'étions pas capables de traverser cette mer à la nage. Nous nous serions jetés à l'eau à Barcelone et nous aurions gagné Rome à la nage en faisant escale dans les îles découvertes sur notre passage pour reprendre des forces.

La vie est immense et les gens l'ignorent, ils la vivent comme un exercice de normalité. Je n'ai jamais compris cela, c'est pourquoi en constatant qu'Irene était une représentation de l'ampleur de la vie lorsque je l'ai rencontrée, j'ai pensé avoir résolu l'énigme. Virginia Woolf était son écrivain préféré. Et le mien. "J'entends parfois le tonnerre résonner en moi, la complète inutilité de ma vie[01]."

Elle couche maintenant avec de nombreux hommes et femmes et me convoque. Je viens vers elle, embrasé.

L'intensité de ses délires me fait me relever d'entre les morts et je m'exprime.

Elle croit que nous avons été mariés vingt ans alors que nous n'avons passé que dix-sept mois ensemble, et de là où je suis j'essaie de préserver son conte de fées, car sa vie en est un.

La mienne aussi.

Quelle existence n'en est pas un ?

Ces dix-sept mois ont été merveilleux, mais nous ne le savions pas alors, je ne me suis pas aperçu que mon bonheur culminait. Aucun humain n'a conscience de cela.

Nous le découvrons plus tard.

Irene était jeune, tout comme moi. Les jeunes gens sont innocents. L'âge de l'innocence est peut-être celui de la plénitude. Je vis dans sa tête, dans son imagination, dans

01 — Dans une lettre datant de 1930 adressée à Ethel Smyth.

sa solitude, et ce depuis toujours, depuis la nuit des temps les êtres perdurent dans l'esprit de ceux qui les ont aimés, c'est une liturgie sans fin.

N'épouse pas cette femme, m'avait dit ma tante Alicia. Tu ne vois pas qu'elle est habitée par le Mal ? Ne l'épouse pas.

23

LE TROISIÈME ANGE

Nous sommes en décembre, en 2041, à Amsterdam, par une froide journée d'automne. Une septuagénaire résolue aux gestes nerveux discute en anglais avec le beau et jeune réceptionniste de l'hôtel Ambassade. Elle porte un manteau de laine bleu, une écharpe blanche, des lunettes design, et son teint resplendit en dépit de son âge. Son manteau l'enveloppe comme si elle était au centre d'un tableau de Picasso.

— Vous savez, jeune homme, je descends souvent dans cet établissement et j'aimerais avoir la chambre 95, que nous occupions toujours, mon mari et moi.

— Oui, madame. C'est un honneur de vous recevoir. J'espère que vous vous y plairez. Vous avoir parmi nous est un véritable plaisir, vous êtes une de nos clientes préférées. Voici la clef, une clef à l'ancienne comme on en faisait il y a un siècle, inspirée du Ritz.

— Vous savez si William est encore serveur dans votre illustre maison ? Il travaillait ici en 2022.

Elle adore utiliser des expressions désuètes, des adjectifs d'un autre temps, comme si la nostalgie du passé se reflétait dans les mots. Au fil du temps, quand on se réfère à des faits anciens, tout repose sur les mots.

— Je crains de ne pas pouvoir vous répondre, je ne suis ici que depuis trois ans. Pour autant que je sache, aucun William ne fait partie de l'équipe. Vingt ans c'est long, répond l'employé, qui esquisse un sourire sincère et aimable pour lui signifier qu'il a bien compris sa question, mais qu'il s'est écoulé de longues années depuis sa dernière visite.

— Bien sûr. Laissez-moi néanmoins vous dire que ces

vingt ans qui vous impressionnent ne représentent pas grand-chose, vous le constaterez un jour par vous-même. Vingt ans sont en réalité une seconde, affirme-t-elle en lui lançant un regard mélancolique. Vous verrez, vous ne le découvrirez ni aujourd'hui ni demain, mais tout de même assez vite : vingt ans sont une journée, quarante ans sont une journée après une nuit d'insomnie, une journée plus longue que les autres.

Ses propres réflexions la pétrifient car elle y croit : quelque part dans l'univers, dans un lieu reculé, les dieux qui régissent le destin des hommes et des femmes s'amusent à nous inculquer que vingt ans équivalent à 630 720 000 secondes alors qu'ils ne correspondent qu'à une seule seconde.

Une seule seconde.

C'est la raison pour laquelle les montres à quartz sont incapables de mesurer le temps, leur comptage en secondes ne pénétrant pas dans les pays internes que chacune contient. En revanche, la trotteuse des montres mécaniques déchiffre ce que chacune d'entre elles dissimule, Irene le sait parfaitement et c'est pourquoi jamais elle n'a porté de montres à cristaux liquides.

Elle se dirige vers l'ascenseur avec sa valise. Le lieu n'a guère changé, ils ont peut-être fait quelques travaux de rénovation, choisi une peinture d'une autre couleur, mais la moquette est toujours aussi rouge et les portes des chambres d'un blanc éclatant.

L'ascenseur est de dernière génération, avec une porte et des parois de verre. Il monte et descend sans bruit, léger, l'éclairage est solaire, un prodige de la technologie, signe que le monde est en progrès constant.

Quand elle ouvre la porte de sa chambre, l'euphorie gagne son cœur. Enfin. La chair, songe-t-elle. Je suis encore constituée de chair, je suis un corps qui désire tout.

Elle regarde le canal par les grandes baies vitrées. Il est

resté le même. La chambre également, hormis les fauteuils et la table qui paraît neuve. Combien de supplantateurs et de supplantateuses a-t-elle connus ? Depuis des années, elle appelle ainsi ses amants, qui lui ont donné tant de bonheur. Elle doit aujourd'hui venir les chercher à Amsterdam, la capitale des amours tarifés. Elle ouvre son bagage et range ses vêtements dans la penderie.

Elle la caresse. À l'intérieur, son manteau bleu brille en ravissant ses yeux. C'est un manteau luxueux confectionné à Rome, sa Rome adorée.

Les penderies, les armoires, quelle beauté pacifique de ces meubles qui abritent les vêtements des amoureux.

Marce, ce sont les tiens.

Il y a quarante ans tu es parti acheter une armoire du XIXe siècle à Copenhague et tu n'es jamais revenu, sauf dans mes liturgies, au travers de mes passions pour d'autres hommes et d'autres femmes. Si tu n'étais pas monté à bord de cet avion, que se serait-il passé ? Dis-le-moi, mon amour.

Et s'il ne s'était rien passé du tout ? Si nous n'avions été qu'un couple parmi d'autres, deux personnes usées par la routine qui finissent par un divorce banal et un partage de biens ? Mais... si nous avions été au contraire le miracle que le monde attendait sans que la nature le permette ? Je crois que oui, j'ai tout misé sur le miracle.

Elle sort de son sac un carnet recouvert de cuir, un tableau interactif imitant les journaux intimes en papier, et commence à en examiner les pages couvertes des noms des hommes et des femmes avec qui elle a couché pendant ces quarante dernières années.

Elle peut faire des recherches et projeter des photographies.

Des visages et des noms apparaissent sur un des murs de la chambre.

Mes supplantateurs bien-aimés, ils ont tous fini par devenir toi, Marce.

Elle examine leurs traits. Ils sont si nombreux qu'elle passe les pages au hasard, faisant défiler, déambuler sa vie dans cette chambre comme un fantôme. Tous ces visages et ces corps attestent qu'elle a bien vécu. Elle trouve cela important et solide.

Elle ne se souvient pas de la plupart d'entre eux, mais si elle les considère dans leur ensemble, ils représentent le sel de son existence.

Je les ai tous aimés, hommes et femmes.

Quel a été leur destin ?

J'espère qu'ils sont tous morts, ça vaut mieux, je ne supporterais pas de les savoir encore sur terre. Qu'ils ne soient plus de ce monde est une bonne chose, ça signifie que je les ai terrassés. Si je meurs avant eux et s'ils l'apprennent, ils auront peut-être pitié de moi.

La vie, j'ai besoin de voir la vie avant de partir. Qu'est-ce que la vie ? Si elle est quelque part, c'est forcément dans cette palette d'amants, dans ces visages, dans ces corps d'hommes et de femmes avec qui j'ai fait l'amour, en quête du grand amour qui m'a été enlevé dans un maudit crash aérien.

Si seulement tu émergeais une fois de plus des ombres, si tu pouvais comprendre mon angoisse ! Aujourd'hui les hommes et les femmes ne me désirent plus parce que je suis vieille. Toute tentative pour les attirer serait pathétique.

J'ai dû payer mes derniers amants, je l'avoue.

Comme si payer était affreux alors que le plus affreux de tout est le désir sans destinataire, à croire que la nature doit s'accommoder de nos normes morales et s'y soumettre.

Désormais plus personne ne désire ni ne convoite ton Irene, sauf toi, qui vis dans l'oubli.

Le vieillissement féminin ne connaît pas de rédemption, dès que nous sommes marquées par l'âge, nous devenons indésirables, et cet état de fait n'a subi aucune transformation politique, tout s'en va dans les rides et la décrépitude.

Quarante ans d'angoisse.

Quarante ans avec un fantôme doré.

Quarante ans au cours desquels il ne m'est même pas venu à l'idée que j'aurais pu m'accorder une autre chance en amour, depuis que tu as péri dans ce stupide accident d'avion alors qu'il n'y avait plus de crashs aériens dans le monde civilisé. Les êtres abominables se sont vengés, ils ont pris ton corps contre de l'argent, ils m'ont accordé une belle indemnisation. L'argent, toujours l'argent.

La foi que j'ai eue en toi me semble la plus belle chose de ma vie, car ma conviction la plus forte a été de savoir qu'il n'y aurait personne après toi, que personne ne serait comme toi.

Un jour, Crâne d'Œuf m'a laissé entendre que cette stratégie morale était due à mon appétit sexuel insatiable. Son manque de foi en moi m'a touchée en plein cœur et c'est tant mieux. Car la foi peut aussi être mauvaise.

Crâne d'Œuf agonise, centenaire, dans une maison de retraite, parce que ses enfants ne veulent pas de lui et qu'il a perdu sa femme il y a longtemps.

Mon père est mort.

Ma sœur vieillit chez elle, à Madrid.

La tienne, Paola, vit à Des Moines et ne me téléphone plus, pas même à Noël. Je ne compte pas aller là-bas, dans la capitale de l'Iowa, qui ne vaut ni New York ni Chicago. Et le pire, c'est qu'elle n'a aucune raison de m'appeler, moi qui n'ai été mariée avec son frère que pendant dix-sept mois, il y a quarante ans de cela. Elle a sa vie à Des Moines, et tout ce que nous pouvons faire toi et moi, c'est prier ce dieu dans lequel nous ne croyons ni l'un ni l'autre qu'elle se souvienne de temps à autre non pas de toi, mais au moins de ton père, Tory, et de ta mère, Valeria.

Tu as également une nièce que je n'ai jamais vue, qui doit avoir trente ans et est sûrement déjà mère. De mon côté tu as une autre nièce, Victoria, que tu n'as pas connue. Les tiens ont essaimé aux États-Unis, les descendants de ton père chéri qui fabriquait les décors de Federico Fellini.

Tout perd de l'énergie.

L'appartement de Tory dans le Testaccio existe toujours, au quatrième étage du 16, Via Rubattino. Je suppose qu'il a dû être remodelé au moins cinq fois.

L'architecture perdure, mais changée en logements plus sophistiqués, plus intelligents. Tout y est prévu, fonctionnel mais sans beauté.

Quand je retourne à Rome je vais voir cet immeuble dont la façade a été respectée. Elle est restée identique, mais les façades ne sont pas dotées de la parole.

Je me mets devant et l'observe longuement.

Je t'imagine à la fin des années 1960 du XXe siècle déjà lointain, tu marches dans la rue avec ta mère, qui te tient par la main.

J'imagine ton père discuter avec Federico Fellini devant chez toi, prenant congé de lui, parce que tu m'as dit qu'il était un jour venu le chercher pour parler d'un des décors d'*Amarcord*, et que ton père était ému que le cinéaste ait foulé le sol de votre foyer.

Me voilà seule, debout devant chez toi en 2005, 2010, 2020, 2030.

Devant l'immeuble du 16, Via Rubattino, essayant de pénétrer dans le passé pour te voir, de forcer la porte qui s'ouvre sur l'abolition du temps.

Je pense à Crâne d'Œuf, qui aurait mieux fait de ne pas me croire, de même qu'on n'a jamais cru les artistes, les philosophes, les visionnaires ou les amoureux. En 1600, on a brûlé pour hérésie Giordano Bruno sur le Campo de' Fiori de notre Rome adorée. Pour ne pas t'oublier j'ai dû te mêler comme j'ai pu à d'autres humains, par angoisse, cette angoisse qui était aussi la tienne, identique à la mienne.

Je lis tous ces noms, ces dates, ces lieux. Des noms d'hommes et de femmes, et je me rappelle la joie intense que m'ont donnée ces corps. Je ne vois pas d'autre objectif dans la vie que la quête incessante de cette joie. Je n'ai pas noué de liens avec eux, il est important de le souligner, c'étaient des rencontres d'une ou deux nuits, pas davantage, sans quoi j'aurais mis en danger ma foi, mon identité, ma loyauté vis-à-vis de toi, qui sont au-dessus de tout. Je crois néanmoins avoir eu des rapports plus poussés avec certains, il me semble que oui, bien entendu, pour tenter de connaître à nouveau l'amour, bien sûr que oui, je ne vais pas te le cacher. Mais ces amants m'effrayaient un peu car ils risquaient de me demander quelque chose en retour : une relation, une assiduité, une obligation. Or je n'ai eu qu'un seul engagement dans ma vie : toi.

Toi, autrement dit moi.

Une femme telle que moi a dû bâtir une religion personnelle pour être au-dessus de la civilisation, de la société, des nations, des êtres abominables et de toutes les superstitions de l'histoire, y compris la science, le progrès et la technologie.

Tout ce qui est réel est aliénant.

Tout ce qui est aliénant est réel.

C'est pourquoi je n'ai pas approfondi mes rapports avec ces corps parlants qui me conduisaient au corps muet, à savoir le tien. Mais je crois aussi avoir eu des rapports intimes. Qu'il est beau que les deux aient été possibles, comme dans la physique quantique : des rapports intimes, pas de rapports intimes.

Elle se dénude et prend un bain d'eau bien chaude.

Puis elle passe un peignoir et s'étend sur le lit.

Le contact du tissu avec sa peau représente la vie.

Elle synchronise son bracelet digital pour projeter un écran en trois dimensions sur lequel elle cherche des informations afin d'avoir de la compagnie cette nuit.

Les annonces sont fastueuses, hypnotiques, colorées et lumineuses.

Elle a le choix entre des hommes réels ou virtuels présentant toutes sortes de caractéristiques, particularités, spécificités, telle est configurée leur personnalité. Spécificités : science, cinéma, littérature, politique, sports, géographie, histoire, arts, musique, échecs et tout ce qu'on peut imaginer.

Elle se décide pour un homme réel, l'option de luxe, l'option *premium*.

Elle choisit ses spécificités, ses sujets de conversation, ses vêtements, sa taille, la couleur de ses yeux, le ton de sa voix, sa langue, sa peau.

Tant de choix l'exaltent, elle a l'impression d'être Dieu créant les humains. Elle est transportée.

Dans une heure et demie on sonnera à sa porte, car l'hôtel Ambassade aime conserver les vieilles traditions, de sorte que chaque chambre a sa propre sonnette.

Elle s'habille lentement pour qu'on la déshabille encore plus lentement et change d'avis, règle de nouveau son bracelet digital, annule l'opération et paie les frais correspondants avant de réserver une personne de sexe féminin.

Elle se sent réconfortée.

Toutes ces années passées à chercher elle ne sait trop quoi.

Des corps d'hommes.

Des corps de femmes.

C'est la même chose, elle a conscience que ce ne sont que des caprices de la nature. D'énormes et frivoles caprices de la nature qui s'amuse avec nous en pratiquant un art d'avant-garde : ici je place un bras musclé, ici de larges hanches, ici un sein, ici un petit cul et là un gros, ici une chevelure et là une barbe. Nous ne sommes qu'une grande terrasse ouverte sur le néant, rien de plus.

Elle rit, Irene rit.

Elle regarde par les grandes baies tomber la neige sur les canaux d'Amsterdam.

Son amante ne va pas tarder.

Elle ordonne au bracelet de mettre “Je te veux” en mode universel, une surprise technologique qui consiste à transformer les objets en musique, les rideaux de la chambre, le lit, les lampes, les murs, les fauteuils, la table de chevet – qui était selon Marce un rempart contre les ténèbres de la nuit – en chansons d’amour. Cette fonction rend les gens fous de plaisir.

Le mot est “plaisir”.

“Plaisir” a toujours été le mot qui convient.

Certains ouvrent une fenêtre pour se procurer du plaisir, d’autres dégustent un excellent ragoût et éprouvent le plaisir radieux de la viande sur le palais, les lèvres, dans l’estomac. D’autres s’achètent une maison et s’enivrent de la possession de biens. D’autres sont nommés présidents de ceci ou cela et satisfont leur désir de privilèges, une satiété qui déferle comme un irrépressible fleuve de plaisir.

On sonne.

Et si c’était la mort ? La bonne mort qui apparaît dans les vers de Jorge Manrique :

Lui disant : “Bon chevalier,
Quittez ce monde trompeur
De reflets ;
Et que votre cœur si ferme
Montre sa célèbre force
En ce pas[01]*.”*

Le reflet s’estompe, la foi absurde que j’ai mise pendant des années dans un couple dont personne ne sait ce qu’il a été exactement.

Moi et mon délire. La junkie de l’enthousiasme, de la passion. Une accro à la passion.

01 — Jorge Manrique, *Stances sur la mort de son père*, éd. Le temps qu’il fait, 1996, traduit de l’espagnol par Guy Debord.

Qu'a été notre mariage au juste ?

L'invention la plus merveilleuse d'une pauvre femme, d'une chienne insignifiante à la recherche d'un chien qui est mort brûlé.

On sonne de nouveau.

Et si c'était lui ? Dans sa belle jeunesse, celle qu'il avait il y a quarante ans, quand son corps s'est consumé dans cet avion italien (qui n'était en outre pas italien, tu as même changé ça parce que c'était un appareil de la Scandinavian Airlines), un corps brûlé dont la mission était de ravager le mien dans le bûcher de l'amour.

Irene, tu es plus ridicule de jour en jour. Le “bûcher de l'amour”, quelle ringardise, songe-t-elle en se dirigeant vers la porte.

Une grande femme noire se tient devant elle. Elle est jeune, a une chevelure abondante et dans les yeux une expression juvénile, effrontée et arrogante qui captive Irene.

Elle entre.

Arpente la chambre en exhibant son corps.

Elle porte un manteau blanc qui contraste avec sa peau. Irene pense à son manteau bleu, à un combat de manteaux et de couleurs. Elle sait que le sien est de bien meilleure facture.

La femme synchronise son bracelet avec celui d'Irene pour effectuer la transaction.

Irene lui demande son âge en espagnol, la femme lui répond en français. Elle a vingt-sept ans, est de nationalité bulgare et s'appelle Maria.

Elle paraît sortie d'un film de Fellini. Évidemment, il fallait que le souvenir de Fellini ressurgisse quelque part. Irene croit être face à l'actrice de *La Dolce Vita*, Anita Ekberg, mais noire.

La femme retire son manteau et prend les mains d'Irene.

Elles se regardent droit dans les yeux et l'abîme réapparaît, le danger et le désir.

Maria retire ses vêtements sans hâte, connaissant à l'évidence les règles et les rituels de son métier.

Elle est entièrement nue.

Elle n'a pas honte du tout.

Son corps est un triomphe de la vie.

La voir dans le plus simple appareil est suffisant.

Irene a besoin d'écouter une autre musique pour entamer la danse de l'amour, et exige que le bracelet passe un sirtaki de Mikis Theodorakis.

Quel est l'autre mot en plus du mot "plaisir" ? Ah oui. "Volupté". Il y en a d'autres : "jouissance". Et aussi "réjouissance". Et encore un qui est bien ridicule, "satisfaction", qui a rendu les Rolling Stones célèbres il y a plus de soixante-dix ans. Elle rit en pensant à ces mots qui sont raccordés à des actes réels accomplis par des hommes et des femmes au fil des siècles, tel est le mystère du langage. L'amour d'Irene a également été un langage, des mots dans lesquels les faits se cachent à jamais.

Elle se sent en paix dès que la femme l'embrasse, faisant disparaître ses peines, son angoisse, sa peur de la mort, sa peur de ne pas avoir vécu, sa peur d'avoir traversé ce monde sans objectifs ni certitudes, sans famille ni mari, sans enfants, sans amour, sans rien. Dans ce baiser payant elle se repose, accède à un petit pays où règnent le plaisir et la sérénité. Car pour elle le sexe a toujours correspondu à une quête de sérénité.

Theodorakis gagne son cœur de la même manière qu'elle entre au cœur du plaisir.

Je t'aimerai tant que le soleil éclairera la terre, songe-t-elle à voix haute. Tant que la lumière existera. Ce n'est que lorsqu'elle s'éteindra qu'alors et seulement Marce et son Irene seront engloutis par le silence, par le néant.

Le lendemain matin, Irene se fit apporter son petit déjeuner dans sa chambre avec une coupe de champagne. Une jeune serveuse apparut en poussant un chariot contenant un plateau argenté. Elle posa le tout sur la grande table de la chambre et partit après avoir empoché un gros pourboire. Irene se rappela le jour où, vingt ans auparavant, à Nice, la groom avait été déçue par le billet de cinq euros qu'elle lui avait laissé.

Elle but le café et le jus d'orange mais ne mangea rien.

Elle alla ouvrir le robinet de la baignoire, appela la réception pour demander qu'on ne la dérange pas de la journée et renonça au service de chambre.

Elle fut catégorique.

Nul ne devait la perturber sous aucun prétexte. L'employé voulut savoir si elle allait bien, elle répondit par l'affirmative. Elle voulait seulement un peu de calme et d'intimité, deux termes qui étaient de mise dans ce type d'établissement.

Elle se déshabilla.

Se regarda dans le miroir du dressing.

Elle était une femme âgée à la peau ridée, à la chair en passe de se dégrader, de s'oxyder, de mourir. Elle avait cependant le regard ardent.

"Cette chair, c'est moi", dit-elle face au miroir.

Est-elle vieille ? Elle sera ce que je dirai qu'elle est.

De la chair ? Non. Plutôt une âme qui s'est rendue visible au travers de la peau.

Elle se désira alors, mais moralement, en ignorant son corps. Ce n'était pas du narcissisme dans la mesure où elle considérait le désir qu'elle ressentait pour elle-même comme une conquête de la volonté et de la bonté.

Elle voyait les axes ancestraux de la vie, le flux, le mystère, les os de la réalité bravant ceux de son imagination, un affrontement séculaire entre la réalité et le désir.

Elle se souvint du poète Luis Cernuda, qui avait connu ce long combat toute son existence, d'où son grand œuvre,

La Réalité et le désir, qui n'était pas un titre pour faire joli, comme chez certains poètes, mais une vérité.

Son corps contenait un beau crépuscule, il était encore un objet de convoitise.

Au moins elle tolérait son image, n'avait pas envie d'en détourner les yeux. Les gens qui peuvent encore se regarder dans un miroir peuvent mourir en paix.

Elle s'étendit nue sur le lit et attendit que la baignoire soit pleine, puis vérifia la température de l'eau, qu'elle trouva parfaite. Elle ouvrit sa trousse de toilette pour prendre deux anxiolytiques qu'elle avala avec la coupe de champagne. L'alcool galopa aussitôt dans son corps, lui faisant de l'effet. Elle sourit, ouvrit le dressing et sortit de sa valise une boîte qu'elle posa au milieu de la table.

Elle contenait l'ancienne lame de Tory, fabriquée à Albacete en 1921. Marce en avait hérité et ils s'en étaient servis à de nombreuses reprises pour se blesser lors de leurs fêtes de sexe ténébreux.

Elle l'avait fait restaurer et aiguiser.

Elle semblait fraîchement sortie des mains de l'artisan qui l'avait coulée plus de cent vingt ans auparavant.

Elle avait été en contact avec la peau de son beau-père, qu'elle n'avait jamais connu, celle de son mari et la sienne, leur sang à eux trois.

Elle retourna fouiller dans sa valise.

Tira d'un écrin la Patek Philippe de sa mère et la mit autour de son poignet. Il lui manquait encore quelque chose d'important, un objet assez lourd qu'elle avait rapporté de Madrid.

Une brique rangée dans un coffret en acajou.

Une des briques d'un mur de son appartement de la rue Santa Catalina, dans le Quartier des Lettres.

Elle l'avait prise pendant les travaux effectués sur place en 2021. Sableuse, elle était presque ridicule, inexpressive, poussiéreuse, sans signification évidente, mais le produit d'une superstition sale et rustre.

Il y avait encore le pull à col roulé en cachemire de Marce, demeuré inchangé pendant quarante ans car cette laine sait résister au temps.

Brique, lame, pull.

Pull, brique, lame.

Lame, pull, brique.

Elle ne devait pas oublier non plus une page arrachée d'un livre :

CONSTANCE DE L'AMOUR AU-DELÀ DE LA MORT

Voiler pourra mes yeux l'ombre dernière
Qu'un jour m'apportera le matin blanc,
Et délier cette âme encore mienne
L'heure flatteuse au fil impatient ;

Mais non sur cette rive-ci de la rivière
Ne laissera le souvenir, où il brûla :
Ma flamme peut nager parmi l'eau froide
Et manquer de respect à la sévère loi.

Âme, à qui tout un dieu a servi de prison,
Veines, qui à tel feu avez donné vos sucs,
Moelle, qui glorieuse avait brulé,

Vous laisserez le corps, non le souci ;
Vous serez cendre, mais sensible encore ;
Poussière aussi, mais poussière amoureuse.

Elle plongea la brique dans l'eau.

Enfila le pull en cachemire.

Se glissa dans la baignoire, la lame à la main, les yeux posés sur le poème de Quevedo, et s'aperçut que ces vers étaient un pur galimatias syntaxique, sans signification précise, car le poète n'avait jamais su vraiment ce qu'il cherchait à dire avec exactitude, voulant simplement exprimer une belle utopie, un son, une chanson procurant du plaisir à l'oreille, mais non à l'esprit.

Ces vers étaient donc une chanson dépourvue de sens, comme Irene, comme la chimère de sa propre vie. Le chant d'un rossignol est beau mais il ne dit rien de rationnel, il ne nous dit pas ce que nous devons faire. Sa mère avait vécu cela et maintenant elle aussi le vivait.

Un vague plaisir pour l'oreille, songea-t-elle.

"Plaisir", le seul mot qu'avait entendu sa mère, celui qu'Alicia avait lu dans ses pensées, exercer le plaisir comme un métier, car telle avait été sa fonction : se procurer coûte que coûte du plaisir.

Quand on ressent du plaisir, la vie est respectée.

Qu'est-ce que le matin blanc, qu'est-ce que l'âme ? Quels sont les sujets et les verbes de ce fichu sonnet qu'elle avait tant aimé ? Elle se rendait compte à présent qu'il était creux, mal écrit quoique magnifiquement construit, mal pensé, invraisemblable et cependant très beau, il en était ainsi parce que nous ne savons rien, que l'ignorance est notre destin et que la seule chose à faire est d'entonner une chanson.

Elle ne put réprimer un sourire en découvrant le chaos de ce poème archi-célèbre, car si les spécialistes de la littérature en langue espagnole devaient sauver quatorze vers de la destruction et du feu mettant fin à notre espèce, ce serait ceux-là, un embrouillamini de mots qui ne veulent rien dire.

La comédie, l'indigente comédie humaine, voilà ce qu'est ce sonnet, estima-t-elle.

Elle laissa tomber dans l'eau la page qui s'en imbiba, observa le plafond, posa les pieds sur la brique, retroussa jusqu'aux aisselles les manches trempées du pull, s'empara de la lame de Tory, examina la surface blanche de ses bras et, de sa main droite parée de la Patek Philippe, elle porta un coup ferme et précis à son poignet gauche, faisant jaillir le sang à gros bouillons, qu'elle évita de regarder, puis elle remonta le bracelet et entailla le poignet droit, réalisant une coupure moins nette et plus courbe à cause de la présence gênante de la montre, mais tout aussi prodigue en sang.

Au moins elle ne mourrait pas d'un accident comme celui qui avait écrasé le crâne d'un jeune homme, Gustavo. Il n'avait pas mis son casque, cet idiot, ce fou enhardi par sa jeunesse et son amour pour elle, qui le trouvait plus séduisant sans et lui avait dit : "Tu ne me plais pas avec ton casque", parce qu'elle l'attendait devant la porte de l'immeuble et qu'elle le verrait arriver, qu'il voulait qu'elle voie son visage, ses cheveux dans le vent, sa barbe juvénile. Cet accident était lointain, il semblait avoir eu lieu mille ans auparavant. Aujourd'hui plus personne ne se souvient de lui, hormis sa mère, si elle est encore en vie, ce qui est improbable, elle aurait quatre-vingt-dix ans ou davantage, elle est très certainement morte, elle et son fils sont enfin réunis dans son imagination.

L'autre accident, celui du feu, le drame qui résonne et résonnera toujours à ses oreilles, était également présent dans son esprit.

À croire que le premier avait été une répétition générale du second.

Maintenant, je vais au moins mettre dans cet adieu toute ma volonté et tout mon désir.

Toute ma conscience aussi.

Car ceux qui succombent à un accident ne disent pas adieu, ils ne disent rien.

Elle plongea ses mains dans l'eau et une sensation de calme l'envahit en commençant à frapper ses organes internes à la manière d'une paix violente. Le sang se mêlait à la poussière de la brique qu'elle avait conservée pendant des années.

La paix céda la place au plaisir.

Les jours du passé se pressaient, mais cette angoisse ne tarderait pas à disparaître. Elle percevait son départ, pourtant Marce ne venait pas.

Il ne venait pas parce qu'il n'était jamais venu.

Elle n'avait eu que des amants sans cœur.

Parce que l'amour n'existe pas.

Parce que l'amour existe.

Il n'était jamais venu.

Jamais l'amour.

Parce que nous avons peu de temps pour le chercher et peu de chance qu'il nous soit concédé.

Parce que le mot "nous" est mort depuis quarante ans pour devenir un mot fantomatique, terrifiant. Un abîme.

Le mot "nous" brûle les ailes des anges qui, horrifiés, tombent dans le vide.

Sans les photographies, je suis incapable de me souvenir de toi, pensa-t-elle, en proie à une grande nostalgie due à sa connaissance des limites et des chimères de la vie. Nous n'avons pas vieilli ensemble ; tu es jeune sur les photos et dans ma mémoire. Comme la vie est puissante ! Qu'elle se termine est merveilleux, l'éternité serait insupportable.

La mort et le sommeil, son frère jumeau, sont beaux, se dit-elle en se rappelant les vers d'un poète anglais.

Elle s'aperçut enfin que sa vie avait été une quête désespérée et tenace du plaisir, alors elle comprit tout, elle comprit que si Marce et elle étaient deux anges, le plaisir était le troisième et qu'il avait été là, invisible et muet, dès le début. Le troisième ange était le seul en mesure d'expliquer l'existence, son égoïsme radical et la beauté vénéneuse de cet égoïsme.

Crâne d'Œuf lui avait dit un jour que sa vie était une lutte contre la vulgarité et la normalité, oh, c'était charmant, si seulement ç'avait été vrai, si seulement sa vie avait été la création d'une œuvre d'art personnelle, avec uniquement deux spectateurs, l'un mort depuis quarante ans, l'autre vivant et inventant de la vie pour eux seuls, concevant une œuvre d'art, la vie changée en art. Arriver à soixante-dix ans servait à cela, à comprendre le sens de son existence qui se révèle à la fin, car les jeunes gens ne savent pas qu'ils sont jeunes, la jeunesse n'entrevoit la signification de ce qu'elle est que lorsqu'elle est passée.

La jeunesse est la réminiscence de la jeunesse. On comprend sur le tard combien elle était merveilleuse.

Elle perçut aussi l'immense plaisir de ne pas avoir été mère, et cette satisfaction lui apparaissait à présent sous une forme surnaturelle.

Non, elle n'avait pas été mère, et cela se manifestait maintenant avec une force érotique, comme si elle s'était éprise d'un fait, celui de ne pas avoir conçu dans son corps le corps d'un ou d'une autre, un acte lui aussi dicté par l'égoïsme suprême, un espace réservé aux femmes puissantes, sans descendance, repliées sur elles-mêmes pour l'éternité, copulant éternellement avec elles-mêmes, un prodige inconnu sur terre.

N'ayant pas été la mère d'une seule chose, d'un seul corps, elle pouvait être une déesse, mère de toutes les choses.

Elle songeait qu'elle n'avait pas été si égoïste tandis que tout se brouillait, c'était du moins son impression, tout s'évanouissait. Ils ont qualifié la lucidité d'égoïsme, ces bâtards, les abominables, toujours prêts à enchaîner la liberté à des superstitions masculines et féminines qui finissent ironiquement par être identiques.

Le plaisir d'avoir maintenu son corps à l'écart du corps

d'un fils ou d'une fille, disant à la nature que la stérilité n'existe pas plus que les commandements biologiques.

Quel plaisir de partir, car il devait y avoir du plaisir, un plaisir extrême, un océan de plaisir jusque dans l'adieu. Le plaisir qui a toujours été mal considéré, poursuivi par toutes les civilisations, condamné par toutes les religions et cependant protégé par la nature et par la vie. Comment expliquer ce genre d'hypocrisie ?

Partir sans laisser d'enfants derrière soi. Elle n'avait pas contribué à la propagation de l'espèce et disparaîtrait dans un oubli catégorique qui serait un triomphe sur la banalité des existences se répétant sans finalité ni objectif.

Le plaisir et rien que le plaisir dans tous ses rêves, y compris celui du mariage, avait valu la peine.

Elle s'était éprise de tous et de toutes car tel était le sens de sa vie, qu'avait su entrevoir la vieille Alicia, qui passait à présent dans sa mémoire photographique, enveloppée de draps jaunis.

Irene était toujours passée en premier : son désir, sa tyrannie, son avant-gardisme, ses parfums, ses robes, ses montres, ses poèmes, ses liturgies, ses abominables liturgies, sa chair, son corps, sa soif.

Quel grand plaisir que son plaisir s'efface avec sa mort.

Le plaisir inventé, rêvé, issu d'un fantasme de vent et de mer.

Le plaisir est le secret.

Elle le ressentait encore maintenant, ce grand, cet immense plaisir, elle le sentait en distinguant son origine dans l'obscurité des millénaires.

Elle se leva, se ravisa.

Le sang et l'eau dégoulinaient sur sa peau.

Le mot “nous” avait toujours été le mot “elle” car il n'y avait jamais eu personne d'autre qu'elle, triomphante et seule pour les siècles des siècles.

Seule, parce que nous sommes tous seuls.

Elle ouvrait la porte du mot “nous” et elle seule se tenait derrière le battant.

Elle, l’insatiable, car dans la reconnaissance de l’insatiabilité il n’y aura jamais ni hypocrisie ni médiocrité ni perversité.

Elle sortit de la baignoire, tendit une main vers les serviettes pour vite les presser sur ses deux coupures et stopper l’hémorragie, mais elle vit que les veines de ses poignets étaient intactes, sa peau blanche et les veines la sillonnant, bleues et parfaites, d’un bleu éclatant qui suivait des méandres capricieux dont la formation et l’absence de signification échappaient et échapperaient à jamais à l’intelligence humaine.

Le troisième ange, ses ailes dorées et son visage changés en flamme, fut visible pendant quelques millièmes de seconde, à cet instant, dans la salle de bains d’un hôtel de luxe, devant une septuagénaire qui sortait d’une baignoire, de l’eau et de la mousse glissant sur sa peau.

RÉALISATION : NORD COMPO À VILLENEUVE-D'ASCQ
IMPRIMERIE NORMANDIE ROTO
DÉPÔT LÉGAL : JANVIER 2024. N° : 154255 (2305025)
IMPRIMÉ EN FRANCE